夜光亭の一夜

泡坂妻夫

幕末の江戸。神田千両町に暮らす岡っ引の辰親分は、御用のかたわら福引きの一種である“宝引”作りをしていることから、“宝引の辰”と呼ばれていた。親分は不可思議な事件に遭遇する度に、鮮やかに謎を解く！　殺された男と同じ彫物をもつ女捜しの意外な顚末を綴る「鬼女の鱗(うろこ)」。謎の画家が残した吉祥画を専門に狙う、怪盗・自来也(じらいや)の真意を探る「自来也小町」。美貌の女手妻師・夜光亭浮城(やこうていふじょう)の芸の最中に起きた、殺人と盗難事件の真相を暴く「夜光亭の一夜」。ミステリ界の魔術師が贈る、それぞれの事件関係者の一人称視点から描かれた傑作13編。

夜光亭の一夜

宝引の辰捕者帳ミステリ傑作選

泡　坂　妻　夫

創元推理文庫

NIGHT OF YAKOTEI

by

Tsumao Awasaka

1992, 1997, 1999, 2002, 2007, 2008

目次

鬼女の鱗(うろこ)　九
辰巳菩薩(たつみぼさつ)　四三
江戸桜小紋　八一
自来也小町(じらいや)　一一一
雪の大菊　一五一
夜光亭の一夜(やこうてい)　一八七
雛の宵宮(よいみや)　二二三
墓磨きの怪　二五九
天狗飛び　三〇一
にっころ河岸(がし)　三三九
雪見船　三七七
熊谷の馬(くまがや)　四一七

消えた百両　四一
編者解説　末國善己　四六二

夜光亭の一夜

宝引の辰捕者帳ミステリ傑作選

鬼女の鱗（うろこ）

一本立ちになってこの小泉町に初めて所帯を持ったばかりのころですから、あれはもう十年も昔のことになります。

わたしの親方は三浦屋清吉、略して三清と呼ばれていました。最初は浮世絵師のところで修業していたんですが、元元、我の強いところがあって、師匠と反りが合わず、そこを飛び出してこの道に入った。絵の腕ができている上、この仕事に向いている質だったようで、わたしが十五で弟子入りしたときには、もう江戸で一、二を争う技を持つようになっていました。

多少、臍が曲がっていて、右と言えば左と言うところがありましてね。たとえば、注文の多い武張った武者絵なんかより、軟らかな天女とか観音様、玉取姫などを得意にしてました。実際、親方の彫った菩薩や観音様を見ると、思わず手を合わせたくなるほど神神しくって、しかも目が放せなくなるほどたおやかで、いまだにいくつもの図柄が目の底に焼き付いている。どんな苦心をしても、誰もあんな技ができるもんじゃありません。

三清のところで十年働きまして、やっと家と嬶ぁを持つことができた。親方のところには多勢の弟子や職人が出入りしていたんですが、曲りなりにも一人前になったのは算えるほどでしたから、まあ、運のいい方なんでしょう。

最初の内はまだ仕事も少ない。閑になると親方のところへ行って仕事を手伝っていました。忘れもしません、菖蒲売りの声が威勢のいい五月の始めで、夕食を済ませたところへ、家を訪れる声がする。入口に立った嬶ぁが変にしゃっちょこばっているので見ると、立派なお武家です。

侍の客がないわけじゃありません。親方のところにもときどき侍が来ましたが、よくって御家人、お徒士か中間といった、まあわたし達とそう大した違いのない連中ばかり。とにかく、まず前代未聞の出来事ですから、そのお武家を丁重に奥へ通しました。

褐色の着物に黒羽二重の五つ紋の羽織、紋は丸に四つ目で、仙台平の袴に大小を手挟んでいる。鬢のところに白いものが混っているので、年齢は五十五、六。実直な物腰ですが、どこか晴れない顔色をして、折入って頼みがあると切り出しました。改まってそう言われても、自分にできるのは彫物だけと答えると、相手はその彫物を依頼したいのだと、懐から美濃紙を取り出して、この通りを彫ることができるか、と尋ねます。見ると、男紋の大きさで、丸に揚羽蝶、その右側に重なり合うようにして三つ鱗が並んでいる。いわゆる比翼紋がきちんと描かれています。

「これだけでしたら、わけはありません。どんなに丁寧に彫っても一刻（二時間）足らずで仕上げてしまいます。どこにお入れになりますか」

「実は、彫物を入れるのは拙者ではござらぬ」

四つ目の侍はあたりを憚かるように白い鬢に手を当てます。

「当屋敷へ同行いたし、そこで仕事をしてもらいたい。故あって、屋敷の名を言うことはできぬ。加えて、当夜のことも固く他言は無用」

そして、懐紙の間から白紙に包んだものをわたしの膝元に置きました。触らなくとも小判ということが判ります。わたしもまだ若かった。心配顔の嬶ぁの顔を横目で見ながら、その金を押し頂きました。

「仔細はよく判りませんが、そういうお望みなら、見ざる聞かざる言わざるの三猿でお引き受けいたしましょう」

それを聞くと、侍は一仕事終えたようにほっとした表情になりました。

すぐ、針や墨壺といった道具をまとめる。侍が外に出ると、待たしてあったようで、すぐ辻駕籠が寄って来る。わたしが乗ると駕籠屋は無言で垂れを下ろして梶棒をあげる。

道は暗くとも、垂れの隙間から覗けば町並の様子でどのあたりかぐらいは判りますが、男の約束ですから、わたしはじっと目を閉じてただ駕籠屋の行くにまかせることにしました。

しばらくすると駕籠の歩みが遅くなり、低い声が聞こえてくる。どうやら、四つ目の侍と門番が挨拶でも交わしている様子。やがて、再び駕籠が進められ、降ろされたところはしんと静まり返った庭の中。

駕籠屋がそのまま引き返すのを見て、侍は、

「こちらへ」

と、先に立って歩き出します。

月は出ていませんが、座敷から洩れてくる明りで、手入れの行き届いた庭だということが判る。侍は冠木門の門扉を押してわたしをうながします。しばらく露地が続いて裏庭のようなところから、沓脱ぎに登りそのまま廊下に登る。旗本の屋敷とすると、千石は下らないでしょう。

通されたのはがらんとした小座敷で、床の間はあるが飾り気がない。軸や置物が急いで取り片付けられた感じです。侍はわたしが落着くのを見て部屋を出て行きましたが、すぐ二人の足音がして、見ると若い侍を従えている。

鼠小紋の小袖に白茶の袴、すらりとした上背で鼻筋が通り、芝居の門脇杜若に似た好男子が、やや蒼褪めた面持ちで部屋に入って来ました。四つ目の侍と打ち合わせでもしてあるとみえ、若侍は襖を立て切ると、

「では、ご無礼つかまつります」

手早く袴を脱ぎ帯を解く。晒一本という姿になって、畳の上に横たわったものです。

四つ目の侍は手燭の火を百目蠟燭に移して、燭台を若侍の傍に寄せ、持って来た手燭をわたしの傍に置きました。

「この者の右腿に、さっきの紋を入れてもらいたい」

何だか、不思議な成り行きですが、ものを訊くことはできません。持って来た胴乱から道具を取り出し、四つ目の侍が持って来た紋見本を傍に置いて、早速仕事に取り掛かりました。

人はさまざまで、彫物を入れたいのに針を怖がる人がいる。と思うと、稀には針の痛みが快いと言う人もある。若侍はどっちかは判りませんが、針を進めても微動だにしない。墨の乗りもよく、仕事はやり易いのですが、ただ、四つ目の侍がすぐ傍で目を光らせながらわたしの手元を見入っている。職人は見世物じゃありませんからね。これがひどく気になりましたが、とにかく、一息で比翼紋を彫りあげました。

若侍は痛さを堪えていたためか、上気した顔で、すぐ衣服を整えて、四つ目の侍に深深と一礼して部屋を出て行く。

四つ目の侍はわたしが道具を片付けるのを見て、

「もう一人だけ、同じ紋を入れてもらいたい者がいる」

と、言いました。

こうなったらやるしかありません。

「はい、何人様でも結構です。並べていただければ、片端から仕上げましょう」

四つ目の侍はにこりともせず立って、次の部屋に案内しました。

今度の部屋も似た感じでしたが、微かに脂粉の香りが漂っている。

侍はさっきと同じように席を立ちましたが、入れ違いに部屋に入って来たのが、白髪を小さく結った老女。女中頭といった感じで、従えているのが十七、八の目の醒めるような腰元です。豊かな黒髪を片はずしに結い、紫の青海縞の振袖に黒繻子の帯を矢の字に締めている。切れ長の目を伏せた顔は不安で一杯でして、刑場に引き出される罪人のよう。

後の振舞いはさっきと同じで、腰元は女中頭の前に頭を下げてから、しんなりと立って、着物の裾を開きました。観念しているものか指はためらいがありませんが、さすが羞しいのでしょう、白い顔をぱっと赤らめ、横になると袂で顔を覆ってしまいました。

それまで、何人もの女の肌に触れたことはありますが、これほど瑞瑞しく、はち切れそうなのは初めて。夢中で丸に揚羽蝶と三つ鱗の比翼紋を彫りあげました。

仕事が終ると、腰元は着崩れを直し、女中頭に伴われて部屋を出て行く。再び四つ目の侍が現れて、

「ご苦労であった。では、家に送り届け申そう」

と、元の庭へ。

冠木門の向こうに駕籠屋が待っていまして、無事、小泉町の家に戻されました。すっかり刻の経つのを忘れていましたが、茶を飲んでいると初更の鐘が聞こえたので我に返り、今迄

のことが夢の中の出来事みたいに思われました。

その夜のことは嬶ぁにも喋りませんでした。それまで四つ目の侍に義理を通したというんじゃなくて、若侍はともかく、あの綺麗な腰元を相手にしたことが、何となく甘ったるい気持になっていましたからそっと自分だけの心に蔵っておきたかった。

その後も、ときどきあの夜のことを思い出すことがあったんですが、あの若侍がちょうど十年後、殺されてしまうとは考えられませんでしたね。


その屍体をじかに見て来たのが、般若の勝という奴。

その頃になると、わたしもどうやら親方などと呼ばれるようになり、家の二階には、いつでも三、四人の若い者が転がっていて、般若の勝は一番古株の職人でした。八年も家にいるんですが、ときどきふらりと消えてしまう癖がある。一年も二年も音沙汰がない、と思うとぼんやりした顔で帰って来て、別に悪びれる様子もなく、親方また仕事をさせて下さいと言う。腰が温まったかなと思う時分にはまたいなくなって忘れた頃に戻って来る。

そんな風ですから、いい腕を持っているのになかなか身が固まらない。もっとも、なまじ腕があるだけ、したいことができるんでしょうが、昔はそういう呑気な職人が多かったもんです。所帯を持たないのは別に女が嫌いなわけじゃなくて、その証拠に般若という渾名が付けられたのはそもそも女が原因でしてね。

どうも、勝の奴が汚なくって家中が困ったことがあった。あれは勝が家に来て間もなくのことでしたよ。床屋にも行かない、湯にも入らない。そのうち、身体が臭うようになったからたまらない。わけを訊くと、身に大望ができたんで、せっせと金を溜めていると言う。そのため湯銭まで出せなくなった。言われてみると最近の勝の仕事ぶりがただではない。食事の間も惜しんで目も血走っていました。

金が要るわけというのがふるっている。

吉原京町の岡本屋の抱え女郎で、白蘭というのと一晩話がしてみたい。それも、色の恋のというんじゃなく、自分の芸のためだとふんぞり返った。

白蘭の評判なら、商売がらわたしも知っていました。

白蘭の身体には見事な般若の彫物があるということで。しかも、わたしの師匠、三清が彫ったという。三清はこの後、一年半ほどして亡くなりましたから、三清晩年の大作と言っていいでしょう。

正確には「娘道成寺」。中央が般若の姿に変わった白拍子花子で、背景は満開の桜と釣鐘、一匹の竜が花子と鐘を縫うようにして空に飛び立とうとしている素敵もない図柄だと、見て来たように言う者がいまして、それを聞いてから勝の気がおかしくなった。

三清の彫物だったら、わたしだって見たい。だが、格の高い岡本屋の全盛の花魁とあっては、職人のごとき稼ぎではとても手を出すことができない。それを勝が大望にしてしまったんです。思い立つとあたりが見えなくなってしまう男ですから、それからは寝ても般若覚めても般若。まるで噺の「紺屋高尾」ですが紺屋高尾と違っているのは、勝がその大望をとげられなかったこと。勝の金が蓄まらないうちに、白蘭はさっさと大家の旦那に落籍かされて、吉原からいなくなってしまいました。

勝の口惜しがりようったらありませんでしたね。気の毒だが喧嘩にもならない。それから、すぐでした。勝がふらりと家を出て行ったのは。

勝の放浪癖はそれから始まったと思いますね。その後には般若という渾名だけが残ったというわけ。

五月は雨が多く、晴れると日に日に暑くなります。どの職人も手空きの時期で、その日は勝が浅草の観音様に参詣すると言い、朝早く家を出て行きました。どうせ勝のことだから、帰りは遅くなるだろうと思っていると、まだ昼にならない前に変な顔をして戻って来た。勝の後ろには色の黒い男がいる。馬を引っ張って来たにしちゃ、時刻がおかしいと思っていると、男は千両町の宝引の辰というところの者で松吉という手先でした。

「この人はお宅の若い者かね」

と、胡散臭そうに訊きます。

「へえ、勝といいます」

「何年ぐらい、いなさる」

「……七、八年になりましょうか」

「あまり見ねえ顔だが」

「そりゃ、もうご覧の通りの居職ですから」

松吉はそれでも何か言いたそうだったが、

「御用の邪魔をしねえように、親方からもよく言って下さい」

と、言い残して帰って行きました。

勝に一体どうしたんだと訊くと、浅草御門の手前、笑い稲荷という社があって、普段は人気のない境内なのだが、その前を通り掛かると人だかりができている。勝のことだからそういうのは見逃さない。人を掻き分けて見ると、朱に染まった男が血の海の中に倒れている。男はくわっと目を剝いたままで、もの凄い形相だ。男の傍に銀色をした刃物が血まみれになって転がっている。あまり見慣れない形なので、つい手に取って見ているところへ、ちょうど駈け付けて来た松吉に捕まってしまった。

「そりゃ、お前がよくねえ」

と、わたしは言いました。

「そうなんですが、横柄に小突かれましてね、つい、むかっとして言い返したのが悪かった。親分、堪忍して下さい」

「そりゃいいんだが、殺されていたのか」

「へえ。肩から腰、背にかけてべっとりと血で、あんなのを見るのは初めてでしたよ」

「その、お前が拾ったという刃物はどんなんだ」

「それ、それが妙な代物でしてね。銀の平ったい両刃なんですが刃はそう鋭くはない。柄の彫りが奇妙で、ありゃきっと南蛮渡りだと睨みました」

「そんな穿鑿をするからいけねえ」

「ねえ、親方。殺されたのは誰だと思います」

「そんなことが判るものか」

「年のころは三十前後。最初、あたしにも判らなかったんですが、すぐに番頭や手代が駆け付けて来たので知れました。殺されたのは瀬戸物町の瀬戸物屋の主で、堀田屋六郎という男なんです」

「で、殺したのは?」

「それが判らねえから大騒ぎしてるんです。八丁堀も来ましててんやわんやです。今だったらまだ屍体も片付けられていねえと思いますよ。行ってご覧になりますか」

「いや止そう。今、釘を打たれたばかりじゃねえか」

ところが、その夜になって、松吉の親分、宝引の辰がわたしの家にやって来ました。勝のことでと思ったらそうじゃない。

「親方、以前もしかして、丸に揚羽蝶と三つ鱗の比翼紋を、男の腿に彫った覚えはございませんか」

と、言うのです。

もう、あれから十年も経っています。他言は無用という約束でしたが、今となってはもうそれもないでしょう。その上、事が殺しですから。

「そのことでしたら、今でもよく覚えています」

と、言うと、辰は目をきらりとさせて、

「そりゃあ、いい人のところへ来た。実はその彫師を見付けようと、江戸中の彫師を一軒残らず当たっているところでね」

「そりゃ、ご苦労なことです」

「もう、親方のところの若い者から聞いたでしょうが、今朝早く、笑い稲荷の境内で、人が殺されているのが見付かった。殺されたのは瀬戸物町に店を持っている堀田屋六郎という人物。だが、殺した下手人が判らねえ」

「………」

「その後、身体を改めて見ると、堀田屋の腿に、今言った比翼紋の彫物が見付かった。堅気の店の主に彫物が入っているのが、何となく気になってね。見ると相当な手で、素人が彫ったとはとても思えねえ。それを入れた彫師なら、そのいわれを知っているだろうと、捜し始めたところです」

「……しかし、彫った覚えはあるんだが、その人の名が堀田屋六郎というのも、今、初めて聞くことでしてね」

わたしはざっと十年前のいきさつを話しました。

宝引の辰はその屋敷で、若い腰元にも同じ彫物を入れたことに、ひどく興味を示しました。

「男女の間で固い約束の証拠に取り交わすのが起請彫。しかし、その二人は自分からではなく、命令されたようですねえ」

と、言うと、辰は腕を組みました。

「ですから、その二人は若気の過ち、つい深い仲になったのが、知れてしまった、と思うんですよ」

「……不義密通、なるほど」

「掟からすれば死罪になって当然。しかし、それじゃあそのお殿様は後味の悪い思いをするだろうし、表沙汰になっては家の名にもかかわる。それで、二人の命だけは助け、屋敷から追放することにした」

「……それで、罪の意味の入墨を施した、というんですか」

「ええ。多分、若党の家の紋が丸に揚羽蝶でお女中が三つ鱗」

「……比翼紋とはなかなか粋な計らいですね」

「もっと深い意味があったかも知れませんよ。お殿様は若党が女癖の悪いのを見抜いていらっしゃっていて、生涯、連れ添うようにとのお心で」

「なるほど。いや、親方の言う通りかも知れねえ。その腰元なら今じゃ二十七、八になっている勘定だが、堀田屋の神さんはまだ二十三、四。彫物を改めて見ねえまでも別の女だ。その上、堀田屋は別に女も囲っている様子だから、まず女好きの男だ」

「その腰元は捨てられたんでしょうか。それとも、死んで――」

「そう、生きているとしたら、草の根を分けてでもその腰元を捜し出さなきゃならねえが、親方が連れて行かれた屋敷はどこだったか、手掛かりになるようなことを覚えちゃいませんかねえ」

「……さあ。今話した通り、わたしは駕籠の中で目を閉じていましたんでまるっ切り見当も判りません」

「駕籠に乗っていたのはどの位でしたかね」

「駕籠屋は並足で……四半刻（約三十分）足らずだったようです」

「すると、ここからざっと一里四方の内てえことになる」

辰はじっと考えていましたが、

「その彫物は、親方が彫ったものか、今でも見れば判るかね」

「そりゃ判ります。鱗とか四つ目だけですと、割りだけの紋ですから誰が彫っても同じになりましょうが、蝶は絵ですから百人が百人、違う蝶になります」

「じゃあ、迷惑でしょうが、念のため堀田屋の彫物を改めちゃくれませんか」

と、頼まれました。

ご検視の済んだ堀田屋の遺体は瀬戸物町の店に下げ渡されていまして、堀田屋は大戸が降ろされまだ忌中の札も出ていない。内での混乱ぶりが判ります。潜り戸から中へ入りますと、神さんは取り乱していて、傍で番頭がおろおろするばかり。若い者は店の片付けで大童という最中。

遺体は奥の部屋に寝かされていました。合掌をしてから辰が頭に掛かっている白布をそっと取る。顔は穏やかに作られていましたが、かなり肥っていて、昔の面影が残っているようないないような。

辰は蒲団をはいで、遺体の裾を開きました。今度ははっきりと判る。比翼紋の記憶は昨日のことのように鮮やかです。

「親分、間違いありません。これはわたしが彫ったものです」

そう言うと、辰は丁寧に遺体を正し、傍にいた番頭に訊きました。

「この旦那が、この彫物のことで何か言やあしなかったか」

番頭は首を振ります。

「いいえ、一度も。むしろ、反対でいつも旦那は彫物を見られるのを嫌っておいでのようでした」

「そうかい。それで、お内儀(かみ)の実家の紋は何かね」

「丸に梶の葉でございます」

梶の葉と三つ鱗では似ても似付きません。

辰は声をひそめました。

「ときに、旦那にゃ、おめかがいるようだな」

「……へい」

「どういう女だ」

「おのぶさんという名で、元、ここの女中でございました」

「年は?」

「今年、二十一で」

「……おめかはそのおのぶ一人だけか」

「へい」

「もしかして、旦那と同じ彫物をした女を知りゃしねえか」

「いいえ、聞いたこともございません」

「そうか」

辰は番頭と喋っている間、遺体の枕元に目が行っていました。そこには膳が置かれ、線香立てと、手前には飯を持った茶碗、湯呑などが置かれています。

「そこにある湯呑は旦那が使っていたものか」

「へえ、旦那のお気に入りでございました」

「見たいな」

番頭は小僧を呼んで湯呑の水を開けて持って来るように言いました。

辰はその湯呑茶碗を珍しそうにひねくり廻していましたが、糸底の方を上にして、独り言のようにつぶやきます。

「どうも、風変りな湯呑だと思ったら、底に妙な字が入っている。見慣れなくとも、おらんだ文字ぐらいのことは判る。そう言やあ、旦那が刺された刃物も妙なものだった。能坂（のうさか）の旦那がそれを見て、これはおらんだ人が紙を切るときに使うナイフというものだと言っていたが、どうも堀田屋は蘭癖（らんべき）がきつかったようだな」

と、番頭をじろりと見て、

「着ているものはありふれた紺木綿（こんもめん）のようだが、よく見るとこれも渡り物の仁斯（ジンス）だし、足袋はおらんだ羅紗（ラシャ）の誂（あつら）えときている。ちょっと目に付いただけでもこのぐらいだから、この家にゃ珍しいものがまだ沢山あるに違（ちげ）えねえ」

と、辰が部屋の中を見廻すと、番頭の顔がこわばってくるのが判りました。

その後、堀田屋はお取潰しになってしまいました。

というのが、表向きは何気ない瀬戸物屋でしたが、堀田屋は裏に廻ると、禁を犯して密かに外国から輸入した抜荷を捌いて、巨額の暴利をむさぼっていたという。

漁船を装った船が伊豆下田沖に出て、外国の船とじかに取引きをするという手口で、江戸に運ばれた品は堀田屋が一手に引き受け、蘭癖の客に売り捌いていた。これに堀田屋の殺しが絡んでいるのですから、事が大きくなって、その顚末を書いた瓦版までが売りに出される騒ぎです。

般若の勝が早速それを買って来まして、それによると、宝引の辰は十年前わたしが連れて行かれた屋敷をついに突き止めた様子。

多分そのときの侍が羽織に付けていた丸に四つ目が手掛かりになったのでしょうが、それにしても偉いものです。

その屋敷の名前は瓦版には伏せられていましたが、堀田屋六郎は本名を堀田六郎といい、さる旗本の若党だったとあります。若いころには長崎に行って、おらんだの兵法や蘭学を学んだことのある有望な若侍。それが、屋敷に奉公していた腰元と通じ、それが露見して放逐となった。重い咎めのあるところを、入墨だけで一命を免れたいきさつはわたしが考えていた通り。

相手の腰元はおりつといい、芝浜松町の大工の棟梁、茂右衛門という人の娘でした。小さいときからの器量良しで、天性の美声で踊りが上手。勧める人があってその屋敷に女中奉公するようになったのです。

人の運命というのは判らない。美形のために不義を働き、一時は親元に帰ったのですが、親は大変に心配しまして、金を与えて六郎とりつに小間物屋の店を持たせた。ところが、慣れぬ仕事でどうもやりくりがうまくいかない。二年足らずで大きな借金を残してしまった。これ以上、親に迷惑は掛けられないといって、そのときりつは堀田と別れたらしいんですが、その後、りつがどうなったかは判らない。

一方、堀田の方は一か八かで抜荷買いに手を出しました。若いころの蘭学が悪い方へ役に立ったわけで、数人の仲間は皆長崎で識(し)り合った者だったそうです。

元元が悪事に向いていたためか、今度は面白いように金が転がり込んで来るようになり、瀬戸物町に店を構えて、その主に収まった。殺されるまでには一花も二花も咲かせた贅沢三昧(ぜいたくざんまい)の暮らしをしていました。

堀田の仲間も次次と芋蔓(いもづる)式に捕まったのですが、妙なことに皆が皆堀田を信頼していて、敵意を持つ者が一人もいない。宝引の辰は堀田が殺されたのは仲間割れからだろうと踏んでいたようですが、これだけは思惑を外れました。

結局、堀田を殺した下手人は判らず終(じま)い。人の噂も七十五日で、その年の秋口になると、世間ではその話をする人もいなくなりました。

そのころ、わたしのところに大きな仕事が入ってきました。

相撲取りにも負けない立派な体格をした鳶の者で、謡曲の「安達ヶ原」の総身彫りをという注文です。

ご存知の安達ヶ原の黒塚伝説。旅の人が行きくれると大きな岩間に入って一夜を明かすのですが、いつからか鬼女が棲みついて、宿った旅人を次次と食い殺すようになった。東光坊阿闍梨祐慶という坊さんが、たまたま旅の途中で通りかかり、燈をたよりに訪れると老婆がいて、閨を見てはならぬと言い残して薪を取りに行く。阿闍梨が怪しんで閨を覗いてびっくり。そこには髑髏の山があった。老婆が戻ると坊さんがいない。さては見られたかと鬼女の姿になって後を追うのですが、結局は行基菩薩の御作、如意輪観音像の加護で阿闍梨は助かり、鬼女は破魔弓で退治されるという。

背中の中央には鬼女と阿闍梨の二人立ちで、背景は安達ヶ原の岩に囲まれた庵、空には如意輪観音が二人を見下ろし、腰にかけては累累たる髑髏の山——といった構図が出来上がって筋彫り。何しろ身体が大きいだけに彫りでがあります。

鬼女と阿闍梨は能の安達ヶ原をそのまま移しまして、鬼女は般若の面に鱗形の豪華な能衣装といった工合。人物が彫りあがったところで衣装の模様を彫っていく。これは般若の勝に手伝わせました。

さて、残った仕事も順調に進む。もうわずかで完成というとき、勝がわたしにこんなことを訊くのです。

「ねえ、親方。般若とか鬼といった衣装は、昔から鱗形に決まっているもんなんですか」

「まあ、そうだな。芝居の方でも蛇体には鱗が仕来たりだ」

鱗形というのは、まあ、三角の市松模様といったら判り易いでしょうね。ただ、市松とは違い、見た感じがとても強い。そのためでしょう。いつからかは判りませんが、鬼の衣装というと普通鱗形に決められています。

「すると、昔、吉原の岡本屋にいた白蘭も般若の彫物をしていた。その衣装も矢張り鱗形だったんでしょうね」

「なんだ、まだ白蘭のことが忘られねえのか」

勝は意味あり気に笑って、

「あんだけ思い詰めたんだから、仕方がねえでしょう。そういう親方こそ、あのときの腰元のことをよく覚えているようですがね」

「何だ、この野郎。からかう気か」

「そうじゃあねえんです。ただ、その腰元の紋が三つ鱗だったでしょう」

「……そうだ。それが、どうかしたか」

「そもそも鱗が紋になったという、謂れ因縁てえものがあるんでしょうか」

「そうだな。鱗の紋ですぐ思い出すのが北条鱗。北条時政のとき定紋になった。何でも、時政公が鎌倉の江の島に参籠したときのことだ。三七、二十一日の祈願を終えたとき、目の前に美女が現れた。はて、おかしなことがあるものだと見ていると、女は見る見る大蛇に変わって海に入り、見えなくなってしまった。大蛇が去った後には大きな鱗が三つ落ちていて、それからというものは時政公に武運が続くようになった。つまり、江の島の美女は護り神であるというので、以来、三つ鱗をもって紋にしたという」

「そう、この前、神田伯馬が釈場で同じことを喋っていました。〈太平記〉だそうですね」

「何だ、知っていたのか」

「ちょっと、お浚いしようと思いましてね。人に訊いた方が早い」

「横着な奴だ」

「すると、おりつの家は北条家の末孫ですか」

「紋だけでそう簡単にゃ言えねえ。昔の武将は手柄があると、家来に紋をくれてやることがよくあった」

「なるほど。鱗を三つ重ねたのが三つ鱗、鱗をもっと沢山付け足すと鱗形ができあがるわけだ」

「……それが、どうした」

「親方、ようく考えてごらんなさい。腰元のおりつと、岡本屋の白蘭は同じ女だとは思えませんか」

「えっ――」

と言ったきり、わたしは口がきけなくなった。勝のどこからそんな考えが飛び出したのか、見当も付きません。

「お前はおりつを見たことはねえはずだな」

「へえ」

「といって、白蘭の彫物を見たわけでもねえ」

「そうです」

「じゃあ、どうしてその二人が同じ女だと判った」

「それが、帰命頂礼。理攻めでそれが判るんです。お屋敷を追い出された六郎は、最初に開いた小間物屋をしくじって借金を作った。それまではいいんですが、その後、おりつと別れて抜荷買いに手を出した。無論、空手でできる仕事じゃねえ。その元手はどこから手に入れたんでしょう」

「……」

「あたしが考えるには、おりつは岡本屋に売られたんだ。まあ、納得ずくだったと思いますが、堀田はその金で新しい仕事を始めた、と考えられませんか」

「……そうだな。手っ取り早く、他に金を手に入れる方法がそうあるとは思えねえ」

「ところが、工合の悪いことに、おりつは彫物を入れられていた。しかも、穏やかでねえところに比翼紋でしょう。あまり、売物としちゃ感心しねえ」

「判った。おりつはその片方の紋、三つ鱗を見えなくするために、沢山の鱗を彫り加えたというんだな」

「その通り。そのための般若の図柄。道成寺なら烏帽子を着けた花子の方が通り相場なのに、態態恐ろしい方の般若の方を選んだ。それも、般若の衣装を腿の方に散らしたかったためでしょう」

「……おりつはすぐ身請けをされたようだが、調べりゃその相手が判るはずだ」

「親方は堀田を殺ったのはおりつだと思いますか」

「お前はどうだ」

「……でなきゃいいがと思うだけですよ。じれってえが」

それから二、三日して、松吉がやって来て、二階を借りたいという宝引の辰の言伝てを言った。

断わる理由もありませんから、承知したと答えたんですが、思わず勝と顔を見合わせましたね。ひょっとすると――

ひょっとかな、という勘が当たりました。

夜、宝引の辰が連れて来たのは丸髷の二十七、八。糸結城に黒博多の帯、地味すぎる身形りですが、二階に請じ入れると部屋に陽が差し込んだよう。
一目見て、あのときの腰元——と、ぴんときました。あのときよりはふっくらとした感じで一皮剝けた色香が漂っています。
辰はわたしを引き合わせて、
「お神さん、この人をご存知じゃありませんか。十年前、一度会ったことがあるはずなんで
すがね」
と、言った。
相手は大きい黒目でじっとわたしを見ていましたが、静かに首を振りました。
「親方はいかがです」
わたしもはっきりした覚えがないと答えました。
「そうですか。もっとも十年も前、口を利いたわけでもねえから無理もない。おらんさんと
言いましたね。あなたは十年前、若年寄の配下で鉄砲頭、小矢野憲之助というお旗本のお屋
敷に、おりつという名で奉公していたことがありましたね」
らんの緊張した顔に血の色がなくなりました。
「いや、あんたを捜し出すのに、随分骨を折りましたよ。といって、苦労話をしても始まら
ねえが、その鎌倉河岸のお屋敷に、堀田六郎という若侍がいたでしょう。あんたはその堀田
さんと深い仲となり、それが隠しおおせなくなった。お家の法度を破ったわけだが、小矢野

さまの計らいで、身体に墨を入れられてお屋敷を出された。ねえ、親方。この人はあのときのお女中だったんですよ」

わたしはびっくりした振りをしてらんを見ました。

「そうでしたか。美しいお女中だとは覚えていますが、仕事に夢中でお顔はよく覚えていませんでした」

「そうでしょうねえ。ところで、おらんさんと堀田さんはお屋敷を出てから所帯を持って小間物屋の店を出した。ところが、武士の商法、慣れないためか商いがうまくいかず、借金が嵩んでしまった。困り切った挙句、あんたは吉原の岡本屋に年季奉公することになり、白蘭という源氏名で店に出たんでしたね」

らんはうつむいたままです。

「一方、堀田さんはその金で、尋常な手段ではまどろっこしいと思ったんでしょうかねえ。太く短くの抜荷買いに手を出した。これが当たってとんとん拍子。ここで、普通なら、苦労を掛けたおらんさんを身請けして、元の鞘に収まるはずだったがそうじゃなかった。堀田さんはあんたを見捨てて、分限者の若い娘と一緒になってしまった。あんたがどんなに辛い悲しい思いをしたか、よく判る気がしますよ」

「……」

「といって、人を殺していいというもんじゃあねえ。人殺しはどんな理由があろうと大罪。

お上（かみ）の目を潜り通せると思ったら、大きな間違いだ」

「……判っています、親分」

　らんはびっくりするほど澄んだ声で言いました。

「わたしは今の唐花屋（からはなや）に身請けされたときから、あの人のことは諦めていたんです」

「すると、そのことを堀田さんは知っていたのか」

「はい。唐花屋はわたしなんかより、身体に入れてある三清さんの彫物が執心だったんです。自分にも牛若と弁慶の彫物のある、彫物が大好きな人でしたから。そんな人のところへ行っても置物にされるだけだということは判っていましたから、その話があったとき、すぐあの人に手紙を書きました」

「……で、返事は？」

「そういう人ならきっとお前を大切にしてくれるだろう、と。いい旦那ができたのを幸せに思い、俺のことは忘れろ、と」

　らんはじっと唇（くちびる）を嚙（か）みました。

「それで、堀田さんが瀬戸物町に店を出したのは知っていたかね」

　と、辰が訊きました。

「あの人はまだ自分も苦しいのだとだけ言っていました。それを真に受けて、わたしも諦める気になったんです。今になって初めて知ったんですが、あの人はそのとき、とうに別な女と……」

「欺されていたわけだな」

らんは唇を嚙んだまま下を向き、返事もできなくなりました。

しばらくして、らんが語ったところによると、最初、三清のところに行ったのは、あの比翼紋を消してもらうためだったそうで。彫物は焼かなければ消えませんが、それでは痕が残る。三清は事情を聞くとひどく同情して、それならばいっそ、総身に彫物を入れて比翼紋を変えてしまったらどうか、その我慢さえできれば、彫代は後払いでいい。そう、勧めてくれました。

三清は色色考えて、これは勝がわたしに話した通り、三つ鱗を鱗形の模様の中に紛らせてしまうことを思い付いた。それから、らんは三清のところに通って道成寺の彫物を仕上げたわけですが、これも堀田のためだと思って、最後迄我慢することができたのだと言いました。

「あの人は岡本屋にも一度も来てくれたことがありませんでしたし、唐花屋に落籍かされてからは、すっかり、あの人のことを忘れようと心掛けていました」

「……それが、いつ、会ったんだね」

「今年の四月、上野の山王の台に藤を見に行ったときでした。あの人の方がわたしを見付けて。話をするうち、身のこなしもすっかりと大旦那風になって、贅沢な暮らし向きだということが判りました。ふとした話の端に、欺されていたことが判り……」

それを責めると、堀田はお前が嫌いになったわけではないが、俺ももう堅気の商人、彫物のある女が家にいられたのでは困る、と言った。一体、誰のために入れた彫物だと思うと口惜しくていても立ってもいられなくなった。それはいいとして、堀田はしきりにらんの袖を引き、昔を思い出そうと誘いかけるのです。

その日はそれで帰ったが、堀田屋のことを人に聞くと、堀田がいいように自分を利用してきたことがよく判りました。その後も堀田からしつっこく誘いがかかる。仕方なく出掛けて行った、笑い稲荷の境内。堀田は茶屋に行こうと言い、気を引くために取り出したおらんだ渡りの銀の紙切り。笄（こうがい）の代わりに使ったら面白かろうと言って渡されたとき、目の前がかっとして何が何やら判らなくなった。

「よく、話してくれた」

と、辰はうなずいて、

「だが、話だけであんたに縄を打つことはできねえのだ。お上に手落ちがあっちゃあならねえ。あんたが、本当に小矢野さまのお屋敷奉公をしていたことがあるのかどうか、生き証人がここにいる親方」

辰はわたしの方を見ました。

「薄薄はお気付きだろうが、ここにいる親方は彫師で、十年前、さるお侍から頼まれてお屋敷に行き、そこの若党とお女中に、それぞれ同じ比翼紋を入れたことがあるという」

「……」

「職人衆は偉いもので、自分が入れた彫物なら、十年前、二十年前の仕事まで、ちゃんと頭の中に入っているそうだ。紋のように小さな彫物でも判る。その紋は丸に揚羽蝶と三つ鱗で、鱗などは割りで下絵を作りますから誰が仕事をしても同じようだが、蝶の方は絵だから百人が百人違う蝶を描く、そうでしたね」

「……その通りです」

　わたしがうなずくと、辰はらんの方を見て、

「お聞きの通りだ。じゃあ、これからその彫物を改めてもらうが、いいだろうね」

らんは観念したように立ち上がると、帯を解き始めました。

見て、思わず唸りました。

よほど、気を入れて取り組んだのでしょう。これまで、わたしが見たこともない三清の逸物が眼前しています。

　般若の相はあくまでもの凄く、しかも女の色気を失っていない。空に向かう竜の勢い、爛漫の花の艶やかさ。彫物が好きな者なら、傍に置きたくなるのは唐花屋だけではないでしょう。

　問題の比翼紋は、と見ると、打ち返された衣装の袖が腿のあたりまで翻るという図柄で、三つ鱗の方は上手に模様に紛らされていましたが、丸に揚羽蝶は袖に付けられた紋という姿で残されていました。堀田の紋だけは残しておきたかったという心だったのでしょう。

「親方、どうです」

と、辰に声を掛けられ、わたしは我に返りました。

「覚えがありますか。ないならないとはっきり言って下さい」

わたしも勿論(もちろん)そのつもりで、深く息を吸ってからはっきりと言いました。

「この彫物はわたしが彫ったもんじゃありませんね。まるで、手が違います」

「……違いますか」

「この紋も三清親方が一緒に彫ったものでしょう。口惜しいけれど、わたしよりずっと腕のいい人の仕事です」

「その三清さんは」

「大分前に亡くなりました」

「なんだ、それじゃあ、死人に口なしじゃねえか」

辰は満足した顔で、ただし口だけは残念そうに、そう言いました。

二人が帰った後、襖の隙間から一部始終を見ていた勝が、わたしの前に来て両手を合わせました。

「親方、よく言っておくんなすった。本当に偉い。神様みたいだ」

勝に拝まれたって、嬉しくも何ともありませんでしたね。

もっとも、その夜は変に酒が弾み、勝と一緒に明け方まで飲み明かしました。

辰巳菩薩（たつみぼさつ）

火事が江戸の華なら、吉原の火ならさしずめ牡丹。などと無責任なことが言えるのは、尻に火が付きそうになったところで、我身一つを逃げ出すだけでいい、家財産には無縁の人人。焼け出された人にしてみれば、こんな悪い巡り合わせはないでしょう。

なにしろ、家屋敷道具衣装が一どきに灰になってしまう。家を建て直す金も、面倒を見てくれる人もいなかったら、その日から路頭に迷うことになる。挙句の果てが一家離散、前途に望みをなくして自殺、ということが決して珍しくありませんでした。

中でも、吉原は火事が多いところで、江戸も末になると、二年か三年毎に全焼している。吉原へは日に千両の金が落ちる。楼主は阿漕な儲け方をすると言われますが、こうちょいちょい丸焼けになったのでは、ちょっとやそっとの稼ぎではとても追い付いていけないわけだ。現に、有名な松葉屋や扇屋が跡を断ってしまったのは、皆、火事のためでした。

最近では安政の大地震。

もっとも、あのときは吉原ばかりじゃない。江戸のあらかたが焼野原になってしまったのですが、とくに橋場から浅草、吉原あたりの揺れはひどかった。

ええ、わたしも吉原で地震に遭った一人です。江戸町一丁目のお茶屋から錦木楼という店にあがり、一座がお開きになって、花魁の部屋に落着いたばかり。

いいえ、手銭じゃありません。わたしはまだ二十歳、茅場町の大坂屋という呉服織物問屋に奉公していまして、とても錦木楼のような大見世で遊ぶような身分じゃない。その日は、大坂屋の得意の旦那衆を十人ほど呼んで吉原に招待したのです。大坂屋からは番頭も一緒でしたが、わたしが一番若かったから、何から何迄面倒を見なければならず、その気骨の折れることといったらない。それでも同じ店の者からは羨ましがられるし、花魁には持てるわけもないので、全く割に合わない役廻りなのです。

ところが、その夜、わたしの相方になったのが紅山という、年は二十二、三。年は取っているのですが、誠に情の濃やかな花魁でしたね。

旦那衆がそれぞれの部屋に引けていったのが四つ（午後十時）ごろで、わたしみたいな者は廻し部屋に放り込まれるのがせいぜいなのですが、どういうわけか紅山の部屋に連れて行かれて、煙草は吸い付けてくれる。茶を出してくれる。

「お前さん、さぞ骨が折れんしたろう。これからは水いらずでのんびり話でもしましょうよ」

と、肩でも揉みかねない様子。

わたしはまだ若かったから生意気なことを言った。

「おや、嬉しがらせを言うじゃねえか。仕掛けられてそのつもりになっても、好きなときに来られる客じゃねえことぐらい、判っているだろう」

「憎らしいねえ、利いたふうなことを言うよ、この人は。わたしだって勤めの身、女郎と一緒にされちゃあ迷惑だろうが、お前さんだって、金で自由にならねえ身じゃあねえか」

「なるほどそうだ。同病何とやら。だが、おっかねえの。深え心になりそうだ」

「おっかねえのはこっちの方さ。わたしが思うのはうっとうしいかえ」

と、紅山はしなだれかかります。

人情本なら、ここで金竜山の鐘がごおーんと鳴って場面が替るところですが、そうはいかなかった。突然、行燈がぴょんと跳ねあがったと思うと、続けざまにすさまじい家鳴りとなった。

「何だこれは。化物屋敷か」

それが地震だとはすぐには判りませんでした。行燈の火を消すのがやっとで、暗闇の中でじっと紅山と抱き合っていましたが、しばらくすると揺れも収まる。旦那衆が大切ですから、すぐ部屋を出て部屋部屋を呼んで廻る。幸い、普請がしっかりしていたせいか、倒壊だけは免れたものの、いつ余震が来るかも知れません。廓の外は大混乱でしたが、酒に酔って正体をなくしている旦那衆はなく、全員を大門の外に避難させると、もう、そこここで火の手が上がっています。

ふと、紅山のことを思い出して、すぐ錦木楼へ取って返す。後で考えると無鉄砲なことをしたと思うんですが、そのときはただ夢中で、腰が抜けたようになっている紅山を背負い、若さにまかせて人を突き飛ばし跳ね退けて外へ。

吉原は火事ずれがしていまして、焼けたとなると、すぐ仮宅というものを作ります。町奉行に願って、吉原が再建されるまで、場所と期日を限って営業許可をいただく。岡場所がありました浅草、深川、本所といった場所に移り住むことになるのですが、この仮宅が結構、繁昌したものです。

その一つに、岡場所は地の利があった。吉原は日本橋から一里半。奉公人が店を閉めてから、ちょっと行って来るという道のりじゃありません。ところが、深川八幡の門前仲町なら日本橋から二十三丁で、ずいぶん近い。ですから、深川、いわゆる辰巳は大川沿いに立ち並ぶ、米問屋や酒問屋の番頭や手代といった客が多かったのです。

それから、仮宅は吉原であって吉原ではない。焼け出されて転がり込んで来たので、郷に入っては郷に従え、吉原の格式を言ってはいられない立場。付け届けや祝儀、床花といった煩わしい仕来たりがなくなるので、かなり割安で遊ぶことができる。

一方、吉原の客は客で、この際、岡場所がどんなところか見ておきたいという野次馬気分で仮宅へ押し掛ける。それやこれやで、我も我もと仮宅へ詰め掛けますから、仮宅を持った楼主は逆に火事肥りになる。中には火を見ると、消火はそっち退けで岡場所に駈け出し、仮宅の約束を取り付けるという、ひどい楼主もいました。

地震の後、錦木楼は深川永代寺の東、山本町にある小桜屋という茶屋を仮宅にした、ということを耳にしました。自分の手の届くところに紅山が来ている、そう思うと、何だか落着けなくなりましたね。

それから間もなく、深川の黒江町に用事があったとき、ふらふらと小桜屋に入ってしまった。

紅山は思いの外、元気で、

「お前さん、よく忘れずに来ておくれだね。あのとき助けられてから、忘れた日は一日もありゃしませんよ。お礼が言いたくとも、お前さんの店へ手紙を届けるわけにもいかねえし、あの後、ご無事だったかと、案じるよりなかった」

と、手を取って目に涙を浮べました。

「なに、別に助ける気じゃあなかったが、味よくなりかかったときあの騒ぎさ。口惜しいから、田圃の中にでも連れ出しておっぱじめようとしたのさ」

「ばからしい。じゃあ、今日はたっぷりと可愛がっておくれな」

死と向かい合わされていたすぐ後のためか、紅山は情の揺れ方が強くなっているようでした。勿論、そうした扱われ方は嬉しくないはずはありません。すっかり夢見心地で刻の経つのを忘れ、表まで送られまして、

「お前さん、今度はいつ来てくんなます」
と、ぎゅっと手を握られますと、金があるのないのという分別がなくなってしまいました。
「うん、近い内、きっと来る。必ずやって来る」
と、約束しまして、永代橋を渡りきるまで、魂が元の場所に戻って来る気がしませんでした。

そうなると、さあ、その味が忘れられない。もっとも、金の掛かることですから、足繁くというわけにはいきません。それでも、溜めていた給金のあらかたは辰巳へ持って行ってしまった。

紅山は取り分けて美形というのではない。口数も多くはなく、世辞が上手というのでもない。ただ、大変に実(じつ)のある女で、決して嫌な顔を見せたり怠(なま)けた態度をしたことがない。そのせいか、紅山の客は多いようで、紅山には大家(たいけ)のいい客が沢山ついているなどという噂を小耳に挟むと、じれったいような気持になる。生まれて初めて女に嫉(や)き心を起こして、紅山に荒い言葉を当てることもあったんですが、それでも紅山はやんわりと受け流し、愛想のある扱い方に持っていくのです。

そのときの仮宅の許可は五百日だったそうですが、吉原の再建に手間取りまして、結局、翌翌年の六月、深川の仮宅が引き揚げられることになりました。

引き揚げの当日、女達はそれぞれに美しく着飾りまして、船と駕籠(かご)に分乗して辰巳を立っていく。それを一目見ようという見物人が押し掛けて、それは賑やかなこと。わたしも遠くから紅山を見送りましたが、元の錦木楼に戻ってしまったら、とても登楼はおぼつかない。紅山はその日が見納めだと心に言い聞かせていましたので、ともすると紅山の姿がかすんでしまい、近付いて声を掛けることができませんでした。

ところが、それから三年後の九月の末、江戸町二丁目の紀の字屋より出火、今度のは付け火だそうです。吉原はまたしても全焼してしまいました。錦木楼は三年前と同じ深川の小桜屋を仮宅としました。

紅山がまた辰巳に戻って来る。

聞いただけで、昔の血が騒ぎだしました。しかし、皮肉なことに、その頃、わたしは遊びどころではなかったんです。

というのが、見様見真似の木綿相場にうつつを抜かしていたからで、最初は、友達に勧められて手を出し、ちょっとした小金をつかんだのが病み付きになった。それも、金さえあれば吉原に行って紅山と会えると思ったからで、つい深みに嵌まるようになった。

それが、吉原の焼ける半年前あたりから、ことごとく思惑が外れ、損が嵩んできた。

仮宅が引き揚げた後、わたしはすっかり固くなったので、店の信用も厚くなったせいか、現金の扱いなども任されていたのも悪い工合になった。損を取り戻そうとして店の金に手を付けたのです。なに、儲けて元へ戻しておけばいいと思ったのが裏目に出る。それをまた、取り戻そうとする。

結局、そっと計算してみると、五十両近い穴が開いていまして、それに気が付いたときにはさすがに蒼くなった。

よく考えて見ると、年に一両の金を残すのも難しい手代風情が五十両。まるで気の遠くなるような話です。それが、相場をやっているときは十両、二十両の金を何とも思わない。誠に恐ろしいことで。

あるとき、番頭から呼ばれて、帳面はちゃんとしているかね、などと言われる。そうなると疑心暗鬼、疑われているのかも知れない。いやいや、とうに調べはついてしまったのだろうと思うと毎日が穏やかではなく、夜も落着いて寝ることができません。

二親は二年ほど前に前後して病死しました。叔父が一人いるのですが、小っぽけな競り呉服屋で、とても金の相談に乗ってくれるような相手じゃありません。

結局、まあいい。死んでしまえば済むことだ、と。

――全く、若いときの考えは向こう見ずでした。

一度死ぬと決めたら、早い方がいい。この世にはもう未練はないが、今生の思い出に紅山と一夜を明かそう。そうすれば、心残りもなく死ねるだろうと思い、ある夜、そっと店を抜け出して深川に向かいました。

気のせいか、山本町あたりの佇いも懐かしい。仮宅は以前にも増す賑やかさ。何しろ、そのときは、日本橋河岸にあがった魚は全部辰巳に引けてしまうといわれたほどの景気でした。

紅山も忙しい身体でしたが、そこは義理固く、二階の上、屋根裏のような狭い小部屋に入れられまして、しばらく待つと紅山も登ってきました。

三年ぶりに見る紅山は、少し痩せた感じでしたが割に元気で、無事を喜びあったものです。その晩は小桜屋に泊ったんですが、覚悟はできていても、どこかいつもとは違うと、紅山は悟ったらしく、親身になってわたしの話を聞こうとします。幸い、屋根裏の小部屋は狭くて二人だけ。普通なら仮宅のことですから、花魁が一つの部屋を占領することはできない。部屋に屏風を立て廻して、何組もの客が押し込められる割り部屋になるのですが、たまたま屋根裏に入れられたために、他の客に気兼ねすることなく話ができる。紅山の親切に、わたしはついほろりとして、実は別れに来たのだと全てを打ち明けてしまいました。

それを聞くと紅山は目に涙を浮べ、

「そりゃあ、藤三さん、了簡が違うよ。人の命がそんなに易く引き替えになって、いいものかえ」

「いいものか悪いものか知らねえが、こうなってしまったものを、どうすることもできねえじゃねえか」

「それを言うなら、わたしの方が、今迄、どれほど辛え思いをして来たか判らねえよ」

そこで、初めて紅山の身の上話を聞いたのですが、紅山は日本橋旗町の袋物問屋、日野屋茂八の娘、弟が一人いて、小さい頃は人も羨む暮しでしたが、十歳のときから不幸が続くようになった。最初に、日野屋を興した祖父母が続いて病死し、次の年の大風で旗町の店が倒壊、店に泊り込んでいた父が家の下敷になって死んだ。紅山と弟、母は新富町の家にいたため助かりましたが、店を建て直すため、母は仕方なく日野屋の番頭と再婚することになった。ところが、この番頭はひどい男で、内内に若い女を囲っていたのに、頬冠りして母と一緒になった。そんなですから、母を思う気持は最初からなく、反りが合うはずもない。散散、母に辛い思いをさせた挙句、女に唆かされたのか、日野屋の婿では自由が利かないと思ったのか、大金を持ち出していなくなってしまいました。

たちまち店は左前で、見切りをつけて店の者も次次といなくなる。母は借金と幼い二人を抱えて思案に暮れ、勧める人があって、泣く泣く紅山を錦木楼に売ったというのです。

聞けば無残な話ですが、それを聞いてわたしの心が変わるというものではありません。

「そりゃあ気の毒だ。だが、それはそれ。おめえの身体なら金で買おうという楼主も多かろうが、俺は男だ。誰が金を出して買おうと言うものか」

すると、紅山はきっとした顔になって、

「これから死のうとする人に、気休めを言っているんじゃないんだよ。藤三さんの身体を、わたしが五十両で買おうじゃないか」

「えっ……」

わたしはびっくりして口が利けなくなりました。

「藤三さん、五十両ありゃ、死ぬことはないんだね」

「……それはそうだが、どうしてそんな大金を?」

「この頃考えているんだが、わたしも来年二十七、三月で年季が明けるのさ。けれども、禿(かむろ)の頃から過ごして来たこの世界、廓から出たとしても、とても堅気でやってゆけそうもねえから、年季を結び直そうと思っているところなのさ」

「……だが、おめえほどの女なら、年季の明けるのを待って、夫婦(みょうと)約束をした奴がいるんじゃねえか」

「自慢するわけじゃあねえが、そう言ってくれる人もいたよ」

「そうだろうなあ。それなら、好いてくれる者と一緒になるのが一番だ」

「けれども、わたし誰とも約束なんかしちゃいませんよ」

「どうしてだ」

「それが嫌だから仕方がないのさ」

「……そうは見えねえが、おめえも余っ程、酔狂だな」

「酔狂でも何でもいいが、これはわたしが決めたこと。そこで、長年ここに住んでみて、吉原よりはどうやら深川の水が合うらしいことが判ってね。ここの芸者屋に鞍替えしようと思っているのさ」

「……」

「ここで年季を結び直す気なら、給金の前借りができる。その金をお前さんに貸そうじゃないか」

「そりゃいけねえ。やっと苦労を終えて、これからじゃあねえか、楽になれるのは。それを見ていて、また勤め奉公しろとは、俺にゃとても言えねえ」

「だって、金がなけりゃ、藤三さんは死ぬざましょう」

「俺は俺のでかした不首尾で死ぬ。お前にゃ関係はねえことだ。お前を苦界に落とし、俺だけ助かることはできねえ」

「……藤三さん、わたしが好きかい」

「ああ。最初、吉原で会ったときからだ」

「だったら、わたしも同じ。だから、お前を見殺しにはできねえのさ」

「だと言って――」

「わたしのことなら心配おしでないよ。苦界十年花衣、悟ってみれば面白き、色の浮世のその中に、というじゃあないか。いいかい、藤三さん、短気な気を起こさず、明日、もう一度寄ってみておくれ。わたしが何としてでもお金を揃えておくから」

紅山の言うことをすぐ本気にすることはできませんでした。五年前、地震の中から紅山を助けたことがあっても、あのときはまだ充分紅山独りでも逃げ出すことはできたはずです。客といっても、仮宅のときしか顔を見せないけちな奴。そんな者に、折角の身抜けを棒に振ってまで金を貸そうとする気持が判りません。

誠実そうに見えても、矢張り女郎。この際とばかり手管を使い、最後の金までも搾り取ろうとするのか。いや、それも結構、端金を持って死んでも仕方がない。欲しけりゃ呉れてやる。欺された気で、翌日、小桜屋に出掛けますと、何としたことか、紅山はわたしの前に五十両、耳を揃えて並べたではありませんか。

それを見て、この女は正真俺に惚れている、と思ったのも無理じゃあないでしょう。

「これからは、わちきに会いたい気持も押え、真面目に奉公して立派な店の主人となっておくれ」

という意見と一緒に金を懐に入れ、一度捨てた命と思わぬ恋を振り分けにし、天にも登る気持で帰りましたが、さてつくづく考えると、今の店を勤めあげるのは何年先か。とにかく、一日も早く金を作り、紅山を身請けしてやらなければ男ではない。それには、だらだらとした今迄の奉公ではだめだと思い立ち、金の始末をきちんと付けた後、一身上の都合でと店を辞めまして、叔父のところへ行って働かせてくださいと頼み込みました。

叔父は最初、若者の気紛れで、どうせ三日坊主だと思っていたようですが、わたしは真剣そのもの。目の色を変えて仕事に打ち込む様子を見て、叔父もやる気を起こし、普段は扱わない高級品などを仕入れて来たりするようになりました。

毎朝、山のような反物を背負って家を出る。江戸の内では同じ競り呉服が出入りしていると思い、遠く巣鴨や池袋の村に足を伸ばします。あるとき、池袋の庄家に行ったところすっかり気に入られ、娘の婚礼衣装一式を請け負いました。それがうまくいきまして、庄家の口利きでそのあたりの得意がかなり増えました。

そうなると商売が面白い。翌年には叔父のところから独り立ちしました。次の年の夏、ふと、思い付いた菱の模様を中型に染めさせたところ、どういう縁か人気役者の門脇杜若の目に止まって、芝居の衣装に着てくれた。これが若い娘たちの大評判になり、杜若菱の浴衣というので、羽根が生えたように売れ出しました。店には客が殺到して、いくら染めても追い付かないという景気。

こうなると自分でも弾みが止められない。その年の暮、柳橋に呉服太物問屋の株を買って、わたしはその主人に収まりました。

これというのも紅山のお蔭。毎朝、辰巳に向かって手を合わせていたのですが、やっと紅山を身請けできるめどが付いたわけです。

深川細見で見ますと、紅山は小兵衛という名で子供屋（深川の芸者置屋）にいることが判りました。その年も押し詰まった日、船で辰巳に出掛けていき、門前仲町の夜船に小兵衛を呼び出しました。

小兵衛はすっかり辰巳芸者になっていまして、細輪に覗き蔦の五つ紋を付けた、地は濃紫で桜の裾模様に黒繻子の帯を締め髪を割唐子に結んで鼈甲の笄に秋田檜の櫛を差しています。それを見て、わたしはつい不覚の涙をこぼしました。

「よく辛抱してくれた。お前のお蔭で、俺もどうやら一人前になることができた。今迄の恩返し、と言うと口幅ったいが、すぐにも身請けをしよう。望めるならお前を女房にしたいのだが、それが嫌だと言うのなら、どうにでも気の向くようにするがいい」

と、言うと、小兵衛は最初懐かしそうに聞いていましたが、身請けの話になると居住いをなおしました。

「聞けば大層なご出世。こんな嬉しいことはない。わたしを思うて身請けのことも、有難すぎて身が竦むほどだよ。でもねえ、藤三さん。わたしはわけあって身抜けのできない身体ゆえ、その話はなかったことにしておくれよ」

「身抜けができない？　すると、その上に借金でも？」

「いいえ、借金ではねえわけがあってね」

「じゃあ、他に夫婦約束をした男でもいるのか」

小兵衛は淋しそうに頭を振りました。その様子を見ると嘘を言っているようではない。

「じゃあ、何で身抜けができない。お前は嫌ならわたしの女房にならなくともいい、と言っているんだよ」

「……わたしは一生、ここにいる運命(さだめ)なんざんすよ」

どうやら、小兵衛には固い決心があるようで、それ以上は言えなくなり、取りあえず、小兵衛に借りた五十両、別にもう五十両を取り出しました。小兵衛は金の方はすぐ受け取って礼を言った。

わたしに小兵衛が惚れている、とばかり思っていましたので、身請けの話には喜んで乗って来るものだとばかり思っていましたから、この返事は全く思い掛けないことでした。でも、しばらくすると、自惚(うぬぼ)れが醒(さ)めまして、そうなると、長いこと小兵衛のことばかり思い続けて来た自分がおかしく思えてきました。

それでも、小兵衛はわたしが嫌いというわけでなく、その晩は仲良く過ごしまして、翌朝は船まで送ってくれました。

以前、小兵衛が言った、悟ってみれば面白き、という言葉を思い出します。わたしもその境地になろうと思い、恋を諦めたまま辰巳通いをするようになりました。

そうなると、辰巳が面白い。若いときは色が一でしたから他のものがあまりよく見えませんでした。

辰巳は吉原とは一味も二味も違う場所で、水路が開けていますから船の便がいい。海に近くて春は潮干狩で賑い、三股は月の名所、富岡八幡の西には永代寺の庭園が有名、東には三十三間堂。四季それぞれの景物が美しい。大川河口には大きな問屋が軒を並べ、木場も近いという土地柄、気っ風のいい深川かたぎが持てはやされる。その気質を受けて、辰巳芸者は張りと意気地を命とする。吉原が派手で豪華を売りものにするなら、辰巳は衣装も化粧もあっさりとしていて、色よりも芸。粋が全ての善し悪しの判断にされる世界。

辰巳に通うに従って、そういった面白さが判ってきまして、小兵衛を連れ出しては梅や桜、船遊びと、奥行きのある付き合いをするようになりました。もっとも、まだすっかり小兵衛を諦め切ったわけじゃなくて、折あるごとにそれとなく心を探ってみるのですが、矢張りわたしに請け出されたくないことが判りました。

船宿の船頭、宇八という若い者とも馴染みになりました。この辰巳の船頭というのが、口は荒いがなかなか気が利いていて、つうと言えばかあ、色色なところへ案内してくれます。この宇八にも、探りを入れるのですが、どうやら小兵衛には変な男も付いていそうもない。もう少し、勘がよかったら、と、今になってしみじみと思います。そうなると知っていたら、小兵衛をふん縛ってでも身請けをしていたでしょう。

八月、月見も過ぎ、亀戸の萩もそろそろ噂になろうとしている季節でした。

場所は筋違御門と昌平橋の間の堀で、船頭のいない屋形船が漂っているのが見付かりました。

番侍が訝しく思い、堀に降りて船を引寄せ、小障子を開けて見て驚いた。中は血の海で、その中に一人の女が事切れていたのです。

刃物は見当りませんが、鋭利な短刀のようなもので乳の下を一突きされて、船内の凄惨さとは反対に、目を閉じた女の表情は穏やかで、ぞっとするほど美しかったと言います。

すぐ、番侍は船を御門の近くに舫い、八丁堀に報らせました。一方、神田千両町からは手先の宝引の辰とその手下の松吉が駈け付けました。

殺された女の服装を見て、辰巳の芸者らしいところから、宝引の辰は深川へ向かい、女の身元を突き止めました。女が髪に差していた、頭部の丸い半月の形をしたいわゆる政子形の秋田檜の櫛、白珊瑚で菊を細かく彫り入れた細工を見せると、何人もの芸者がそれを覚えていました。女は丸平という子供屋に抱えられている小兵衛という芸者。

「ところで、旦那は昨夜、その小兵衛をお呼びなさったそうですね」

と、宝引の辰がわたしの顔をちらりと覗きました。

わたしは小兵衛が殺されたと聞かされたときからすっかり気が動顚し、口も利けないほどになっていましたが、辰の言葉ではっと我に返りました。

「何でも、旦那は船で小桜屋へ来て、小兵衛を呼んで船に乗せた。それっきり、小兵衛は帰らなかったそうですがね」

「いや、親分、わたしは昨夜、辰巳には行きませんでしたよ」

わたしは二度びっくりです。小兵衛が殺されたのも沙汰の限りでしたが、事もあろうに、小兵衛を殺した疑いがわたしに向けられているようなのです。

わたしは気色ばんで言いました。

「辰巳でわたしの姿を見たと言う者でもいるのですか」

「……いや、それが妙でしてね。船が小桜屋の裏手に着くと、船頭が女将に小兵衛を呼ぶように言った。小兵衛が来ると、船頭は旦那がお急ぎだと、小兵衛をすぐ船に乗せた。だから、直かに旦那の姿を見た者は誰もいねえんですがね」

「船頭は誰ですか」

「松本屋の宇八だったそうですよ」

「宇八、和泉屋が来た、そう言ったのですか」

「……茅場町の旦那、こう言ったそうですがね」

「それは変ですよ。宇八なら、いつもわたしのことを、和泉屋の旦那。そう呼んでいます」

和泉屋は叔父の家の屋号で、わたしの店はその屋号をもらっていたのです。

「それに、わたしは小兵衛を呼んで、すぐそのまま船に入れたことは一度もありません。必ず座敷へ上がって一杯やるはずです」

「……なるほど」

「宇八はどこにいます」

「宇八も昨夜から帰って来ねえんです。丸平じゃ、朝になっても船が戻って来ねえもので、騒ぎになっていたところでしたよ」

「わたしのところは、一年でこれからが一番忙しい時期。夜でも身体の空かないことが多い。それは小兵衛もよく知っているはずですがね」

「……そうですか。まあ疑うわけじゃありませんが、一応は訊いておきましょう。旦那は昨夜、どこにおいででした」

「夕方から数寄屋橋（すきやばし）のお屋敷に伺ってご用を聞き、それから小橋に廻りまして、ここでは碁のお相手をさせられましたので、そこで朝迄碁を打っておりました」

辰は疑うわけじゃないと言いながらも、その屋敷の名を書け付けました。

「小兵衛とは長い馴染みのようですね」

と、辰が訊きました。

「そう、まだ小兵衛が吉原にいた時分からです」

「ほう……小兵衛は吉原に、ね」

「錦木楼で、紅山といってました」

「紅山――ね」

辰はまた帳面をひっくり返します。

「それじゃあ、小兵衛のことはよく知っていなさる。小兵衛が誰かに怨(うら)みでも買ったようなことを聞いたことがありますかね」

「まず、ないでしょう。小兵衛は芸者などにしておくには勿体(もったい)ないほど気立てのいい女でした」

「はて、誰に訊いてもそう言う。人間だから、当然、好き嫌(きれ)えはあるだろう。だが、小兵衛はどんな客でも振ったということはなかったそうだ。小兵衛を抱えている主人なら、てえげえにしろ、そんなことをしていたら身体を毀(こわ)してしまうと、言いたくもなる。ところが、小兵衛はいつも笑っているばかりだという」

「わたしも、小兵衛が嫌な顔をしたのは一度も見たことがありません」

「旦那もこの節は大変な気の入れ方だそうですね」

「いや、小兵衛の扱いがいいもんですから、一時は、わたしが間夫(まぶ)か、と勘違いしたことがありました」

「そこなんだが」

　辰は身体を乗り出しました。

「そりゃ、旦那だけじゃねえ。この正月にも、これは米問屋の手代ですが、すっかり小兵衛にのぼせ上がっちまった。そのために、店の金に手を付け、一時は死ぬの生きるのという騒ぎになった。そのとき、小兵衛は自分の金を三十両、その手代に渡して帰したという話がある」

　この正月といえば、わたしが以前に小兵衛から借りた金を返してから間もない。すると、小兵衛はその金を、今度はその手代に惜し気もなく渡したのでしょうか。

「世の中は、女郎と言えば、客を欺して一文でも多くの金を巻き上げるもの、と相場が決まっている。だが、小兵衛は丸でその反対だ。情夫でも間夫でもねえ男に金をくれてやるんだから判らねえ」

「一体、小兵衛の本当の間夫は誰なんでしょう」

「それは俺の方で訊きたいほどです。旦那、そんな噂を耳にしたことがありませんか」

「……一度も」

「小兵衛の朋輩(ほうばい)も、皆、同じことを言っている。つまり、小兵衛には根っから嫌だという客もねえ代り、心底惚れたという客もいねえんです」

「それは、わたしも前から気掛かりにしていました」

「一体、どんな星の下で生まれた女なんだろう」

「生まれた家はかなり大きな袋物問屋だった、と聞いたことがあります」

「……ほう」

　辰はまた帳面を拡げました。

「珍しいことがあるもんだ。小兵衛は身の上話をしたんですか」

「一度だけ。確か――日本橋旗町の日野屋という店です」

「……聞かねえな」

「今はありませんよ。あれば、小兵衛は吉原などには出ません」

「いや、もっとも。で、何が元で店がなくなったか知っていますか」

「大風だったそうです。小兵衛が十のとき、いや、十一でしたか。夜中に吹いた大風で、どういうわけか、旗町の店のあたりだけが倒壊してしまった。母親と、小兵衛姉弟は新富町の家にいて無事だったのですが、店に泊り込んでいた父親が家の下敷になって死んでしまいました」

「そりゃあ、気の毒」

「不思議なことに、この後も日野屋は不運が続くんです。父親が死んでからは、これからは番頭が頼りというので、母親は気が進まなかったんですが、番頭と一緒になり、番頭を直して日野屋の主人にした。ところが、この番頭が悪い奴で、日野屋の大金を持ち出してどこかへ逃げ出してしまった。前から番頭には若い女がいたことが、後になって判りました」

「……それで、日野屋が潰れた？」

「ええ、後には借金だけが残った。母親は仕方なく、知り合いの伝（つて）で、小兵衛を吉原に売ったのだそうです」

「その、日野屋の番頭の名は？」

「……さあ、聞いたかも知れませんが、忘れました」

「小兵衛には弟が一人いる、といった」

「そうです」

「今、どうしているだろう。生きていりゃいい年だ」

「弟のことは……聞きませんでした」

「そうですかい。いや、忙しいところ手間を取らせましたね」

　辰は筆を矢立に収め、帳面を懐に入れました。

「お終いに一つだけ。旦那の手をちょっと拝見してえ」

　わたしは両掌を辰の前に差し出しました。辰はわたしの手に顔を寄せ、指で掌をちょっと押してみて、

「や、さすが商人衆の手は柔らけえ。女のようだ」

　と、感心したように言いました。

　わたしにとっては命の親、その上、惚れぬいていた小兵衛が屋形船の中で刺し殺され、下手人も判らないという。

　何としても無念で、それを聞いてからというもの、全く仕事が手に付かなくなってしまいました。

吉原で最初に逢ったときのこと。深川山本町の仮宅でのこと、小兵衛が深川に年季を結んだ金で、五十両を貸してくれたときのこと。その金を返して以来の辰巳での遊び。それやこれやが繰返し頭の中に現れては消えていく。

そのうち、小兵衛が紅山と言っていた吉原時代、紅山の妹分で、おくにと呼んでいた新造がいたことをふと思い出しました。紅山はそのおくにを大変に可愛がっていたのです。おくにになら、辰巳の人達が知らない何かを覚えているかもしれない。もし、そこに小兵衛が殺されるようになった原因があるとすると、犯人が判る手掛かりとなるかも知れない。そう思うと、一刻もじっとしていられなくなりました。

駕籠を飛ばして、吉原へ。

錦木楼へ着いたのは八つ（午後二時）ごろで、ちょうど、昼見世が張られたばかり。茶屋で訊くと、おくには二年ほど前、新造から突出しになり、今は売れっ子の花魁になっているという。名は紅山を襲いだというので、わたしはすぐ、その二代目紅山を呼びました。

「よく、わたしを覚えていておくんなんした」

髪は兵庫髷、上着は白地の綾織り、裾に朱の山を連ねた下に草花の模様が描かれている。紋は細輪に覗き蔦の菅縫い。下着は緋緞子で、黒繻子と蜀江の鯨帯を巻いている。

「おっ、これは紅山をそのまま写したようだ」

おくにが立派に成長し、艶やかな姿になっているのは予想したこと、そんなに驚きはしませんでしたが、そのおくにの着ている裲襠が見覚えのある紅山のもの。わたしは数年前の紅山が姿を現わしたのではないかと思い、思わず大きな声を出したものです。

「はい、この裲襠は紅山花魁が、わたしの突出しのとき、祝いにとくんなんしたもの。今日一日はこれを着て、悔やみの気持でござんす」

「すると、お前は小兵衛が昨夜、殺されたことを?」

「はい。昼ごろ、神田の手先の者がここに来て、そのことを話して帰りました」

紅山はそっと下着の袖を目のふちに当てました。

「そうか。知っていたのか。いや、わたしもそのことを聞いてびっくりし、お前のことを思い出して来たのだ。わたしは辰巳では小兵衛に一方ならない世話になっていた」

「わちきも花魁にはずいぶんよくしてもらいましたから、せつなくってならないのですよ」

「そうだろうなあ。わたしだって胸を掻きむしられるようだ。ところで、その手先の者はお前に何を訊きに来たのだ」

「花魁がこの錦木楼にいさっしゃったとき、間夫がいたか、どうか。それを第一に訊きいした」

「……で、何と答えた」

「花魁は固いお人ざましたから、間夫のような客は一人もありんせんでした、そう答えましたよ」

「お前は紅山の新造だったから、ずっと紅山の傍(そば)にいた。間夫ができれば、すぐ判るだろうな」

「はい。ただ……」

紅山はちょっと口籠もり下を向きました。

「ただ?」

「……主(ぬし)は花魁と深い仲だから言いますが、一度だけ、花魁が部屋に吉(きっ)つぁんを引き入れさんしたことがありいした」

「吉つぁん——というと?」

「見世で働いていた吉治(きちじ)さんざます」

「……つまり、吉治が紅山の間夫だったのか」

「いいえ。そんなんじゃありんせん、花魁は、吉つぁんがあまり本気でせっつくものだから、思いを叶えてやったのだと言わさんしたよ」

「そのことは内証(ないしょう)は知らないのだな」

「はい」

「今、その吉治はどうしている」

「とっくに、死なんしたよ」

「…………」

「あの地震のとき、吉つぁんは死物狂いで火の中から家財や衣装を持ち出しゃんした。この紅山花魁の裲襠もその一つ。でも、最後に火の中に入ったとき、運悪く燃え落ちた梁の下敷になった、と聞きいした」

わたしは考え込みました。多分、吉治は惚れた紅山のために、身の廻りの品を持ち出そうとして一命を過ったのでしょうが、紅山がそれほど思ってもいない若い者と、廓の掟を破った気持が判りません。

「で、手先の者はまだ他に何か訊いていかなかったか」

と、わたしは二代目に訊きました。

「終いに、花魁がここにいたとき、漁師の客はなかったか、と」

「それで?」

「漁師さんというのは、聞いたことがありんせん」

それを聞いて、はっとしました。

さすがに目の付けどころが違う。

よく考えれば、小兵衛を乗せた船が神田川を登って昌平橋の上手で見付かったというのがおかしい。普通、芸者をあげての船遊びなら、大川を登って御蔵前あたりに舫って、船頭は粋を利かしてしばらくいなくなるというのが一つの仕様で、相手の芸者を殺すなら人目のないこのときしかありません。

それなのに、小兵衛を乗せた船は神田川で見付かっている。船が独りでに神田川を登ることはありませんから、誰かが船を漕いだはず。多分、船頭の宇八がいなくなって、すぐ小兵衛が殺されたわけではなく、茅場町の旦那と言った客と小兵衛が、船頭の帰って来るころまで言い争い、挙句に客が小兵衛を殺した。その下手人は、すぐ船から陸に上がっては、宇八と出会うかも知れないと案じ、自分の手で船を漕いで神田川に入り、堀から陸に逃げてしまったのでしょう。

とすると、下手人は船が漕げる者。

わたしのところに宝引の辰が来て、手を見せろと言ったのは、それを確かめる意味だったことが判りました。普段、力仕事をしない者が急に櫓などを握れば、すぐ手の皮が剝けてしまうでしょう。

手先がそのことに気付き、昔、小兵衛に漁師の客がなかったかと訊いたわけで、恐らく辰巳でも同じ手掛かりをつかもうとしているでしょうが、果して目当ての者が見付かったかどうか。

二代目紅山は小さな仏壇の扉を開けて燈明をつける。わたしも線香を立てて、しばらく紅山と小兵衛の思い出話に耽りました。

「主は心から紅山花魁を好いていさんしたのね」

「ああ、あんな気っ風のいい女はいない。今思うとまるで菩薩のようだった」

「そんなに思ってくれる方がいて、花魁はいっそ幸せ者ですわ」

紅山はじっとわたしを見ていましたが、

「今日はわたしを花魁と思って可愛がっておくんなんし」

と、上体を崩しました。

大門を出て、山谷堀から待乳山聖天を抜けて御蔵前に来たときには、陽もだいぶ傾いていました。小兵衛が殺されたのはこの辺りかと、改めて胸が痛みだし、思わず大川の端に立って長いこと川面を眺めてもの思いに耽っていました。

しばらくして我に返り、蔵前通りに出ました。通りに面して、千輪寺という寺がある。その森に通り掛かったとき、奥の方でちらりと白いものが見えた。

因縁というのでしょうか。

わたしが宇八の屍骸を見付けたのです。

宇八は千輪寺の松の枝に自分の帯を結び、首を吊っていたのでした。

宇八は書置を懐に入れていまして、それで小兵衛を殺した下手人は宇八だということが判ったのです。

茅場町の旦那という客がいたわけじゃなく、実はそれが宇八と小兵衛がこっそり出会うときの合言葉だったわけです。茅場町の旦那は人目に立ちたくないという理由で、いつも屋形船から座敷に上がったことはない。しかも、揚げ代や心付けを綺麗に置いて帰るので、誰も茅場町の旦那というものを信じ、小兵衛と宇八の仲を気付かなかった。

勿論、船頭の分で、そんな金は使えませんから、これも、小兵衛が身銭を切っていたのでしょう。

とすると、小兵衛の本当の間夫は宇八かというと、どうもわたしには違うように思えるのです。

宇八も錦木楼の吉治と同じ気がしてならない。恐らく、宇八も小兵衛に惚れ抜いていて、それを知った小兵衛が願いを聞いてやったのに違いない。それは、辰巳芸者の心意気だったのでしょう。しかし、それにしても、廓の若い者や船宿の船頭まで相手にしなくとも、という気はするんですが。

宇八の書置を読んだ宝引の辰も同じような思いだったようで、

「気の毒に、上品そうな顔をしていたが、小兵衛も病気だったのか」

と、言ったのを聞き逃しませんでした。

「病気……小兵衛は病気だったんですか」

「そうさ、男がいねえと、一日も生きてはいけねえ病気だ」

辰は分別臭い顔をしました。

「小兵衛も、というと、他にも同じ病気の女がいたんですか」

「ああ、いたなあ、俺が知っている一人は、色がねえと頭に血が登り、夜も寝られねえという因果な奴だったが、とうとう女郎になった。まあ、当人にゃ幸せだったかも知れねえが、進んで苦界に身を落としたんだ。前世にどんな悪縁があったか知らねえが」

「……小兵衛も同じだった、というのですか」

「そう。さっき、小兵衛の弟の居場所が知れたんだ。弟は小さいながら蠟燭屋をやっていた。小さいときに売られていった小兵衛のために、小金を溜めて身揚がりさせようとしたんだが、小兵衛の方じゃ首を縦に振らなかったという。小兵衛は女郎が好きだったんだ」

「……その弟が、そう言ったんですか」

「真逆、弟の口から、姉は色が好きだとは言えめえ」

辰がそう考えるのは無理もないでしょう。

辰が言う通りなら、小兵衛がどんないい身請けの話にも応じなかったわけが説明できます。けれども、わたしには納得がいかない。小兵衛はむしろあっさりとした付き合いが好きなのを知っていたからです。決して色がなくては寝付かれないような女じゃなかった。

小兵衛の遺骸は弟が引き取りまして、遺骨は日野屋の菩提寺、谷中の和明寺に収められました。

わたしはその葬儀に立ち会わせてもらいました。

葬儀と言っても、三、四人だけのごく内輪なものでした。

小兵衛の弟、日野屋幸助は色の白い、実直そうな男で、目のあたりが小兵衛とよく似ているのが哀れでなりませんでした。読経の間にも何度も頬を引き吊らせてじっと悲しみを堪える姿に、これまで長い苦労を耐え忍んできたらしいことが窺えました。

「生前、姉が一方ならないお世話になり、お礼の言葉もありません」

と、幸助は折目正しく挨拶をしました。

「いや、世話になったのはわたしの方です。わたしは身請けをしようと言うのを断わられたくらいですから、迷惑に思われていたかも知れませんよ」

「そうでしたか……それほどまで思っていて下さったんですね。迷惑などと思ったら罰が当たりましょう。姉は請け出されることができない人でした」

「……それが、どうも腑に落ちません。わたしが断わられるのは不思議ではないが、幸助さん、あなたのときにも小兵衛はうんと言わなかったそうですね」

「はい。姉はそのわけを言いませんでしたか」

「ええ。しつこく訊き出すのは野暮ですから」

「……そうでしたか。実は、姉はずっと家のことを思っていたんですよ」

「日野屋のことを？」

「はい。元元、姉が吉原に行ったのは、打ち続く厄難のためでした」

「それは聞いたことがあります。何でも、わずかな間に、日野屋は身代限りをしてしまったそうですね」

「はい。母はあまりの不運続きに、ある行者のところへ行って、日野屋のことを占ってもらったのです。すると、行者の前に日野屋の先祖が現れました。その先祖は武士で、戦場に出て数多くの男を殺したのみか、勢いに乗じて罪のない百姓まで虐殺したことがある。その男達の怨霊が日野屋に群がっているため、次次と災難が起きるのだ、とその先祖が語ったそうです」

「………」

「その怨霊を鎮めるには、祈禱誓願はもとより、日野屋の人達が、謝罪の心を持たなければならないということで、姉はそれを聞いて、子供心にも深く感じるところがあったのでしょう。先祖の罪滅しに、とにかく、これから触れ合う人達の全部に——一人でも多くの人達を思い遣り、自分を振り返ることなく、持っているものを分け与えようと、心に誓ったのでしょう」

「……つまり、小兵衛は自分だけが請け出されて、幸せになることができなかったのですね」

「お判りになっていただけましたか」

「しかし——宇八にはそれが判らなかった」

「宇八も自分が本当の情夫と思い込み、そのための嫉妬が殺しにまで追い立てたのです」

宇八の若い独占欲を読めなかったことだけが小兵衛の誤りだったのだ。

「とすると、小兵衛は慈悲の権化、観世音菩薩のよう――じゃない、菩薩そのものだったのですね」

幸助はそれを聞くと声を詰まらせ、ものを言うことができなくなりました。

それで、わたしは仏師に頼んで菩薩像を彫ってもらい、座敷に置いて朝晩拝むことにしているのです。

人に訊かれると、

「これは辰巳菩薩といい、拝んでから辰巳に行けば大もて疑いなしという、あらたかな菩薩様だ」

と、教えることにしていますが、実はそれ以来、一度も辰巳に足を向けたことはありません。

江戸桜小紋

「咲かず桜というのを聞かないかね」

と窓香が箸で数の子を突つきながら言いました。

「さあ聞いたことがねえが、咲かず桜というと、花を咲かせねえ桜なのかい」

「そう。この節、咲かねえ花見なんてのも乙なもんでしょう」

窓香が利いた風に言うとおり、今年の開花が遅かったせいか、ここ二、三日どこへ行っても花の噂で持ち切りです。

佃弁という縄暖簾で、この店の自慢の田楽で一杯やっているところへ入って来たのが、隣町に住んでいる小さいときからの友達で門脇窓香という、猿若町の芝居の役者でした。

門脇杜若の弟子で、芸名を窓香ともっともらしいが、どうもあまりぱっとしない。多少でも台詞のある御注進あたりがいい方で、あとはその他多勢で舞台の後ろの方に居流れているといった役どころ。それでも当人は、なに、宮地(小芝居)に声を掛けりゃ、支度金を持って飛んで来る。まず、勘平ぐらいの役は付くだろうさ、などと、至極呑気に構えています。

その窓香がしきりに花見に誘うのですが、確か芝居は三月興行が始まったばかりですから、

「芝居の方はいいのかい」

と、訊くと、

「なに、初日が開いて、もう十日以上経ってるから、閑なもんだ」

けろりとして言います。

「芝居が開いてるのに、閑?」

「そうか……まだ、松つぁんにゃ話してなかったかな。俺、役者を止して、衣装方に廻ったんだ」

「……衣装の方にね」

「それが、大笑いでね」

窓香は人事のように話します。

「去年の十二月、忠臣蔵の通しでね。三段目のお軽勘平の道行きで、俺が花四天さ。白地に紫立涌の揃いの衣装、赤鉢巻に赤手襷、桜小紋の色足袋で、桜の小枝を持って、やあやあと勘平に立ち向かうって奴さ。ところが、ある日、どうしたことか俺の色足袋が見付からねえ。余分なのは何足かあるんだが、とても窮屈で履けたもんじゃねえ。ままよって、白足袋で出ちゃった」

「一人だけ違ってるんじゃ、目立っただろう」

「そう。足袋ぐらい構わねえと思ったんだがね。揃うと恐ろしいね。すぐ、親方に見付かって、散散油を搾(しぼ)られちゃった」

「それで、嫌気が差したんだ」

「ああ。親父と違って、俺は元元、芝居が好きじゃねえんだ。そんなことがあったりして、衣装方が一人空いているのを聞いて、そっちへ移ったってわけさ。だから、芝居が開く迄は火事場みたいだが、開いてしまえば身体(からだ)は楽になる」

「なるほど」

「それに、内職もできるんだ。仕事の上で、呉服屋とか紺屋(こうや)に馴染(なじ)みができてね。役者衆の誂(あつら)える浴衣(ゆかた)なんかも割安で手に入る。どうだい」

「……差し当たって、浴衣は欲しくはねえがね」

「じゃ、小紋なんかはどうだ。最近じゃ、杜若小紋。小桜の地紋にカキツバタを按配(あんばい)した小紋で、強的(ごうてき)に粋(いき)な奴さ。松つぁん、お神さんは？」

「まだ、独りだ」

「そうか。神さんを世話する方が先だな。そうそう、松つぁんのとこの親分、宝引(ほうびき)の辰(たつ)親分は、確か娘がいたね」

「ああ」

「そのうち、引き合わせてくれないか。どんな娘だって一目見たら気に入って欲しくなること請け合いだ」

「どうかなあ。お景ちゃんはまだあまり色気がねえからなあ」

「だったら、辰親分の神さんでもいい」

「……すっかり、商売人になったな」

窓香は案外楽しそうです。矢張り、役者などより商人の方が向いているかも知れない。

「それより、咲かず桜ってのは、どこにあるんだ」

と、あたしは話を戻しました。

「そうだった。うっかり商売気を出した。もっとも、深川に杜若小紋を染める紺屋があって、明日、用事かたがた、花見でもと思ってね。場所はその先の砂村。元八幡前、小名木川の桜並木にあるんだ」

「まあ、毎年、花見を大川端や上野では芸がねえから、付き合ってもいいがね。本当に花を付けない桜があるのかね」

「ああ。木の幹の工合といい、新緑の葉の恰好といい、並の桜には違えねえんだが、その一本だけは、毎年他の木が満開になるのに、一度も花を付けたことがない。というのも、これには古くから、謂れ因縁があって、又の名を首吊り桜ともいう――」

と、窓香は講釈口調。

昔、砂村の庄屋の屋敷に迷い込んだ女の子があった。まだ片言しか喋られず、どこの子かも判りません。庄屋は気の毒に思い、自分の家で育てることになりましたが、成長すると、この子が村には稀な器量、ばかりではなく、気立ても頭もいい娘。というところから、庄屋は自分の息子と祝言を挙げさせて、嫁にさせました。

この二人は傍目が羨むほどの仲のよさで、幸せに暮らしていた三月、花嵐の夜で、庄屋の家に強盗が押し入って、外に逃げようとする嫁の首を切ってしまいました。

ところが、何という悪縁か、この嫁は強盗の実の娘で、二十年前、賊がまだ堅気の畳職人だったころ、一人娘を迷子にさせた。その娘が庄屋の嫁になっていたことを知って大いに驚き、前非を悔いて、そのまま近くにあった小名木川の一本の桜の枝に帯を掛けてぶら下がってしまった。

「それ以来、その木は二人を哀れに思ったものか、華やかな花を咲かせなくなったということだ」

と、窓香は言いました。

「悲しみは木石をも動かす、って奴さ」

「狂言ができそうじゃないか」

「だめですね。岩沢一亭という戯作者が、色色いじっていたけど、碌なものにならなかった。これも、因果だ。まだ、咲かず桜にゃ、ときどき人がぶら下がるらしい」

「……今でも?」

「そう。この間も、ちらりとそんな噂を聞いたんだがな。早耳の松親分はまだ知らねえのかい」

「止せよ。親分はねえだろう」

一応、十手は持っていても、まだ手形はありません。他人なら知らず、友達から親分などと言われると居心地が悪くなります。

あたしの取り柄は足の早いことと目のいいことぐらい。それでも結構、宝引の辰親分から重宝されています。

その親分もこういった話が好きですから、あたしは窓香の誘いに乗ることにしましたが、そのときにはまだ、咲かず桜の蔭に、あんな奇妙な人物が絡んでいるとは、夢にも思いませんでした。


「どうだい、松つぁん、この眺めは、芬芳鮮美てえか、実に、強的なもんだ」

窓香に言われるまでもありません。新大橋に立つと、両岸、取り分けて向島のあたりは薄紅色の雲が覆っているよう。川には屋形船や荷船が往き交い、気のせいか通行の人の足取りも浮き浮きとしている。

新大橋を渡り、前に下るとすぐ小名木川の河口で、万年橋から海辺大工町。船大工が多く住んでいる町で、小名木川沿いに進むと高橋。扇橋を渡って、猿江、五本松、大島のあたりに来ると、もう深川の末で、広広と畑地が拡がり、遠くには葛西、鴻ノ台の丘陵が煙って見え、桜の並木は更に豊か。川面に散る花弁は銀鱗のようで、まことに長閑な風景ですが、窓香は急に足を止めたり、きょろきょろと落着きません。

「はて……このあたりだったと思うんだがなあ」

どうやら、咲かず桜が見当たらないようです。

窓香は通り掛かりの人に尋ねたりしますが、どの人も首を傾げるばかり。

川端に葦簾張りの茶屋を見付けて、その親父に訊くと、そう言われると、今年は咲かず桜を見なかったと、急に落着かなくなって、そのあたりをうろうろし始めました。しばらくすると、

「お客さん、確かにここに立っていたんですがねえ」

親父が指差したのは一本の若木で、支えの棒にすがるようにして、ひょろりと立っています。それでも、枝の先にはちらちらと花が見える。

「ほう……咲かず桜が若木に化けたのか」

「そうじゃありませんねえ。前の木を抜いて、跡に若木を植えたようですよ」

「……枯れてしまったのかな」

「去年見たときは、急に枯れるとは思えませんでしたがねえ」

「いつも、ここに店を出しているのかね」

「いえ、この時期と、秋口だけです」

「秋にはどうだった？」

「……覚えがありません。花が咲かなければ、どの木も同じに見えますからね」

親父の言うのはもっともです。

するとと、最前から茶屋の縁台に腰掛けていた男で、ほろ酔い機嫌の遊び人風の三十前後が、

「咲かず桜なら、去年の秋頃、枯れて大風のとき倒れたよ」

と、声を掛けました。

「そうでしたか……ちっとも知りませんでした」

と、茶屋の親父。

「まあ、倒れたものを、そのままにして置くのは通行の邪魔。といって、改めて咲かずの桜でもあるまいてんで、近所の植木屋がその根を起こして、若木を植えた、ってわけさ。俺はその植木屋をよく知ってるんだ」

「咲かず桜には、よく人がぶら下がった、と聞きますが」

と、窓香が訊きました。ほろ酔いの男は得意そうに、

「それさ。咲かず桜が枯れる少し前、若え男がその枝で首を吊ったんだ」

「それなら、聞いたことがありますよ。木が枯れたのは、その後でしたか」

「うん、すぐ、後だった。だからさ、お人好しどもは、死んだ男の気が残って木を枯らした

などと妙なことを言い散らしていたぜ」

「……恐い話ですね」

「べら棒め、首を吊ったのはそ奴の了見だ。木は悪くも何ともねえ。木が怨まれるのは、とんだお門違えだ」

「そりゃあ、もっともで」

「だろう。第一、死んだ者に何ができる。死霊が悪さをするのは、芝居の舞台の上だけだ」

「なるほど」

「この俺を見ねえ。先達て親父が病死したんだが、自慢じゃあねえが、俺は看病も葬式も手伝わなかった。だが、親父の奴、俺の夢枕に立って、一度だって怨みがましいことを言ったことはねえんだ」

「兄さんはお強そうですからなあ」

「幽霊なんど出やがったら、俺のところへ連れて来い。船留めの権兵衛といや、このあたりで知らねえ者はいねえ」

「……恐れ入ります。すると、咲かず桜が枯れたのには、何か他のわけがあるんでしょうか」

「大有りさ」

と、権兵衛はそっくり返ります。

「枯木を始末した植木屋から聞いたんだ。植木屋は枯木を仔細に見ていてな。俺にこう言った。ねえ、大将。こりゃあ、春になっても花が咲かねえのは道理、元元、桜の木じゃあねえ、と言う」

「すると？」

「確か、ギョエコウとか言ったかなあ。まず、木の形（なり）は似ているんで、初手この土手に木を植えた植木屋が、つい、間違えてその木を桜に混ぜてしまったんだろうな。元元、桜じゃねえから、花が咲かねえといってもその木のせいじゃあねえ」

「……道理ですなあ」

「そうさ。世の中のことは、皆道理で動いている。それでさ、その木が枯れたことにも、実はわけがある」

「ははあ……」

「いいか。それまでは、人がぶら下がってもびくともしねえ木が、大風で倒れたんだ。これにゃ、誰か木を枯らすような細工をした奴がいたんだ」

「じゃ、誰かが根でも切っておいたんですか」

「そんな手間の掛かることじゃなかった。木の幹に太い錐（きり）でもって穴を開ける。その空（うろ）の中へ、青蜘蛛（あおぐも）の巣と水銀（みずかね）を練り合わした薬を詰めておくと、どんな大木でも一夜のうちに葉を落として枯れてしまう。実際、植木屋は枯木の幹にその穴を見付けた。その中から真黒になった水銀が出て来たそうだ」

「……一体、誰がそんなひどいことをしたんでしょう」

「さあ、誰だかな」

「その木で首を吊った、若い男というのは？」

「つい、そこの、猿江にいた男だそうだ。型万という紺屋の職人で、商売物の小紋の絹を首に巻いていた。善吉とかいう名だった」

「え……あの、善吉が」

と言って、窓香は絶句しましたが、そのはず、花見の帰りに寄ろうとしていた紺屋が、その型万だったからです。


型万は横川に面して「紺屋小紋型所」という大きな看板を出していました。

家の前では職人が川に入って染め上がった小紋を水もとしている。開けっ拡げの塗り場では、片肌脱いだ二人の職人が張り板に敷いた白生地の上に、細長い型を合わせて糊を置いているのが見えます。

窓香はもの慣れた態度で、卍菱を白く染め抜いた紺暖簾を分けて中へ。広い土間で、いくつもの藍瓶や桶が並び、ここでも三、四人の職人が働いています。窓際には机を前にして、痩せた職人が細い小刀を手にして、彫り型に夢中です。

窓香はそれぞれに愛想よく声を掛けて奥へ向かいます。

座敷では主人の万兵衛が染め上がった反物に目を通していました。窓香の顔を見ると、眼鏡を外して煙草盆を引き寄せます。

窓香が杜若の注文を口伝ているうち、娘さんでしょう、十七、八の初初しく島田を結った子が茶を運んで来ました。

「やあ、ここでも花見ができるとは、こりゃあ強的にいい目の保養だ」

と、窓香が言うと、娘は可愛らしく目で睨んで座を立って行きます。

「お絹ちゃん、すっかり美しくおなりで。藍は藍より出てますます青く、先がお楽しみで」

と、窓香が言うと、万兵衛は顔色を暗くしました。

「それが、世間は春だというのに、ちっとも朗らかでねえんだ」

窓香は小声になります。

「そう言えば、善吉さんが亡くなったそうですね」

「……聞きなすったかい」

「一体、どうしてそんなことになったんですか」

万兵衛も声を落としました。

「どうも、仕事が思うようにできねえのを苦にしたようだ」

「……まだ、若いのに。これからじゃありませんか」

「そうなんだ。俺も気が付きゃよかった。善吉がそうまで思い込んでいるとは知らなかった」

「……善吉さんは、無器用だったんで？」

「いや、俺の目からは決して半人前なんかじゃなかった。ところが、内にゃ、凄い男がいる」

万兵衛はちょっと仕事場の方を見ました。一心に彫り型をしている職人の尖った背が見えます。

「利七さんですか」

「そう。善吉の兄弟子だが、まあ、これを見ねえ」

万兵衛は今まで見ていた反物を解いて、畳の上に伸ばしました。

海老茶の小紋で、よく見ると、蝶と花とが絡み合った、実に手の混んだ仕事で、染には目の肥えた窓香が、思わず溜め息を洩らしたほど。

「これが利七の芸だ。割り出しから彫り型までやってのけた。こんな型を彫れるのは、江戸広しといえど、利七をおいて他にはいねえ」

「そうでしょう。内の親方も、型万の仕事を見込んで、あの小紋を誂えたんですからねえ」

その、杜若小紋も見ましたが、まさに絶品とはこのことでしょう。

「向かって本人にゃ言わねえが、まず、名人だ。俺が太鼓判を押す。だが、これだけの腕を持っているから、利七はどうしても他人の仕事がまだるっこい」

「なるほど」

「利七は善吉に、かなりひどいことを言ったらしい。無論、利七は善吉のためを思って言ったんだろう。だが、聞いた善吉は相当な痛手を負ったんだ」

「そうだったんですか」

「そりゃ、教えられても、利七の技を越すことができる奴は、ざらにいねえはずだ。だが、そこまで極めなくとも商売はできる。善吉はそう悟り切れなかったんだ。若えから仕方がねえと言えば仕方がねえが、可哀相なことをした」

「……で、元八幡の並木で？」

「そう。自分が染め損なった小桜の布を首に巻いていた」

「利七さんの方は？」

「利七だって、真逆、善吉が死ぬとは思わなかった。一時は気を病んで寝付いたほどだが、あれ以来、あんまり人と喋らなくなってね。その代り、芸はいよいよ冴えて、最近じゃ利七の型を見るのも恐いほどだ」

「……つまり、お絹さんもそれで楽しい気分にはなれないんで？」

「ああ。絹も一人娘だから、行く行くは婿をと思っていたんだが、仕事の腕を取るなら、利七より他にはいなかろう。だが、絹は利七よりも善吉の方を気に入っていたらしいんだ」

「なるほど、難しいことですな」

「それについて、ちょうどいいところへ来て下さった、と言っちゃあ失礼だが、絹に芝居でも見せりゃ気も晴れると思うんだ。近い内、世話をしてもらいたいんだが」

「それでしたら、お易いご用です。春芝居は華やかですから、いい席を取っておきましょう」

と、窓香は万兵衛と約束をしました。

帰り際、それとなく利七の様子を見ますと、鋭く顎の尖った瘦せ顔で、ぎらぎらする目で渋紙を睨み付けながら小刀を進めている姿は、何かに取り憑かれたよう。万兵衛でなくとも、ぞっとするような気配が漂っていました。


翌日、神田千両町の宝引の辰親分のところへ。

親分は内にいて、神さんと仲良く蛍笛を作っていました。親分が竹を割り、神さんがそれにちょいと彩色をする。

この笛がまた実にいい音で、親分が吹こうものなら、たちまち本物の蛍が群がって来るほど、どこに秘伝があるのか判りませんが、きっと教えられても、その音を出すことはできないでしょう。

この笛は奥向きの内職で、十手を預っているといっても、八丁堀からのお手当てはわずかなものですから、他からの実入りがなければ暮らしていけません。

蛍笛はそれだけで売るのではなくて、他にも玩具の達磨や粘土細工の賽ころなどとまとめて「宝引」の道具と一緒に香具師に捌くんです。つまり、福引の一種。玩具の一つ一つに長い糸を結んで、その束を香具師が持っている。客は十文払うと一本の糸を引いて、その先にぶら下がっている景品が自分のものになるという趣向です。

景品は今言った蛍笛とか安物の賽ころ。でも、中には立派な印籠であるとか象牙彫りの根付、香具師によっては本物の二朱金や一分銀を混ぜています。一分あれば吉原で遊べる金額ですから、大人だって十文払ってそれを引き当てたくなります。

けれども、一分銀や印籠などは、まず引くことができないようなからくりが、ちゃんと仕込んであるところが味噌で、親分が作った宝引はどこへ行ってもかなりいい仕事になっているようです。

あたしが昨日のことを話しますと、親分は一服付けながら聞いていましたが、

「なるほど、奇妙な話だの。で、松や、その咲かず桜は、誰が枯らしたんだと思う?」

と、訊きました。

「それです、親分。最初、聞いたときにゃ、ずいぶん変なことをする奴がいると思っただけですが、型万へ行って、その人間の気持が判ったような気がします」

「ほう……どう判った」

「つまり、首を縊って死んだ善吉のことを、思い出したくない人間の仕業でしょう。善吉がぶら下がったのが咲かず桜、毎年、春になればその木だけが花を付けない。嫌でも咲かず桜が目に付いて、ああ、あの木で善吉が首を縊ったのだということを思い出さなければならない。それが、たまらなかったんです」

「なるほど。もっともだ。で、それは、誰だ？」

「まず、型万の一人娘、お絹に違いありません」

「つまり、お絹は善七を好いていたからだな」

「ええ、お絹はまだうら若い娘ですからねえ。相当心を傷めて、もう、その木を見るのも嫌になったんでしょう。問い詰めればそう白状するに違いありません」

「白状させて、どうする」

「一枝(いっし)を伐(き)れば一指(いっし)を斬るべし、てのが芝居にありましたね」

「そうだなあ。お殿様で自分が大切にしている木を伐られでもしたら、只じゃ済むめえ。だが、並木の一本を枯らしても、縛るわけにゃいかねえの」

「そうでしょうね。後はそういう木が昔あったという話が残るだけですか」


しばらく無駄話をしているときにやって来たのが、さございの三次(さんじ)という男でした。

三次も親分のところから宝引の材料を仕入れて、各地を廻っている香具師です。親分のところにはしょっちゅうこうした男達が出入りしていて、色色なところの珍しい話を運んで来ます。

三次は客を集めるとき「さあご在(ざ)りなさい」の意味で「さござい、さござい」と声を掛けるのがいつもの口調で、さございの三次と呼ばれています。

その、さございの三次、親分から宝引の景品を仕入れると、二、三日前、愛染(あいぜん)様の縁日に出ていたが、そこで、妙な事件が起きていた、と話しだしました。

愛染明王というと、多分「染」の字に親しみを持つからでしょうか、江戸の紺屋が信仰している神様です。あたしと親分は思わず顔を見合わせる。今迄、紺屋のことを話していたばかり。不思議な暗合です。

親分が三次に訊きました。

「そりゃ、どこの愛染様だね」

「深川の愛染様ですよ。ほら、六福神のある」

「……深川、扇橋町だの」

小名木川と十文字に交差するのが横川。南側の横川の川沿いが扇橋町で、北が菊川、菊川には型万の店があります。愛染様と型万は目と鼻の先といっていいでしょう。当然、紺屋の型万はしばしば愛染様を参詣しているはずです。

「あそこには、古い六福神があるでしょう。境内の隅に並んでいる古い石像ですが、どういうわけか、昔から六福神といって、七福神のうち、弁財天だけがない」

あたしもそれを見たことがあります。石はかなり雨風で傷んでいて、どの像も苔が厚く生えていて、よく見なければ一つ一つの神様が見分けが付かないほどでした。ある時期には、深川七不思議の一つに算えられたこともあって、割によく知られている石像なのです。

「その日は、愛染様の縁日で、いつものように出掛けて行きますと、なにか境内が騒がしい。

普段はあまり顔を見せない住職も外に出て、わさわさしていますから、一体、何事が起こったのだろうと人が集まっているところに近付いて覗いて見たんですが、びっくりしたことに、あの六福神が粉粉にされているじゃありませんか」

「……ほう」

「朝参りに来た近所の人が気付いたそうで、それまで、住職も知らなかったそうです。像の角角がすっかり毀されてましてね。ただの石が六つ並んでいるような状態になっていて、これはもう、手の施しようもない、と住職は呆れていました」

「……悪さにしちゃあ、念が入りすぎているな」

「そうなんですよ。無論、愛染様が怨みを買うわけはない。一体、誰が何だってこんなことをしたのか、皆が気味悪がっていましたよ」

「石のかけらはどうなっていたかね。よく、博打打ちが縁起のために、墓石を欠いて持ち歩いているじゃないか」

「そりゃ、回向院にある鼠小僧の墓じゃないですか。でも、親分。いいことを聞きました」

三次は膝を乗り出しました。

「住職に六福神の片付けを申し出れば、石のかけらが手に入るでしょう」

「そんなものを貰って、何にするんだね」

「売り出すんでさ。由緒ある六福神の石。こりゃあ、開運招福のお守りになりやす」

「そんな石屑が？」

「ですから、石屋に頼んで、小さな六福神に作ってもらう。なに、それらしい形になってりゃあいい。石が足りなかったら、普通の石だって構わねえ」

いかにも香具師らしい考え。

「ねえ、親分。深川のあたりに、石屋を知りませんか」

親分も面白がって買物案内を取り出して目を通していきます。

「うん、霊巌寺の裏に、川喜多という石屋があるな」

「思い立ったが吉日。いや、似たようなことを考えている奴がいて、そ奴に先を越されたら一大事。松つぁん、付き合ってくれねえか」

すると、親分も、

「いや、俺も毀された六福神てのを見ておきてえ」

と、腰を浮かせました。

そのまま、三人で深川扇橋町へ。

そう広くない境内ですが、奉納した紺屋や紫屋の名の入った燈籠や玉垣が目に付きます。六福神が並んでいるのは、立木で薄暗くなった社殿の左奥で、見ると石像は痛痛しく表面が割り落とされ、像の面影もありません。あたりに散乱した石屑はそのままなのも惨たらしい情景です。

「なるほど、これは聞きしにまさる狼藉(ろうぜき)だな」

と、親分はあたりを見廻して言いました。

三次は住職に会いに行きましたが、すぐ戻って来て、

「ここの跡片付けをしたいと伝えたら、それはご奇特なことでと言ってくれた」

と、幸先(さいさき)はまずいいようです。いずれ、住職と親しくなった上で、境内にでもお守りを売らせてもらう魂胆なのでしょう。

「さて、次は石屋だ」

と、三次は勇み立ちます。

霊厳寺裏の川喜多という石屋。

切り出した大小の石の間に挟まるようにして、石みたいに四角な身体付きの職人が石を叩いています。

何気なくその石屋の前に立ったあたし達は、すぐ、あるものに気付きました。

真新しい石の中で、それだけが黒黒と苔むしているのです。それが、愛染様にあった六福神と同じ石像で、しかも、欠けているはずの弁財天だと判ったときには、三人共あっと言って棒立ちになってしまいました。

「石屋さん、こ、この弁天様は？」

と、宝引の親分が声を掛けました。

四角な顔の髭面(ひげづら)が、意外と人なつっこい笑い顔になって、手を止めました。

「古い作と、思うかね」

「それに、愛染様の六福神と同じ作じゃないかね」

「そうだ。お前さん、なかなか目は確かだ」

「昔からないとされていた弁天様が、どうしてここにあるんですかい」

「なに、愛染様の六福神は昔から六つさ。こう言っちゃあ身も蓋(ふた)もねえが、この弁天は偽物さ」

「……親方が作りなすったんで?」

「ああ。よく出来ているだろう。古く見せるのに、だいぶ骨を折った」

石屋は弁財天の頭を、ぴしゃぴしゃと平手で打ちます。

「誰かに、頼まれて?」

「そう、俺も茶人だが、好きでこんな物を作ったりはしねえ。誂えなんだ。ある人が来てね、愛染様の六福神はどう考えても納まりが悪い。別に弁財天を作って奉納し、きちんと七福神が揃うようにしてえ、とこう言う」

「なるほど」

「俺も前からそう思っていたんだ。まあ、楽な仕事じゃねえが、やってみようと話がまとまって、こ奴を作ったんだ」

「それで、出来上がっているんですか」

「ああ、とうにな」

「奉納はしないんですか」

「ところが……世の中、思うようにはいかねえな。あっさり断わられたよ」

「……ほほう」

「愛染様の坊主は全く融通のきかねえ唐変木だ。当山に伝わる六福神は昔から六福神、余計な世話はするなてえ口ぶりだ。だから、俺は言ってやった。一体、どんな謂れ因縁で七福神が六福神になったんだ、とね。奴、答えられねえ」

「……謂れなんか、なかったんですかね」

「そうさ。作っている奴が途中で死んだか、誰かが持って行ったか、碌な謂れじゃねえんだろう。それをさ、態態身銭を切って七福神に揃えてやろうという、結構な話じゃねえか。それを、蹴やがったんだ、いまいましい坊主さ」

「なるほど、それはお困りでしょう」

「うん。ここにあっても仕方がねえ、誰か、引き取ってくれるところはねえものかね。工賃はいくらでも相談に乗るぜ」

　こんなものが家にあったって邪魔になるだけでしょう。親方は苦笑いして、

「まあ、心当たりを探しておきましょう」

「そうしてくれると助かる」

「ところで、どんな方が弁天様を注文になったんですか」

「まだ若い男だった。若いのに感心だと思ったね。菊川の型万てえ紺屋の職人で、利七という男だ」

あたしはそれを聞いて、二度びっくりしました。

「ところで、相談があるんだが」

用件を切り出した三次を石屋に残して、あたしと親分は砂村の元八幡前へ。

宝引の親分は、小名木川沿いの桜並木に立って、咲かず桜の跡に植えられた桜の若木をしばらくの間眺めていましたが、

「なるほど、この並木なら、一本だけ咲かねえ木があったら、花の時期には誰の目にも付く。だが、その木を枯らしたのは、型万のお絹じゃあねえな」

と、言いました。あたしにはまだその意味がよく判りません。

「咲かず桜を枯らしたのがお絹じゃねえとすると、誰でしょう」

「俺が睨んだところじゃ、型万の職人、利七だ」

あたしの頭の中で、咲かず桜、六福神、川喜多にあった弁財天、首を吊った善吉などがごちゃごちゃに入り混じりました。

「よく考えてみねえ。小紋て奴は、仕上りの斑や、型を合わせたときの型口が少しでも見えても売り物にはならねえ。更に、その元となる型は毛筋一本の狂いもあっちゃならねえ」

「……へえ」

「考えてみりゃ、気の遠くなるような仕事だが、利七は型万の主人が見ても、その名人だ、と言ったな」

「利七のような腕を持っている者は、江戸広しといえど、利七をおいて他にはいねえと太鼓判を押していました」

「そんな人間だから、他人のやっている仕事を見ると、焦れったくてならねえんだ。そんな気でなく言った言葉が、弟弟子の善吉を死に追い詰めてしまった。さあ、それから利七の気がおかしくなったんだな」

「つまり、善吉がぶら下がった桜を見るのがたまらなくなったのは、お絹じゃなくて、利七だったんですね」

「それとは、ちょっと違う。型万の主人は、善吉の腕は中途半端なものじゃねえと言っていたそうだな。だが、利七の目からは疵が見えた。素人の目には判らねえかも知れねえが、疵は疵だ」

「……へえ」

「疵、染めの斑、狂い。だがの、世の中を見ると、疵や斑があって、きちんとしてねえものが色色と目に付きだしたんだ。わずかな疵を持っていた善吉が、それを難じられて死んだのに、世の中にはきちんとしていねえものがまかり通っている。利七にはそれが宥せなかったんだ」

「……世の中で、きちんとしていねえものというと?」

「身近なところじゃ、愛染様の六福神に、この咲かず桜」

「あっ――」

あたしは思わず叫びましたね。突然、利七が乗り移ったように、利七の気持が判ったからです。

弁財天の欠けた六福神は、それだけで欠陥七福神。小紋の型紙にそんな疵があったら……利七にはそんな疵は考えるのも嫌だったに違いない。咲かず桜も同じで、春、一斉に花を開く並木にあって、黒黒と枝だけを伸ばしている木は、まったくの染め斑。こんな嫌らしい木が、変な昔話に守られて、世の中にまかり通っているのが宥せなかった。

そう、ちょうど芝居の花四天が、全員、衣装をきちんと揃えておかなければならないのに、一人だけ足袋の色が違っているとすれば、その役者はこっぴどく叱り飛ばされるでしょう。それと同じです。

宝引の親分は続けます。

「恐らく、前から気になっていたに違いねえが、善吉が死んでから、急に利七の上にそれが重くのし掛かってきた。善吉が死んだのに、そういう疵物をただそのままにしておくことができなくなったんだな」

「すると、川喜多に弁天様を頼んだのは、利七が六福神をきちんとした七福神に改めたかったからで？」

「そうだ。同じ理由で、利七は目触りな咲かず桜も枯らしてしまった。それで、善吉の霊も休まるよう、罪障消滅の願いが込められていたんだ」

「でも……愛染様の坊主に、それを断わられた」

「そう、染め斑の地直しがきかねえとすると、黒無地にでもするよりはねえ。つまり、六福神そのものを無にするしかなかった。まあ、普通じゃそこまで思い付かねえかも知れねえが、利七はよっぽど、思い詰めてのことだったんだ」

花はもう峠を越えたばかり。わらわらと川面に散る無数の花弁を見ていますと、利七が腕に縒りを掛けた、小桜の地紋にカキツバタを配した美事な杜若小紋がはっきりと目に浮んできました。

その足で型万に駈け付けてみますと、利七は昨夜、ふらりと店を出たまま、まだ帰って来ないといいます。

万兵衛は、

「利七は固い男で、これまでに店を空けたことはないので、心配です」

と、顔を曇らせました。宝引の親分は、ぽつりとあたしに言いました。

「咲かず桜を枯らしたのはともかく、神像を叩き毀した利七だから、ただじゃ済みそうもねえ……」

翌朝、下総（しもうさ）の国、久地（くじ）藩五万石の城主が、在府（ざいふ）年月満ちて国許（くにもと）へ帰城の途中、どう血迷ったのか、一人の男が行列の武士に斬り掛かりました。男は乱心の状態で、その場で斬り伏せられましたが、それを見ていた人の話では、男に襲い掛かられた武士は、どういうわけか、整然とした大名行列の武士の中で、一人だけ足を痛めたものか、草鞋（わらじ）ではなくおらんだ渡りの靴を履いていたということです。

自来也(じらいや)小町

絵は紙本に墨画淡彩で、垂れ下がった柳の枝葉に、今、一匹の蛙が飛び付こうとしている地味な図です。

掛け軸は新規に表具されたものらしい。表具師は絵との釣り合いを考えたのでしょう。渋い芥子色の布などを中廻しに選んだりしているが、よく見ると古代更紗で、下軸に下げられた風鎮は白珊瑚の玉。全てが贅沢で、これだけ見ても、矢型連斎の人気が知れようというものです。

掛け物の風体はともかく、肝心な筆はどうかなと思って、絵全体をよく見渡そうとしたとき、

「二亭先生」

と、声を掛けられました。

「お楽しみのところ、申訳ありません」

「やあ、白桜さんか。何だね」

相手が美しい婦人でしたから、絵から気を外されてもあまり嫌な気はしません。

「今、二亭先生とお目に掛かりたいと言って、ここを訪ねて来た人がございますけれど、どういたしましょう」

「ほう……誰だね」

「神田千両町の辰という方で」

「……知らないな」

「なんでも、八丁堀の能坂様のお手先の者だと言っておりました」

「町方の岡っ引か」

「ええ。神田では宝引の辰と、割に聞こえはいい方です」

「……宝引の辰、ね」

ちょっと考えただけでは、岡っ引に訪ねられるような覚えはない。わたしが考えていると、白桜は迷惑だと思い過ごしたのでしょうか、

「先生は見当たらない、と言っておきましょうか」

と、気を利かせてくれます。

「いや、わたしがこの彦一に来ているると知っているからは、その辰さんという人、最初は芝居の方を訪ねたに違いない。ここでまた無駄足させるのも気の毒だ。何だか知らないが、会いましょう」

「階下（した）に待たせておきましたけれど」

相手が岡っ引では、どっちみち碌（ろく）な話ではないでしょう。それよりも、もう少しだけ白桜と話がしたい。

「まあ、辰さんはもう少少待たせるとして、白桜さん、この連斎の蛙だが」

わたしは掛け物に目を戻しました。

「この一匹の蛙が実に、百両。今日の会ではもっと高値で競（せ）り落とされるはず。いや、値段なんかはどうでもいい。この絵を見て、どう思いますかね」

「……わたくし、絵をとやかく言うほど、大それた者じゃございません」

「それは奥床（おくゆか）しい――のはそれまでにして、今なら本音を言っても大丈夫。小声なら誰にも聞かれねえ」

数奇屋河岸（すきやがし）の料亭、彦一の二階。大広間には所狭しと書画が掛けられ、著名人の手になる色紙、短冊、扇などが並んでいる。色とりどりの花が一堂に咲き誇った感じです。この日、画商の日比野信兵衛（ひびのしんべえ）が彦一を買い切って年一度の書画会が開かれているのですが、まだ時刻は早く、二階の客もまばら、声を低くすれば他人に届く気遣いはありません。

そう言われて、白桜は連斎の一軸に目を向けて、小首を傾（かし）げました。

小ぶりの丸髷（まるまげ）、海老茶（えびちゃ）の霰（あられ）小紋に黒繻子（くろじゅす）の丸帯。身形（みなり）が地味なほど、顔立ちが引き立つといった美形ですから、若くて主人に先立たれた後、ぜひ再婚をと引く手あまたなのに、節操が強くて甘い言葉には耳も貸しません。十軒店の家を寺小屋にして、近所の子供たちに手習いを教えてしっかりと暮しを立てている女丈夫。

　白桜はしばらく連斎を見ていましたが、涼しい顔をしてわたしの方を見て、

「二亭先生はどうご覧になりましたか」

と、訊きます。

　こういう風だから白桜に血道を上げている男が多いのでしょう。頭は切れる、目は確かなのに、決して出しゃばった真似をしません。わたしが笑顔を見せると、白桜もにこっとする。ちゃんとわたしの心を読んでいるんです。

「わたしはわたし。そなたに訊きたい心底話」

「それほどまでの仰せなれば、はばかりながら一言私見を」

　そこで、少し伝法な口になって、

「まるで、落書きだわ」

「……そりゃ、手厳しい」

「だって、そうとしか言い様がございませんよ。筆には力がないし、蛙の顔だって、犬みたい」

「……わたしも決して上手だとは思いませんがね。下種なようだが、これが百両。わたしだったら只でも嫌ですがね」

「反対に持参金でも付けてもらわなければね」

「……なるほど、百両の持参金付きですか」

「これは百両と申す蛙にて候」

ところが、世の中は不思議なもので、百両でも二百両でも積んで、連斎の蛙を欲しがっている者がいます。

そもそもの起こりは、内藤新宿のお大尽、某という人が連斎の蛙を大切に床の間へ飾り、朝夕お神酒を供えて拝んでいる。というのが、たまたま連斎の蛙を手に入れた年から、めきめき家運が伸びはじめ、わずかな間に資産が倍にもふくれ上がって、その景気の止どまるのを知らない。これは吉祥画だというので人から人へ、どういう風の吹き廻しか、噂は江戸中に燃え拡がった。それを聞いた欲の深い商人たちが、それなら我もというので、画商の連斎漁りが開始される。連斎を持っていれば身代が倍にもなろうなら、いくら金を積んでもその蛙を手に入れたくなるのは人情でしょう。

ところが、噂の張本人、矢型連斎という画家のことになると、どこに住むどういう人物か、その素姓が皆目判らない。それでも噂が広まるにつれて、何点かの連斎が画商のところへ持ち込まれましたが、そのどれもが粗末な表具で、ごく身分の低い侍だかが、小遣稼ぎにあまり上手でもない絵を描いていて、無名のままひっそりと消えていった、ぐらいのところは想像されますが、それ以上、穿鑿をして連斎を突き止めた者は誰もいません。

従って、絵の数も少ない。これまで売りに出された連斎はやっと数点だけで、人は欲しい物がないとなると、より以上に欲しくなる。連斎の蛙はこうしてどんどん値が吊り上がり、先月のある書画会ではとうとう百両の値が付き、さすがの江戸の好事家たちもこれにはあっと言って開いた口が塞がらなくなった。とにかく、連斎の絵に惚れ込んで金を出す連中とは違う。絵を見る目はなくて、欲の皮が突っ張って連斎を手中にしよう、あわよくば、転売して利鞘を稼ごうと思う手合が相手ですから、画商もいつもとは大分勝手が違って目を白黒させています。

白桜は謡の調子でわたしに「百両」に「白龍」をかけた地口を言ってから、

「でも、二亭先生だって、蛙には大分肩入れしたのでしょう」

と、睨む真似をしました。

「はて……わたしが？」

「呆けてもだめ。宮前座の〈自来也〉大層な評判ですわ」

「これは、恐れ入りやす」

「ねえ、先生。宮前座に自来也をお書きになったのは、今度の蛙騒ぎを当て込んだのでしょう」

「……なるほど、自来也は蝦蟇の妖術を使う。蛙と蝦蟇、ご縁がありますな」

「それ、ご覧なさい」

「いや……わたしが顔見世狂言に蝦蟇を思い付いたのは、蛙騒ぎが起こる、大分前だったはずです」

「そうだったんですか」

「左様。虚は実を呼ぶと申しますか、そういうこともままございますよ。つい、この間も、神田伯馬(はくば)の講釈、経師屋(きょうじや)橋之助(はしのすけ)の殺し場とそっくりそのままの一件が起こったのを覚えていなさるでしょう」

「……そうでしたわ。そんなこともありましたわね。凄いものですね。虚から実を生み出す作者先生の力は」

「なに、わたしの如きはそんなものじゃございません。ただ、偶然が重なっただけでしょう」

と言うものの、満更悪い気もしません。顔見世狂言の世界は自来也と決まり、本が上がったころにはまだ蛙騒ぎは起きていませんでしたが、初日前後から連斎の吉祥画が評判となり、自来也の蝦蟇と連斎の蛙が不思議な響きを起こして、芝居の人気を煽り立てたのは事実。芝居が大入満員になれば、これに越した嬉しさはありません。

ところが、今度はそれに輪を掛けて、本物の大泥棒、自来也が江戸の町に出没するようになった、と言うのです。彦一にわたしを訪ねて来た、宝引の辰という岡っ引が……

白桜に案内されて、階下に行くと、来客のために玄関に作られた帳場の横に宝引の辰が待っていました。わたしが思った通り、辰は最初、宮前座に行き、そこでわたしが彦一に来ていることを教えてもらったと言います。

色の浅黒い、すばしっこそうな三十代の男ですが、目が合うと気持のいい笑顔になり、なかなかの好男子です。

書画会の元締めの日比野信兵衛がいましたのでわけを話しますと、愛想よく座敷をお使いなさいと言ってくれます。信兵衛は出品している連斎を二束三文で手に入れて笑いが止まらなくなっているのではないか、と疑いたくなるほど上機嫌です。

辰は座敷に落着くと、こう切り出しました。

「今度、宮前座に先生がお書きになった自来也、大層な人気ですね」

「お蔭様で、お客様に喜んで頂いております」

「顔見世狂言に自来也を出そうとなさったのは、二亭先生のお考えで？」

「いや、立(たて)作者でも勝手に決めることはできないのですよ。特に今月は顔見世ですから、これから先一年間、宮前座に出演する役者衆を紹介する大切な芝居。座元や帳元、役者衆や道具方、作者が全員揃いまして、いろいろ話し合った上で、次の狂言の世界が決まるのです」

「なるほど、それで自来也を出すことになった。その自来也も、大泥棒なんでしょう」

「そうです。蝦蟇の妖術を使って、天下を盗もうとする大泥棒です」

「とすると、字が違やしませんか。昔、本で読んだ自来也は、小児の児に雷と書いて、児雷也と読ませたように覚えていますが」

「そう、親分の言う通り。でも、あれは美図垣(みずがき)笑顔(えがお)先生の作でしてな」

「……その児雷也をそのまま使ったのでは、盗みになる」

「というより、昔の字に戻しただけなのです。自来也というのは古い唐土(もろこし)の小説で、本来は我来也(がらいや)とこう言った」

「我来也……ですか」

「我来(われきた)る也(なり)の意味です。この盗賊は大胆にも、盗みを働いた家の壁に我来也と書き残して姿を消す、という癖を持った男でしてな」

「ははあ……すると、我来也とは本名ではない」

「そう。誰も我来也の本名は知らない。我来也は一度捕えられて牢に入れられてしまう。ところが、その後も方方に我来也による被害が発生します。それで、牢に入っているのは我来也ではない、ということになって本当の我来也は釈放されてしまう。ここが、唐土の我来也の味噌でしてな」

辰はちょっと首を傾げました。

「入牢している男が外に出て盗みを働いたのですか」

「その通り」

「つまり……蝦蟇の妖術を使って、自由に牢を出入りする？」

「いや、自来也が蝦蟇の妖術を使うのは日本に入って来てから。日本の作者の発明です。我来也の方は術を使いません」

「……術を使わないというと、牢を出入りするのは不可能でしょう」

「できますな。我来也は古い手を使ったのです」

「古い手？」

「そう。金を使ったわけです」

辰はなあんだという顔をしました。

「いや、相手に気を持たせるのが戯作者の癖。持って廻った言い方をしましたが、我来也は牢番に金をやり、仲間に抱き込んで牢を自由に出入りしていたわけです。まあ、こう種を明かしてしまえば身も蓋もない。ですから、日本の作者はこれを自来也として、蝦蟇の妖術を使わせることにしたのです」

「なるほど……しかし、金の力を利用するという我来也は、なかなか当世じゃありませんか」

「誰にでも使える術では、ちと芝居にはなりにくい」

「金の魔力というと、例の連斎の蛙、法外な値が出たようですね」

「そのようです。まあ、これはお金持の道楽。わたしなどには関わりがありませんがね」

「実は、その、連斎のことで先生に話を伺いに来たのです」

辰は声を低くしました。

「最近、江戸橋、霊岸島、神田。立て続けに三軒の家に泥棒が入り、盗まれたのがどれも連斎の蛙の掛け軸。それも、掛け軸のあった部屋には例外なく自来也という三文字が書き残されていた。ねえ、先生。これを、どう思います？」

どう思うと訊かれても、思い様がない。呆っ気に取られて黙っていると、宝引の辰はその泥棒に入られた三軒の様子を精しく話しはじめました。

一昨日、泥棒に見舞われたのが、江戸橋の材木商、向井長助の家で、朝、女中が主人長助の部屋を掃除しようとしたところ、床の間に掛けられていた連斎の軸がなくなっていて、その跡の壁に大きく自来也と墨書されているのを見付けて大騒ぎになった。長助は吉祥画の噂を聞いて連斎の軸を買った一人、吉祥画が盗まれたと知ると落胆のあまり熱を出して寝付いてしまったといいます。

そして昨日、今度は霊岸島の材木商で千賀井鶴松の家。大体、向井と千賀井は昔から商売仇で極めて仲が悪い。そもそも、両家の先祖が吉原角海老の一人の遊女を張り合ったことに由来しているそうですが、長助が吉祥画を手にしたと聞いて、鶴松も負けてはいられない。八方手を尽くして連斎の蛙を探して、やっと最近手に入れたばかり。鶴松は連斎の値を途方もなく吊り上げた張本人でした。

それが、昨日、これまた煙のように消えてしまった。そして、連斎が掛けられていた座敷には、長助のときと同じ自来也の三文字が大書されていたのです。

三軒目は神田の眼鏡商、虎戸工造の家。これも、大勢いる奉公人の誰の目にも止まらなかったという、風のような手口で連斎が消えてしまい、跡には自来也の字が残されていました。

「全く、三軒が三軒とも、美事と言やあ美事な盗みっぷり。本家の自来也の顔を潰さねえつもりなんでしょうが、本当に蝦蟇の妖術でも使ったんじゃねえかと思いたくなります」

と、辰は言いました。わたしは蝦蟇の妖術は全くの荒唐無稽なものではないと話しました。

「勿論、人が蝦蟇に化けるようなのは芝居ですが、親分は蝦蟇の油という薬をご存知でしょう。これは蝦蟇の耳腺から出る汗で、蟾酥という。少量に用いれば、強心、鎮痛、排毒の薬となりますが、これを多く服すると、幻覚を起こすといいます」

「すると、自来也は蝦蟇の油を使って盗みを働いているわけですか」

「まあ、家人全員にその毒を盛れば、泥棒の姿が見えなくなるかも知れません」

「なるほど、蝦蟇の妖術も全く根のないことではないのですね。ところで、今度の芝居で、特に変わった、妙な出来事が起こったというようなことがありましたか」

「……思い当たりませんねえ。本もまあまあ、座元も満足して下さいましたし、役者衆や道具方も怪我や病気をする者もいません。お客さんもご存知の通り大勢来ていただいております」

「その客ですがね。すっかり今度の狂言に夢中、というような者もいるでしょう。先生の一座には若い人気役者が揃っている」

「そうですね。自来也の宿敵が大蛇丸、これが門脇杜衡で、今年は兄の杜若と杜鵑が上方へ行ってしまい、兄達の贔屓も一身に集めています。蛞蝓の妖術を使うしゃくじろのお綱が青江霧之丞、霧之丞の美しさはいつもながらで人気も上上吉、ですが今度ばかりは、若手の影が少少薄い」

「ほう……あれほど評判なのに？」

「そう。評判は自来也、座頭の門脇勝右衛門に全部持って行かれてしまいましたよ。これが、一世に一代と言っていいような当たり役で、自来也も立派ですが、自来也が女修験者に変装した姿が何とも仇っぽい。勝右衛門が女方になるのは十年ぶりだそうですが、どういうわけか若い女の子にまで大人気。勝右衛門の座入りや帰りを一目見ようというので、毎日楽屋口には若い女の子が群がって大変な騒ぎになっています」

「なるほど。その人気を見て、よし俺も自来也になってやろうと考えるおっちょこちょいがいるかも知れねえ」

「……まあ、わたしには何とも言えませんがね」

と、答えましたが、昔から好きが嵩じて何を仕出かすか知れない芝居狂は少なくありません。贔屓が由良助や助六を気取るぐらいなら可愛気がありますが、自来也を真似て本物の盗みを働くようになっては穏やかでない。うっかりすると興行差し止め、芝居そのものに影響することにもなりかねません。

宝引の辰は、自来也を名乗る盗賊が芝居狂ではないかという思惑でわたしを訪ねて来たようで、しきりに宮前座の客筋を気にしています。わたしには熱狂的な贔屓に心当たりもなくはありませんが、矢張り岡っ引に客筋のことは言い難い。辰の関心を他に逸らそうと思い、

「ところで親分、今日の書画会に連斎の一軸が出品されているのをご存知ですか」

と言うと、案の定、辰はきらりと目を光らせました。

「そりゃ、願ってもねえ。一度、ぜひ拝見してえもんです」

そのとき、帳場のあたりがふいに騒がしくなりました。見ると、数人の客が彦一に入って来たところで、

「こりゃあ、大坂屋の旦那。それに、お嬢様もご一緒で。ようお越し下さいました。どうぞ、今、ご案内させます」

と、元締めの日比野信兵衛が下へも置かない調子。

茅場町の呉服織物問屋、大坂屋清兵衛と一人娘の秀。

わたしは秀の姿を見てびっくりしました。

黒地に自来也という文字を白く散らした着物の裾に金色の馬簾をびらつかせている。髪は百日鬘とまではいかないが、男髷に近い感じで、自来也狂の看板を下げているのと同じです。年齢は十七、八。きりっとした面差しが、その奇抜な衣装によく似合うから不思議です。

「いよ、自来也小町」

どこからか、そんな声が飛んで来ました。


彦一の二階広間。

追い追い、書画会の客も集まって来まして、座敷はかなり賑やかになっています。文人墨客、各界の著名な先生の顔も見えますが、矢張りいつもの書画会とはどこか違う。さっき、宝引の辰が話してくれた三件の自来也事件。そのいきさつを知っている者も何人かいまして、自来也の出没は口から口へ。当然、連斎に注目の上にも注目が重なります。

辰は連斎の前に立つと、しげしげと絵に見入っていましたが、

「こりゃあ、変哲もねえただの蛙。これに値が付くとは、世の中茶人が多うござんすねえ」

と、小声で言いました。この男、柄になく絵の判る男です。

辰の言う通りで、ぼろ雑巾みたいな本を大切に繰っている者、何何先生の短冊を見付けたと目の色を変えている若者がいるかと思うと、墨の欠片が一両、買おうかどうしようかと迷っている年寄りもいます。矢張り一般の人達とはちょっと違う集まりです。

辰は絵を見終ると、大坂屋の秀が気になってならないようで、しきりに問い掛けます。わたしは仕方なく秀は門脇勝右衛門が大好きなのだ、と教えました。

「大坂屋清兵衛はご覧の通り、ごく堅い商人で、好きなものと言えば田楽に強飯ぐらい。芝

居の花道がどっち側に付いているかも知らないようなお人なんですが、旦那とは逆に、ご内儀の方は昔からの芝居好きでして、お秀さんもお供のお乳母さんの懐の中から芝居を見ていたぐらいですから、今じゃご内儀よりも芝居通です」

「あの若さで、勝右衛門とは、渋い好みでござんすね」

「若くても、上っ面だけじゃなく、芸を見る目があるんでしょうね。面白いことに、ご内儀の方は若好み。門脇杜衡がご贔屓なんです」

「自来也の狂言で、大蛇丸の役で出ている役者ですね」

「そう。それとしゃくじろのお綱。これで、蛙、蛇、蛞蝓の三つが揃って三竦みの趣向になるわけです」

「まあ、狂言の話は後ほど伺うとして、あのお秀さんですが、連斎の一軸が欲しくて来たんでしょうか」

勿論、そうに決まっていますが、わたしは言葉を濁していると、秀の方から傍に寄って来ました。

「二亭先生も来ていらっしゃったのね。わたし、連斎を買いに来たのよ」

と、全く屈託がありません。

「お秀さん、買うわと言っても、そんなお金を持っているのかい」

「勿論、お金なんか持っていない。父が払うわ」

それとなく清兵衛の方を見ると、気のせいか渋い顔をしている。目の中へ入れても痛くない娘のこと。欲しい物を与えて秀の喜ぶ顔が見たいのは山山ですが、値が値だけに戸惑っているのでしょう。

「それに、今、本物の自来也が現れて、連斎の蛙を片っ端から盗んでいくんですってね」

「……そんなこと、大きな声で言うんじゃない」

「皆知っているわ。家の近所じゃ、自来也で持ち切りよ」

「ですから、恐いでしょう。そんな絵を持って帰ってご覧なさい。自来也が忍び込んで来たら、どうします」

「豪的だわ。わたし、どうしても本物の自来也に会いたい」

「お秀さんね。本物の泥棒は芝居に出て来るのとはわけが違うんだよ。白粉なんか塗っていないし、むさ苦しくって、声を立てようものなら、殺されちゃうよ」

「大丈夫。声なんか出さない。自来也様、連斎と一緒に、わたしも攫って行ってくれないかしら」

この調子じゃ、清兵衛も手が付けられないでしょう。

宝引の辰が元締めの日比野信兵衛と話しているのが聞こえて来ました。

「ねえ、旦那。この連斎はどこから手に入れなすったんで?」

「いや、苦心をしました。何しろ、どうしても連斎を手に入れたい、というお客様が何人もいらっしゃる。江戸中を駈け巡りましてね」

「それで？」

「それで手に入れば苦労はいりません。はばかりながら、このわたしが探してなかったのですから、もう、この世に未見の連斎はないでしょうな。仕方なく、二た月ほど前にお売りした方に掛け合いました。そのとき連斎は十両。その十倍でやっと買い戻しましたが、いや、この商売はもう辛いことばかり」

「その、連斎を持っていた方というのは？」

「……それだけは勘弁して下さいよ、親分。その方も、たった二た月で九十両の儲け。そんなぼろい話が世間に広まっちゃ外聞が悪い。そう言いますんで」

「俺は別に世間へ言い触らしたりはしねえ。例の自来也。あんなのにのさばられちゃ、十手の手前、我慢ができねえんでさ。何かの手掛かりがつかめると思い、こうしてやって来たんですから、ぜひ話してみちゃあ下さいませんか」

信兵衛はしきりに耳の後ろを指でなぞっていましたが、

「じゃ、親分。これだけは極内に、ね」

と、辰の耳に口を寄せました。

そのとき、何か貧相に見える男が傍にいました。さり気なく近付いて来たのですが、三角の目をときどき信兵衛の方に向ける。二人の話に聞き耳を立てているようです。

信兵衛の声が小さくなると、三角眼の男はふんというような顔をして傍を離れてしまいましたが、さすがに宝引の辰は注意深い。信兵衛の話を聞きながらも、しっかりと記憶するよう、目は三角眼の男の後ろ姿を追っていました。

その日、連斎はあれよあれよという間に高値が付き、結局、百五十両で清兵衛の手に落ちました。ただし、吉祥画という効験は大変に怪しい。というのは、それから間もなく、清兵衛の母親、ふさが卒中で急死してしまったからです。六十七歳でした。

彦一で書画会のあった日から、二日目。わたしは宮前座の作者部屋でふさの逝去を知った。ふさはとうに夫に先立たれていましたが、隠居然としているような人じゃありません。若いころは亡くなった夫と荒神様のようになって働いて今の店の土台を築き上げた人で、今でも身体を動かすのが大好き。遠くの織元に出張って行って反物の買付けまでするという、元気と丈夫の塊みたいな人でしたが、病というのはいつ忍び込むか、本当に油断が出来ません。

ふさはいつものように昼前に一仕事をして遅い昼食、鞴祭で届けられた蜜柑を食べ終ったところで急に倒れ、そのまま意識が戻らなかったといいます。

空っ風の吹く寒い日で、茅場町の大坂屋へ着いたのが暮六つ（午後六時ごろ）。通夜の店の前には赤赤と火が焚かれ、定紋入りの提灯が掲げられています。

「先生、寒い中、ご苦労さまです」

声を掛けられまして、見ると手習師匠の白桜です。黒地に「三本並び矢」の五つ紋で、喪服姿も色物とは違う秘めやかな女らしさが滲み出ている。といって、場所がら不謹慎な誉め方もできませんが、白桜は奥から持って来た紙片れの束を焚火にくべますと奥へ案内してくれます。

「師匠は大坂屋さんとはお識り合いだったのですか」

白桜が葬儀の手伝いをしているようなので、わたしはそう訊きました。

「ええ。これでも、昔、お秀さんはわたしのお弟子さんだったんですよ」

「ほう……そうでしたか。お秀さんがいくつのころですか」

「六歳になったばかり。とても筋のいいお子さんでした」

「すると……かれこれ十年前。白桜さんはそのころ……」

「嫌ですねえ。わたしの年を読んだりなさって」

「こりゃあ、謝る。そんな気になるのも、師匠がいつまでもお若いからさ」

「もう……勘弁して下さいよ」

「それはそうと、来訪がありましたか」

「……どなたの？」

「お秀さんがお待ち兼ねの者。怪盗自来也ですよ」

「お待ち兼ねだなんて」

「でも、本当でしょう。お秀さんは自来也に会いたくて、大坂屋さんに連斎をねだったのと違いますか」

「そうかも知れませんけど、そんな者に出入りされちゃ大変でしょう」

「葬儀のごたごたに付け込む、ということも考えられる」

「ええ。ですから、旦那もびくびくしていらっしゃる」

「連斎は床の間にでも飾ってあるのかね」

「いいえ。葬儀なのに吉祥画でもないと、床の間からは外して箱の中に収(しま)っています。でも、今度だけは自来也も絵の傍には近付けないでしょうね」

「どうして？」

「旦那が宝引の親分を家に呼んでいるんですよ。手先の者も二人。旦那は葬儀の支度をはじめる前に、すぐ親分を呼んだらしいんです」

「おふささんが亡くなったのは昼過ぎだった」

「ええ。先生の言うように、旦那も葬儀のごたごたを気になさったんでしょうね。宝引の親分はすぐ駈け付けて来て、今もどこかに潜んでいるらしいですよ」

「じゃ、自来也もうっかりは出来ない」

「わたしは手習いの子供が帰ってから、ついさっきここに来たんですけど、自来也が現れたという話は聞きませんでした」

「すると……自来也が現れるのは、通夜の最中かな」

「嫌ですねえ。先生までそんな気味の悪いことを言って」

ふさの遺体は仏間に敷いた床の上に安置されていました。座敷には主人の清兵衛と内儀、娘の秀、身内らしい者が三、四人。

わたしは型通り悔みの挨拶(あいさつ)をしましたが、ふさは血色もよくごく穏やかな死顔で、今にも起き上がって話しはじめそう。そのせいか、主人夫婦もまだふさの死が信じられないようで、悲しみに打ち沈んでいる風でもなく、ただ茫然としています。遺族がよよと泣き崩れているばかり、というのも手に余りますが、大体、人並にわたしもこういう席は不得意ですから、挨拶をそこそこにして腰を浮かせようとしたとき、いきなり、どこからか荒荒しい音が聞こえて来ました。

何かがぶつかり合うような響きで、続けざまに人が走るような音が近付いたと思うと、座敷の襖(ふすま)が乱暴に開き、黒い人影が毬のように転がり込んで来た。

「待てっ——御用だ」

人影の後から鋭い声が追って来ます。

闖入者(ちんにゅうしゃ)は小脇に細長い箱を抱えている、と見定める間もない。人影は遺体の傍に立ててあった屏風(びょうぶ)を蹴倒しまして遺体を飛び越え、真一文字に外の方へ駈け抜けて行きました。

「待ちゃがれ――」

続いて、今度は十手を持った宝引の辰です。

辰も遺体を飛び越えて外へ。

さすが、本物の捕者は芝居とは違い迫力が違う。わたしも続いて辰の後を追おうとしたとき、

「あっ、自来也だわ」

と、秀が叫び声を上げました。

秀の指差すのは遺体の上に倒れかかった屛風で、さっきまでは内側を向いていたので判りませんでしたが、屛風が倒れたために、その外側が見えました。その地紙の上には黒黒と自来也の三文字が書かれています。

「お嬢様、いけません。危のうございます」

自来也の字を見て、立ち上がろうとする秀を、番頭が羽交い締めにする。

「お放し。痛い目に遭うよっ」

それでも放さないから、秀は番頭の腕を逆に取って、一捻り。番頭の身体は宙で一廻転し、肩から畳の上に落ちると、ぐうと言ってそのまま動かなくなった。どこで覚えたのか知りませんが、美事な技です。番頭の足が祭壇を蹴倒しましたから蠟燭や線香があたりに飛び散ります。

わたしも後れてはいられない。

「早く、早く火を消せ」

清兵衛は中腰でうろうろするばかり。その隙に秀は座敷を飛び出します。わたしも後れてはいられない。

店先にいた人達は、辰の叫び声を聞いて恐れをなしたものか、それぞれ、隅の方に寄り固まっています。辰は店の土間に飛び降りるや、懐に手を入れると鉤縄を取り出してはっしと鉤を飛ばしました。その、手早いこと。

きらりと光る鉤を頭にして、縄は生きた蛇のようにするすると先へ延びていきます。

「よしっ……」

辰の手元の縄がぴんと張ったのは、手応えのあった証拠。一息つく間もなく、辰は呼子笛を口へ。闇を切り裂くような笛の音がつんざきますと、どこからともなく二人の影が飛び出して来ました。

「算治、松、あ奴だ」

と、辰が叱咤する。そのとたん、辰が持っていた縄に張りがなくなりました。縄は辰の手元にたぐり込まれ、その先の鉤は血塗れです。

鉤縄を外した賊は再び身体を立て直そうとしたようですが、それよりも二人の手先が飛び掛かった方が早かった。一人が賊を組み敷き、一人が賊をがんじがらめに縛り付ける。

傍に駈け寄った宝引の辰が、賊の頬被りをむずと引き剝がしました。

「おや、手前は――」

そう。黒い布の下に隠されていた顔は、三角の目をした貧相な、一昨日、彦一の二階で辰と信兵衛の話を立ち聞きしていた、男でした。

わたしは気の抜けたようにぼんやりしてしまった秀の顔が忘れられません。気の毒に、秀はきっと、門脇勝右衛門のような渋い美丈夫を期待していたのでしょう。

辰は賊が放り出した軸の箱を拾い、傍にいたわたしの方を見ました。

「二亭先生、ちょうどいいところへいなさった」

「なんでしょう」

「これから、この盗品を改めるので、立ち合って下さいませんか。まあ、大坂屋さんに頼むのがいいのだが、通夜の最中、仏の傍も離れられめえ」

「お安いご用です。連斎なら一昨日よく見たばかり。よく覚えています」

手先の二人は賊を引き立て、辰とわたしはそのまま茅場町の自身番へ。

わたしの師匠、禿原三凡(とくはらさんぼん)がよく言っていました。「狂言作者は何でもよく物を見ておかなきゃならねえ」。実際、三凡は大奥へでも忍び込みかねない好奇心の強い男で、わたしも自来也の素姓など知りたくてうずうずしていたところですから、宝引の辰の申し出は渡りに船です。

自身番に入ると、賊は縄尻を板の間の鉄環につながれました。

「名を訊こう。名を言え」

と、辰が言いました。賊の肩山のあたりが破れ、血が滲んでいます。そこに辰の鉤縄が刺さったのでしょう。賊は痛みと自棄（やけ）で顔を歪めました。

「伊吉（いきち）と申します」

「伊吉か、どこの伊吉だ」

「神田竪大工町（たてだいくちょう）、家主仁助（にすけ）の店子で」

「何をしている」

「屋根葺（ふ）きで」

「……この野郎。本業を悪い方に使いやがったな。大坂屋の屋根裏から忍び込んだんだな」

「へい」

「それが自来也のいつもの手か」

「……自来也？」

「この野郎、呆けるな。江戸橋の材木商、向井長助の家。翌日には霊岸島で千賀井鶴松。神田じゃ眼鏡屋虎戸工造の家に押し入って、それぞれ矢型連斎の蛙の軸を盗み出した自来也。こうお縄になった以上、すっぱりと吐いてしまえ」

それを聞くと、屋根屋の伊吉はさあっと顔を蒼白にさせました。

「親分、冗談じゃありません。続けざまに何軒もの家に押し入るような、そんな大それた真似は俺には出来ません」

「じゃあ、何だって大坂屋の連斎に目を付けた？」

「それは……あの軸を日比野信兵衛に見せて、正規の値で買い取ってもらおうと思ったからで」

「何だと？」

「親分、聞いておくんなさい。あの信兵衛こそ盗人野郎です。あの連斎は元元、俺の家にあったんで。と言いますのは、十五年ほど前、矢型様の家の屋根を修理したことがございます。ひどい雨洩りで、そのころ奥様が病気で寝ていらっしゃる。湿気は病人によくないそうで屋根を見てもらいたいが、恥を忍んで話すと、長年病人を抱えて赤貧洗うが如き日日の状態、屋根修復の手間賃を言ってもらいたい。全部が支払えぬようなら病人の部屋だけで我慢せねばならぬ。と、こうおっしゃいます」

「それで？」

「なに、最初からそう言って下さりゃ考えもある。中には全ての仕事が済んでから、ああでもないこうでもないとけちを付け、工賃を値切ろうとする奴もいる。よろしい、俺も江戸っ児の端くれだ、とびっくりするような安い工賃で修理を引き受けたんです」

「絵はそのとき礼として貰ったと言うんだな」

「へえ。何でも、昔、習った絵を描いて画商に売って生活の足しにしている。上手ではない、心持ちだからと言われて頂戴しました。ですが、こうした絵は長屋に掛ける場所もねえ。たまたま通り掛かった信兵衛の店に入って見せると、買うには買ってくれましたが、二束三文というようなはした銭で、そのときの信兵衛の言い草がいい〈この手のものは持ち腐れでまず買手の付いたためしがない。まあ、店を張っているからには、そういう損も仕方のないことだ〉と」

「お前は一昨日、彦一の書画会に来ていたな。連斎を見に来たのか」

「へえ。近頃、蛙の絵が吉祥画と言って、べらぼうな値が付いている。噂を耳にしたもんですから、どんな絵かと思って覗いて見ると、立派な表装はされているが何とこれがあのとき矢型様から貰った絵と同じ。信兵衛が渋渋、はした銭を出した絵だったんです」

「やい、伊吉。それで連斎を買った大坂屋から連斎を持ち出し、信兵衛に見せていくらかにしようとした、そう言うんだな」

「……さようで」

「この野郎、ぬけぬけと、何だと俺も江戸っ児の端くれだ？　気色が悪りいや。算治、もっと締めてやれ。締めて、自来也は俺でしたと言わしてやれ」

算治と呼ばれた手先が、伊吉を縛った縄尻をぐいと締め付けました。

「ちょっ、ちょっと待っておくんなさい」

伊吉は悲鳴を上げます。

「そうか、自来也だと吐く気になったか」

「親分、そうじゃねえんです。俺が自来也でねえという、証拠がございやす」

「何、証拠だ？　利いた風なことをぬかすな」

「待った……後生ですから、ちょっと待ってください」

「じゃ、もう少しだけ聞いてやろう。なぜ、手前が自来也じゃねえ」

「へえ。自来也は忍び込んだ家に、きっと自来也と書くそうで」

「そうだ。大坂屋じゃ、どこに書いて来たんだ」

「いや……書きませんでした」

わたしは口を挟みました。

「親分、差し出がましいようですが、大坂屋では屏風に書いていました」

「……二亭先生、ご覧になったんですか」

「ええ。親分は気付かなかったようですが、逃げるときこの男が蹴倒して行った、遺体のところにあった屏風に」

「そうでしたか。いや、その字がありゃ、自来也の証拠だ」

「そ、それは俺じゃねえ」

と、必死で伊吉が言います。

「そんな字を書いたのは、俺じゃねえ。実は、俺は字が書けねえ男なんです」

「……何だと？」

「自来也なんて字はおろか、自分の名前も書けません。長屋の連中も皆知っています。自慢じゃねえが、俺は歴とした無筆なんで」

わたしは聞いていて思わず吹き出しそうになった。無筆の自来也とは大笑いです。宝引の辰も苦虫を嚙み潰したような顔になって、

「手前は本当の無筆か」

「へえ。字が読めねえと世の中が暗くなると親に散散言われやしたが、餓鬼の頃から遊ぶ方が面白くて、つい――」

「困った野郎だ。算治、縄を緩めてやれ。まあ、その詮議は後にして、連斎を改めよう。二亭先生。ご覧なすって」

宝引の辰は伊吉から取戻した桐の箱を開けました。鬱金木綿に包まれた一軸は、見覚えのある古代布れの表装。辰は注意深く軸の紐を解いて、するすると軸を開く。

「あっ……」

自身番に集まっていた全員がびっくりして声を上げました。

そのはず、軸は表装だけ。中の連斎の絵は鋭利な刃物で切り取られ、ぽっかりと四角な穴が開いていました。

大坂屋に引き返した辰は、別室に運ばれた問題の屛風と清兵衛を前にしてしきりに首を傾げます。

「一体どうしたと言うんです。自来也とて魔物じゃありますまい。親分の目の前でそんな細工をされて、目に入らなかったと言うんですか」

清兵衛はたらたら嫌味を言いますが、辰は一向に耳に入らぬ様子です。

屛風の絵はごく地味な山水画。遠くに霞む山脈、前方は大河で小さく釣船が浮んでいるといったお定まりのもの。屛風の裏は鼠色の雀型で、その上に自来也の三字が走り書きされています。

「この屛風はご遺体が安置されている部屋に置かれていたのですね」

と、辰は清兵衛に確かめました。

「そうです。それが、どうかしましたか」

清兵衛は面倒臭そうに答えます。

「そうすると、この屛風は逆さまに立てられていたはずですね」

「その通り。弔いは逆さごとですから、仕来りに従って逆さに立てました」

「ところが、裏に書かれた自来也の字をご覧なさい。逆さでなく、普通に書き込まれています」

「……」

「つまり、屛風が仏の部屋に立てられてから自来也の字が書かれたのなら、屛風をこの通り普通に立てれば、字の方が逆さになるはずです。ところが、この字は見ての通り真っすぐに書かれている。逆さに立てられた屛風へこのように書くのは字の方をあべこべに書かなければならない道理。それは変ですから、この字は屛風が立てられる前に書かれたことになります」

言われるとその通りで、宝引の辰はさすが細かいところをよく見ています。

「ねえ、旦那。屛風はご遺体を安置して、すぐその部屋に立てたのでしょう」

「……そうです」

「その前、屛風はどこにございました?」

「……わたしの部屋。連斎があった部屋です」

「勿論、その部屋で屛風は逆さになっていなかったでしょうね」

「はい。そんな縁起でもないことは」

「すると、自来也の字は、旦那の部屋にあったときに書かれたはず。自来也が忍び込んだのは、わたしが報らせを受けて、ここに来る以前、ということになる」

清兵衛はぐうの音も出ません。自来也は大坂屋の葬儀を知ってそのどさくさに忍び込んだのではなく、忍び込んだときが、ちょうどふさが亡くなった直後でした。ふさの死は自来也の仕事をやり易く手伝いをしたことになります。

清兵衛は店の若い者を呼びましたが、皆、ふさの死に動転していて屏風の字に気付いた者は誰もいません。

それにしても、矢張り自来也の行方は判りません。ですが、辰はいかにも自信あり気で、

「屋根屋の伊吉の口から、今まで誰も知らなかった矢型連斎という人物がつかめて来た。その方から手を廻せば、自来也の正体、きっと暴けるに違いねえ」

と、胸を叩きました。


宝引の辰がわたしのところを訪ねて来たのは、それから三、四日経ってからでした。

女の子を持っている辰の識り合いが、いい手習いの師匠を探している。辰がこの前に会った白桜、その人のことを話すと辰の眼鏡にかなった師匠ならと先方は乗り気になりましたが、わけあって辰の名を出してもらいたくない。岩沢二亭先生の識り合いということでその子を白桜さんに紹介してもらいたい。

わたしは深くも考えず、お安いご用ですと辰に言いました。

わたしは約束の日、打ち合わせた刻限に白桜の家に出向いて行きました。

格子戸を開けると、玄関に子供の履物が沢山並んでいます。女中が出て来て奥の十畳の部屋へ。墨の匂いがしまして、白木の机を並べ、十歳前後の子供達が五、六人ほど手習草紙に

向かっています。皆、なかなか行儀がいいのは、白桜の躾が上手なのでしょう。

白桜は正面の机に着いて、一人の子の字に朱墨で手を加えてやっています。辰の識り合いはまだ来ていないようで、わたしは白桜の横で待たせてもらいました。

女中がいれてくれた茶を飲みながら、白桜の教え方を見ていると、これがなかなか美事です。

子供が書いたばかりの「いろは」などを白桜の前に拡げると、草紙を自分の方へ向け変えるわけではない。草紙は子供の方へ向いたまま、朱墨で手を加えてやりますから、子供に取っては判りいい。久し振りに見る寺小屋の風景ですが、わたしも子供のころ逆書する師匠が大変な術を使っているように思ったものです。

白桜の逆書はいろはという仮名文字ばかりではありません。やや年嵩の子が御家流の往来物を手本に漢字を書いて来たときも同じで、白桜は当然のように逆書で字の形を整えてやっています。

しばらく白桜の手元をぼんやりと見ているうち、わたしはふとあることに気付き、手にしていた茶碗を取り落としそうになりました。

――大坂屋の屏風に書き残された自来也の文字。あれは逆書ではなかったのか。

逆さ屏風の裏に逆さに書かれていた自来也の文字。自来也が普通に字を書いたというのが前提で、だから字は屏風が逆さに立てられる前、つまり大坂屋のふさが亡くなってすぐ自来也が忍び込んで書き残した、というのが宝引の辰の推量でした。

ところが、逆書という手があったのです。逆さ屏風に逆書すれば、自来也が忍び込んだのはふさが亡くなった直後でなくともいいわけです。あの日、白桜は手習子を帰してから大坂屋に来たと言っていましたが、その白桜でも連斎を盗んで自来也の字を残すことができた。

――いや、しかし……

わたしはじっと白桜の横顔を見詰めました。この美妙な女性がなぜ人の物に手を出したのか……

どのくらい刻が経ったのかも判らなくなりました。そのうち、手習子は一人帰り二人帰る。最後の一人が部屋を出て行きますと、すぐ入れ違いに格子戸の開く音が聞こえました。

大分待たされたと、ほっとしたのも束の間で、部屋に入って来たのは手習いの子ではなくて宝引の辰一人でした。辰を見て、白桜の顔が固くなるのが判りました。

辰は白桜に頭を下げ、

「二亭先生にも申訳ねえことをしました。なに、わたしが行くと言うと、師匠の仕事の邪魔になると思いましてね」

そして、改めてわたしに訊きました。

「いかがでした。師匠の指南ぶりは」

辰はとうにそれを承知で、白桜の逆書をわたしに確かめさせたのでしょう。白は切れなくなりました。

「お手並を拝見してびっくりしました。白桜さんは逆書の名人です」

白桜は下を向き、じっと唇を噛んでいます。辰は言いました。

「そうでしょうねえ。わたしは屋根屋の伊吉の口から、矢型連斎の素姓を知りましたよ。具足奉行組の同心で、本郷の屋敷に住んでいなすった矢型連之助というお侍だ。奥様が病弱で、連斎は掛け軸の絵などを描いて薬代に当てていたが、やがて奥様が亡くなると、今度は自分が元気ではなくなった。仲に立つ人があって、連斎は同心の株を売り、屋敷を出て十軒店で手習いの師匠をはじめた。それが十五年ほど前だったそうだが、三、四年して連斎も亡くなる。残された一人娘が、さくらと言って大変に聡明に育ち、父親の後を継いで、今じゃ文人墨客、諸先生方にも覚えのめでたい女師匠だ。そうですね、白桜さん」

白桜はしばらくじっとしていましたが、顔を上げると悪怯れる様子はなく、

「はい、連斎はわたしの父でございました」

と、言いました。

「口幅ったいようだが、わたしにゃあなたの気持がようく判るような気がするんだ。こう言っちゃ悪いが、あまり上手でもねえ、一生懸命に描いてわずかな薬代になった絵が、どうした弾みか値が上がりはじめ、今じゃ百両、百五十両でも売れてしまう。連斎が馬鹿にされているどころか、金持町人の玩具にされている。白桜さん、あんたは貧しい中でお父さんが絵

を描いている姿を覚えているから、それが、どうしても宥せなかったんですね」

「はい。わたしにはそんな世の中が口惜しくて、毎日腸が煮えくり返る思いだったんです」

「無理もねえ。このまま黙っていりゃ、この先連斎はどんな値が付くか判らねえ。また、ある日、元通り二束三文になってしまわねえものでもねえ。その思いがあんたを自来也にした。最初に狙った三軒のことはおくとして、大坂屋には俺達が張り込んでいた。俺達の目を盗むのは難しかったが、なに、連斎を持ち出して売るのが目的でねえのだから、わけはねえ。まして誰もあんたが自来也だとは夢にも思わねえ。人目を盗んで軸から絵の部分を切り取って、小さく畳んで部屋から持ち出し、外の焚火の中にでも放り込みゃ、仕事はお仕舞いだ」

わたしはびっくりして言いました。

「連斎を焼いてしまったんですか」

白桜はうなずきました。

「他の三枚も全部。盗んだその日の内に焼き捨てました」

思わず、勿体ないと口に出そうになったのを、わたしは堪えました。金になど換えられないのが、親子の情。父親を思う白桜の気持がわたしにも痛いほど通じました。

辰は続けます。

「だがねえ、白桜さん。咄嗟に思い付いたことだろうが、逆さ屛風の逆書は小せえ知慧だった。自来也が手習いの師匠だ、と書いているようなものじゃありませんか」

「親分、お手数を掛けました」

白桜は机の傍を離れ、宝引の辰の前に両手を付きました。

「もう、逃げ隠れいたしません。お縄を頂戴します」

ですが、辰はそっぽを向いたまま、腰から煙草入れを取り出しました。

「塵っ端一枚盗んでも盗みは盗みだ。連斎も元は二束三文の絵、だが考えても見ねえ。そんな蛙一匹一気に掛けていたら、この身体がいくつあっても足りゃしねえ」

宝引の辰はぽんと音をさせて籐筒を開け、銀延べの煙管を取り出すと指先でくるりと廻し、

「それより白桜さん、火を一つ貸しちゃくれませんか」

と、言いました。

雪の大菊

「これからはもっと苦しくなるのね」

耳元でささやいてから、おりんはぬれた目でじっと見詰めます。その目が心に突き刺さって、見返すことができませんで、細い肩をそっと引き寄せるしかない。すると、引きつるような息遣いが伝わってきます。

「いけねえな……身体に毒だ」

言うとおりんはこっくりとうなずき——

蓮も枯れはてた不忍池の畔、信田屋という茶屋の二階。

すっかり傾いた陽差しが外の水面に照り返してきて、障子から天井にかけて気ぜわしなくゆらめいている。水鳥の声に交って、ときどき、ちちちと鳴くのは鶯の子でしょうか。

「芳さんは、辛くはないの」

「……辛くねえことがあるものか。男の、痩我慢だ。実を言うと別れた後の日日は身を切られるようだ」

「わたしさえ……いなかったら」

「そんなことを――」

それだけ言うと喉が詰まってしまった。

大体、二階座敷に落ち合ってから、ほとんど言葉らしい言葉を交わしていません。ただ顔を見合わせただけで胸に熱い塊ができて声が出ない。手と手を取り合うと、それが嬉しいのか苦しいのかわけがわからなくなるほど狂おしい気持になってしまいます。

やっと会えたと思うのも束の間、喜びが激しいほど別れが堪えられぬほど辛い。愛別離苦は世の習いとはいいながら、最初の別れより次の別れが、その別れより三度目の別れが、二倍も三倍もの苦しさで私を責めあげます。

おりんは涙がせきあげるのを堪えていたようでしたが、からませていた指に力を入れると、

「泣くのは身体に毒だ、と言ったけれど、毒も薬もありゃあしない。芳さん、一度でもお前に優しくしてもらったら、命もいらないと思い詰めていたんですから」

近所の若い者が二人寄れば、まず挨拶代わりに相馬屋の三人娘が話題になる。三人が三人とも眩しいばかり、甲乙がつけられぬほどの美形でして、とくに末娘のおりん、どことなくおっとりとしていて、その癖ちょっと吊り上がり気味の切れの深い目元に、いつも心をときめかせていました。といって、少し前まではとても近寄れる身ではありません。ただ、雲上の天女を遠くから眺めているだけ。それが、夢ではなく生身の口からそう言われて、前後の

見境がつかなくなり、

「そんなにまで思ってくれるのなら、どうしても添い遂げるが、いいか」

と、言ってしまいました。おりんはさまざまな思いを、

「わたし、嬉しい」

との一言に籠めて、じっと息を凝らしていました。

忘れもしない昨年の三月、誂えがあるというので、駿河町の両替商、相馬屋へ出向いて行くと、二人の姉としばらく姿を見せなかったおりんもいて三人娘が揃い、新しい足袋の注文なのです。

なんでも、おりんは奥平様のお屋敷に二年ほど直参の女中奉公をしていましたが、三月にお暇をたまわって相馬屋に戻って来たのだそうです。とすると、近近縁組みの話もあるのかと思いながら仕事に取り掛かりました。

それまで、相馬屋の誂えは兄弟子が受持っていたのですが、世帯を持って新規の店を出しましたので、それがわたしが相馬屋に廻されたはじめての仕事でした。一人ずつ足の寸法を取りましたが、予想はしていたものの、実際に見る形はその持主である女の容姿を忘れさせてしまうほど美しく、それに血が通って動いているのがふしぎに思われるほどでした。おりんは縞物に黒八丈の帯、髷も町娘らしいつぶし島田に結っていましたが、大名屋敷に奉公してきたためでしょう、誠に上品なしぐさは舞でも見ているよう。

幸い、仕立て上がった足袋を届けますと、今までこんな穿(は)きやすい仕立てはなかったと喜ばれまして、とりわけておりんはお屋敷で渡されるお仕着せの足袋に慣れていましたから、きちんと足に合わせた仕立てが大変に気に入ってくれました。

その後、相馬屋へ出入りするうち、秋口のある日、相馬屋の店がなんとなくざわついていて、おりんが一人、奥座敷でぽつんとしていました。一番上の姉の婿(むこ)が決まり、結納の日なのだそうです。

「それはおめでとうございます。今度はそろそろ、おりんさんがお嫁さんでしょう」

別に深い意味があったわけじゃない。普段、口下手の職人でもそれぐらいなことは言う。ところが、それを聞くとおりんは急に怖い顔になって、

「芳さん、お前はそれでいいのですか」

言われて、どきりとしました。偽りのない本心など軽軽しく言えるものではありません。

「おりんさんがそれで幸せなら——」

「……もし、幸せでなかったら？」

「そんなはずはございません。第一、足の相に福があります」

「足に相があるんですか」

「ええ。こういう仕事をしていますから、良し悪しはすぐに判ります」

すると、おりんは何を思ったのか、身体を崩してそっと片膝(かたひざ)を立てました。緋縮緬(ひぢりめん)の長襦(ながじゅ)

袢の下から白い足が目の前に伸びてきます。足裏が深く薄紅色の指先に並んだ爪は桜貝のよう。

「どこが、福相なの」

どこがどうと言われても、その場逃れを口にしただけですから、咄嗟に返事ができません。おりんを見ると、表情までが取り乱した感じで、わたしはつい前後の見境がなくなり、すんなりした足の甲に手を当てました。おりんはその手の上に自分の手を重ねる。その身体の動きで下着の前が崩れ落ち、白い脛までが露わになりました。

最初のころはおりんに思われていると考えるだけでも嬉しい。逢えば魂が消し飛ぶよう。ところが、しばらくすると、別れている間が死ぬほど辛くなります。行く方を思うと相馬屋は大店の両替商、自分は住み込みのしがない足袋職人にすぎない。どう逆立ちしてもおりんと連れ合うことができぬ、と悟れば悟るだけ辛さが増す。

その年も過ぎて春になりますと、相馬屋のおりんの嫁入り先が決まったらしい、相手は同じ町内の呉服屋だ、などという噂が耳に入って来まして、さあ落着けません。次の約束の日まで居ても立ってもいられない気持です。

逢って問い質すと、嫁入りの話などは根も葉もない噂ということが判り、ほっとする間もなく別れが待っている。

秋に入りまして今度は本当に怖れていたことが現実になりました。日本橋米沢町の遠州屋という米屋の跡取り息子におりんをと、親が話を進めているという。このときは、嫁入り先の名もはっきりしているから前のような無責任な流言とは思えません。

そのときもおりんに逢いましたが、

「そんな話、全く知らない」

と、言う。

「知らないはずはないじゃないか。他人でさえ、ちゃんと米沢町の遠州屋という名まで聞いているんだ」

「でも、知らないものは知らない」

「お前は、俺が辛くなると思って隠しているんじゃないか」

「……わたしが隠しているなんて。そんな言い方はないでしょう」

すっかりおりんを怒らせてしまい、その日は気まずい別れをしました。

ところが、三、四日しておりんからの手紙が届き、先日のことで話がしたいからいつもの信田屋で逢ってくれという。逢ってこじれかけた心が治るのは嬉しいが、謝りたいと言ってきたからには、矢張り嫁入りの話は本当だったらしい。不安なまま、手紙にあった刻限に信田屋に行くと、おりんは待っていて顔を見るなり、

「芳さん、この間はなにも知らなくて済まなかった」

と、取りすがって泣き出しました。

落着いてからわけを聞くと、矢張り相馬屋では米沢町の遠州屋との縁組が進められていたと言います。

まず、普通なら相馬屋の三人娘のうち、一番上の姉に婿取りが決まる。次の番なら中の姉が順序でしょうが、にわかにおりんにという話が持ち上がったので、相馬屋の親たちは中の娘に気兼ねもあって、娘たちには伏せていたらしい。遠州屋がなぜおりんに白羽の矢を立てたかというと、遠州屋の跡取り息子が、おりんとちょうどいい年廻りをしているのです。

遠州屋が秋になって、急に嫁取りを急いだのにもわけがある、とおりんは説明しました。

「遠州屋という大きな米屋を一手で切り盛りして来たのが、おせいという今年七十五になるお婆さんなんです。なんでもこの人の夫は京橋(きょうばし)の遠州屋で小僧から叩き上げられた苦労人で、おせいさんと世帯を持って米沢町に店を出したんですが、今じゃ、本店よりも大きな商いをしている、それにはこのおせいさんの働きが男以上だったからなんです」

とすると、骨太で鬼みたいなお婆さんが頭に泛(うか)んできます。

「おせいさんの夫は店が肥(ふと)るのだけが楽しみだったような人で、若いころ並外れて身体を使いすぎたためか、割に早く亡くなってしまい、それからおせいさんが遠州屋の主人で店を繁(はん)盛(じょう)させてきたんです」

「おせいさんに子供はいなかったのかね」

と、私は訊きました。

「いたんですけど、商人には向かない質(たち)だったみたい」

「なるほど、金をやって取り巻き連中を使うのは上手だが、金をやらずに店の者を使うのが下手なんだ」

「ええ。おせいさんがしっかりと財布の口を握っていないと、その息子は際限なくお金を持ち出してしまう。息子さんが店の帳場にいたことは一度もありませんでした。まあ、嫁でもあてがえば考えも変わるだろうと、世話をしてくれる人があって祝言(しゅうげん)をあげたんですが、息子はその夜、家を抜け出して吉原(よしわら)に行ってしまったというくらい」

「……そりゃ、只の道楽者じゃない」

「そのうち、お嫁さんに男の子まで出来たんですけど、息子の遊び癖は治らない。呆れたお嫁さんは子供を遠州屋に置いて実家に帰ってしまう。それからしばらくして、息子さんはお酒のために身体を悪くして病死してしまいました」

「……おせいさんの苦労は絶えないんだな」

「そうなのねえ。でも、今の遠州屋が抱えている一番大きな悩みの種が、そのおせいさんなんですって」

長い間、店の大黒柱だったおせいの様子がおかしくなったのは、この秋のはじめごろでした。

どういう心の変化があったのか、鬼のようなおせいが七十五になって、はじめて男狂いをはじめたといいます。

相手は東両国、回向院裏にある野郎茶屋の若衆です。

若いころからの鬱積が、何かのきっかけで一時に爆発したに違いない。おせいが茶屋遊びに耽っているうちはまだよかったのですが、冬のはじめお十夜の日の朝、卒中の発作を起こして身体が動かなくなってしまった。それが事の起こりでした。

おせいの馴染みは一巻亭という茶屋にいて、名は無何有。身体が不自由になっておせいが一巻亭へ行けなくなると、考えるのは無何有のことばかりで、老人惚けも加わって、仕舞いには無何有を家に入れ、年が明けたら早早に正式の夫にすると言い出して店中の者を仰天させました。

そんな者を遠州屋の旦那にして、頭が鈍ったおせいといいようにされたら、たちまち店は潰れてしまう。孫の市太郎と番頭以下、店の者全部が困り果てている最中だといいます。

「そうか、それで遠州屋は一日でも早く、おせいさんの孫に嫁を持たせて、跡を継がせようとしているんだな」

「ええ。向こうは年内にはぜひと言っているらしいの」

「だが、そんな判らず屋のお婆さんがいる家じゃ、行っても苦労だろう」

「それがねえ……おせいさんはもうすっかり弱っていて、後半月保つかどうか、とお医者さんに言われているんですって」

「……その孫の市太郎の方はどうなんだ。親に似て道楽者じゃねえのか」

「いいえ。市太郎さんは親の不行跡を子供のときから見てきたせいか、とてもものの固いひとみたい」

「……誉めているのか」

「誉めていやしない」

「じゃ、嫌じゃねえんだ。遠州屋へ行くのに」

「ばか――」

「痛え……おい、放せよ。止(よ)さねえか」

「……」

「おお痛え。ひでえじゃねえか」

「ひどいのは芳さん、お前よ」

「謝る、俺が悪かった」

痛い思いをした上、反対に私が謝らなければならなくなった。

いっそ、おりんを連れてどこかへ落ちてしまおうか、と一度ならず思い詰めましたが、自分に出来るのは足袋の仕立てだけ、知らぬ土地でおりんに苦労をさせ、挙句(あげく)見付かりでもしたら、自分はどうなってもいいが、おりんに生き恥をかかせることはどうしてもできない。

考えあぐねて夜も寝られず、おりんの顔がちらついて昼は仕事の手が勝手に動いているだけ。

そうしたとき、おりんの動かない心を知って「どうしても添い遂げる」と言い切ってしまいました。勿論(もちろん)、この世では添い遂げられない仲。二人は死んで自由な身になろう、という意味でした。

「旦那、寒くはございませんか」

「なんだ。お前、寒いのか」

「へっへ……いえね、旦那は大切なお身ですから心配しますんで。あたしは寒くはない。暖かで」

「嘘を言え。唇(くちびる)が紫になっている」

「実を申しますと、河面に渡る雪風などが、少少お涼しいようで」

「まあ、障子を閉めたいところだろうが、もうしばらく我慢しな。せっかく雪見に出たばかりだ」

「そりゃもう、旦那のお言い付けなら、川に飛び込んで泳いで見せます」

「お前、泳げたのか」

「へっへ……これでも、泳げません」

「泳げもしねえのに、偉そうなことを言うな」

「じゃ、旦那。品玉などお見せしましょう」

「お前の品玉など不思議でも何でもねえ」

「ところが近ごろのは違います。芥子之助直伝てやつで」

「まあ、上手くいったら羽織をやろう。着て帰れ」

明りをつけた一艘の屋形船。

障子が開けられているので中の様子がよく見えます。

四十前後の商人風の男を囲んで、芸者が二人、盃を頂戴しているのが幇間でしょう。牡丹雪の降る中、思い付いて雪見の船を誂え、大川に繰り出したらしい。

船は滑るように遠ざかり、しばらくすると、三味線の調子を合わせる音が小さく聞こえてきました。

私は柳の木の下で、おりんと肩を寄せ合って船をやり過ごし、船が小さくなったとき、改めて顔を見合わせました。雪明りで見るおりんは、

「今日は特別に綺麗だ」

「だって……嬉しい旅立ちですもの」

「そうだ。それを聞いて俺も安心した」

「でも、これから先が判らない。芳さん、わたしを離しちゃ嫌だよ」

「大丈夫だ。離しゃしねえ。これからはどんなところにも一緒だ」

私は被っていた手拭を取りました。

信田屋でおりんと約束を交わしてから三日目。その間、それとなく身の廻りの整理をしていましたが、半分は死んだも同じで、足が地に着きません。それでも、どうにか他人には気取られずに三日間を過ごすと、この日は昼過ぎから雪になりました。

雪に風流心を動かして船を仕立てる者もいれば、雪とともに消えようとする二人がいる。みす紙を丸めたような雪が音もなく河面に落ちてはそのまま消えていくのを見ていましたが、いつまでそうしてもいられません。手にした手拭を縄に縒り、おりんの手と自分の手を固く縛り合わせようとした、そのときです。

川の方から、しゅるしゅるっというふしぎな音が聞こえてきました。思わず首を向けると、川上の方に細く赤い糸のようなものが闇の空に登って行くのです。何かな、と思う間もありません。

——どおん。

大音響とともに、頭上で巨大な火が丸い花となって炸裂しました。

一体、なにごとか、と思う閑もなくもう一発。火が丸い傘となって開きます。

「花火だ」

「まあ、綺麗」

おりんの言う通り、雪を降らせている闇に開いた花火は、びっくりする以上に、壮大で華麗でした。

時ならぬ花火の音を聞き付けて、離れた家のあちこちで雨戸を開ける音や、人の歓声が聞こえてきました。それに応えるように、次次と花火が打ち上げられ、降る雪を明るく彩って（いろど）は闇に呑み込まれていく。

大菊、柳、虎の尾、吊星ざっと三十発。もっとも、あれよあれよという間でしたから、実際にはもっと少なかったかも知れません。打ち上げが終ると、あとは深深（しんしん）とした元の夜空に戻ります。遠くに一つ二つ、小さな明りが見えるのはさっき通り過ぎた屋形船か、花火を打ち上げた船か――

ふと我に返ると、全く思い掛けないことに、なにか気持が晴れ晴れとして、今まで死ぬ気でいたのが嘘のよう。死神が落ちるというのはこのことでしょうか。

おりんはと思って見ると、私の顔を見てくすくす笑っています。私も思わずぷっと吹き出し、手に持っていた手拭を川に投げ飛ばしました。

「おりん、家まで送ろうか」

「そうして」

「……今までの俺たち、何だったんだろうな」

「芝居に出ていたみたいだったわね」

「……芝居か」

「でも嬉しかった。芳さんのことは一生忘れません」

「俺もだ。さっきの屋形船の中で〈羽織を着て帰れ〉と言っていたのは、生きて帰れの辻占(つじうら)だったんだな」

柳河岸(やなぎがし)を離れて、雪の中を駿河町の相馬屋の前まで。

「芳さん」

おりんはふと足を止めて、私の手を握りました。

「家の前に、変な人がいるわ」

表通りのどの店も暖簾(のれん)を内に引き入れ、大戸を下ろしています。相馬屋の前には大きな分銅の看板が掛けられ、今、その看板の陰に黒い人影が見えたのです。

「店の人じゃねえのか」

「違う。黒い布で頬被(ほおかむ)りした怪しい人だわ」

相手は私たちに気付いていないようで、中腰のまましきりにあたりをきょろきょろ見廻していましたが、すぐ吸い込まれるように潜り戸(くぐど)から店の中へ入ってしまいました。男を呑み込んだ潜り戸はしんとしたままです。そんな男が店の中に入って、店の者が静かでいるわけはありません。

「おかしい。何かあったんだ」

店の方に行こうとする。おりんは握った手に力を入れて、

「いけない。悪者だったら危険よ」

「なに、平気だ。一度は死んだ男だ」

「ここを動かないでいて。わたし頭を呼んで来る」

おりんは反対側に駈け出しました。

ここを動くなと言われても、恐いもの見たさ。傍にあった天水桶の上に重なっている手桶を一つ手に取って、相馬屋にそっと近付きました。

「もし、相馬屋さん」

そっと戸を叩いて声を掛けてみる。戸の向こうで何やらごそごそする気配はありますが、なかなか戸は開きません。

「相馬屋さん、ちょっと用事がございますんで」

声を大きくすると、やっと猿を外す音が聞こえて戸が少し開きます。

「どなた様で?」

口振りは優しいが変にどすの効いた声です。

「平田屋から参りました」

潜り戸がもう少し開きます。

「まあ、お入んなさい」

だが、迂闊には入れない。そっと手桶の柄を戸の隙間に差し込むと、内から手が伸びて来て、矢庭にそれをつかもうとする。そんなことだろうと思い、逆にその手首を思い切って引っ張ると、店の中から黒い者が転がり出して来ました。ものも言わず、桶の角で頭のあたりを思い切り撲り付けました。

「どうしたんだ、おい？」

潜り戸から別の男が顔を出します。この男も黒い頰被りをしている。しかも、手に抜き身を持っているのが見えました。一度は捨てた命でも、段平とは付き合いたくない。

持っていた手桶を投げ付け、相手がまごついている隙に、

「泥棒だ。相馬屋さんに泥棒だ」

と、叫びながら駈け出しました。

道の角を曲ったとき、半纏を着た鳶の者が五、六人、手に手に鳶口を持って駈けて来るのが見えました。

「泥棒はあの家だ」

改めて聞くまでもない、という勢いで、私の傍を駈け抜けて相馬屋の前へ。そのうちの何人かが裏手へ廻る。

最初に私が撲り倒した男が家に這い戻ろうとするのを、鳶の若い者が寄ってたかって縛り上げてしまう。だが、家の中に白刃がちらつくのを見ると、それ以上近付く者はいません。

刺っ子の長半纏、鳶の頭でしょう。縛られた賊の傍に寄って、被りをぐいと剝ぎ取り、

「仲間は何人だ？」

月代の伸びた、目のぎょろりとした男です。

「何人で押し入ったと訊いているんだ」

「……五人です」

「首領は？」

「……」

「首領はどこだ」

「蔵の中だ」

そのとき、相馬屋の前に二人の男が駈け付けて来ました。帯の間から十手の柄が見えています。

「こりゃあ、宝引の親分」

と、頭が大きな声で言いました。

「もう大丈夫で。すぐ片あ付けます」

「親分、中には四人。首領は蔵の中らしいぜ」

それが聞こえたのか聞こえないのか。足で半開きの潜り戸を蹴倒しまして、

「御用だっ、観念しろ」

と、家の中に躍り込んだ。子分も親分に遅れまいと続きます。

余程、腕に覚えがあるとみえます。または、ただの無鉄砲でしょうか。

奥では誰かが明りを消してしまいました。闇の中で、ときどき叫び声が聞こえているうち、二階の戸が開いて、何かを抱えた者が飛び出し、屋根伝いに逃れようとする。

「待ちゃあがれ」

続いて二階の窓から顔を出した宝引の親分が敷居に片足を掛け、賊に向かって何やら光るものを飛ばしました。次の瞬間、

「わっ……」

屋根の上の賊が、もんどり打ってひっくり返りました。見ると、賊の足に鉤縄が掛かり釣られた魚みたいに軒下にぶら下がってしまいました。

賊が倒れたとき地上に放り出したのが千両箱で、どうした弾みか頑丈そうな口が開き、黄金の色が飛び散りました。

鉤縄の掛かった賊を鳶の者が取り押える。宝引の親分の勢いにつり込まれるように、何人かが家の中へ。

しばらくすると家の中に明りがつき、黒装束の縄付きが次次に表に引き出されてきました。

そのどさくさに、いつ家の中に紛れ込んだものか、おりんが二階の窓に見え隠れしていました。

神田千両町の宝引の辰が、私が働いている平田屋へ来て、ちょいと話が聞きたいと言いました。

相馬屋に強盗が押し入った、翌日のことです。

話を他人に聞かれたくないのが判りましたから、一緒に仕事をしていた親方にわけを言い外に出ます。昨夜の雪はもうほとんど残っていません。陽差しの温かな穏やかな日です。

「どうも、仕事の邪魔をして申訳ありません」

昨夜、相馬屋に入った五人組を相手にした男とは思えない、腰の低い言い方です。

「お蔭様で、誰一人怪我人も出ず、曲者の全員を取り押えることができました。賊の首領は雪の九郎兵衛という奴でしたよ。奴は雪が降る夜に他人の家へ押込みに入るという癖がある。雪の夜は人通りが少ねえ上に、物音が外へ響かねえ利点があるという。まあ、大した奴じゃねえんですが」

辰はそこでちょっと言葉を切って、

「相馬屋に九郎兵衛が入った少し前、大川で奇妙なことが起こったでしょう」

昨夜、柳河岸でおりんと一緒に見た、雪の空の花火が頭の中に蘇りました。私は思わず空を見上げて言いました。

「大川で花火が上がりましたね」

「そう。それで、八丁堀は大騒ぎになりましたよ」

「……」

「時ならぬ花火でしょう。花火の起こりは戦いのときの狼煙だ。これあ、何かの合図だと解釈したんです。合図が派手だったから、賊も大軍だ。賊が江戸中を焼き討ちにし、お城を攻め滅ぼしにかかろうとする合図なら、一大事だ」

「……そ、そんなことが起こるんですか」

「なに、八丁堀にだって取越し苦労の多い人はいる。相馬屋の騒ぎがあった後で、駿河町へ能坂様がおいでになった。騒ぎの報らせを聞いたわけじゃなくて、花火が上がったので町に変わりはねえかと、お廻りになっていたところだったんだ」

「すると、雪の九郎兵衛とかいう一味の合図だったんですか」

「いや、そうじゃねえ。改めて調べるまでもねえ。押込みはたったの五人だから、花火を打ち上げるほど大袈裟な真似はしなくともいい。九郎兵衛が白状したんだが、今川橋の蕎麦屋で落ち合っただけだという。四十七士じゃあるめえし」

　辰は不服そうに顎へ手を当てて、

「まあ、九郎兵衛の夜働きはあったものの、まず、江戸中は安泰、何より結構だと言いてえところだが、雪の夜道を走り廻らされた旦那衆はそれじゃ気が済まねえ。能坂様はその足で横山町へ行きなすった」

「……横山町というと、花火師の鍵屋ですね」

「そうだ。鍵屋で訊くと打上げ花火を十数発も買った客がいたという。十日ほど前で、何でも、千住の先の粕壁で、正月の祝いに打ち上げるのだという」

「……正月に花火ですか」

「まあ、田舎に行きゃ、いろいろ妙な風習がある。別に気にもせず尺玉と打上げ道具を売ったというんだが、その鍵屋が昨夜上がった大川の花火を見てびっくりした。ありゃ、間違いなく鍵屋で作った花火だった、という」

江戸の花火師というと、鍵屋と玉屋が双璧でしたが、玉屋の方は火を出して絶えてしまったので、大きな花火師は鍵屋だけ。その鍵屋が自分のところの花火だと言うのですから確かでしょう。

「そこで考えると確かにおかしい。粕壁から来て鍵屋で花火を買って帰った客というのは、言葉や身形も田舎者らしくなくて、江戸に住み馴れた感じだった、という。今、内の者が粕壁まで行っているんだが、多分、正月の花火というのは嘘だな」

「鍵屋ではじめての客なのですね」

「そうらしい。まさか、人が花火を見上げている隙に、懐の物に手を出そうとした奴がいたとも思えねえ。とすると、気になるのは、一体誰がどういう了簡で雪の降る中を花火なんか打ち上げたか、なんだ」

「……風流人かなんかじゃないですか。寒い中、雪見の船を仕立てたりする人もいますから」

「なるほどな」

辰はじっと私の顔を見て、

「芳次さん、あんた昨夜、大川端でその花火を見てやしなかったか」

と、言い出したので、私はどきりとしました。

「やはりそうか。さっき俺が、昨夜奇妙なことが起こった、と言ったとき、お前は空を見上げた。花火を思い出したんだ。あのときの目の角度だと、橋の上じゃねえ。大川端だ。柳河岸のあたりかな」

私は辰の鋭い推量にびっくりしました。更に、辰は追い打ちを掛けます。

「俺は昼前に両国附近を歩いて来たんだが、花火は両国橋の少し下流、川中に漕ぎ出した船の中から打ち上げられていたという。それより川下、柳河岸のあたりから花火を見上げると、ちょうどお前と同じ目の角度になるわけだ。そして、お前は一人じゃなかった。連れがいたとすると相馬屋のおりんさんか?」

「親分、どうしてそれを?」

「矢張りそうか。それでよく判った。昨夜、相馬屋じゃ、九郎兵衛一味のために、全員が縛られていたんだ。その中で、おりんさんだけがどういうわけか着崩れていねえ。そそっかしい奴なら、おりんさんが賊の手引きをしたと早合点して、一味と一緒に捕っていたかも知れねえんだ」

「そ、そんな……」

「それに、おりんさんは賊が捕まった後で、手紙のようなものを引き裂いていたが、それも怪しい」

多分、それは家を出るときの書置きだったでしょうが、そうは言えません。

「つまり……私が手紙などを渡したことがありますんで」

「そうか。まあ、相馬屋には極内(ごくない)にしておくから聞かせてくれ。昨夜、おりんさんと一緒だったんだな」

「はい」

「そのとき、川を渡る雪見の船でも見たのか」

「その通りで。川をのぼっていく屋形船でした」

「その船の特徴は?」

「さあ……」

「提灯(ちょうちん)など見なかったか」

「……気付きませんでしたが、障子が開いていて、中の客が見えました」

「ほう——それは?」

「四十前後の客に、芸者が二人、太鼓持ちが一人でした」

「今度会って、それが判るか」

「さあ……」

船を見たのは少しの間ですから、再び会ったとして同じ人だと判る自信はありません。そのとき、幇間が喋っていたのを思い出しました。

「その幇間は客に品玉を見せたがっていました」

「……品玉が得意の幇間か」

「はい、なんでも、芥子之助に習ったとかいう品玉のようです」

「そうか。そりゃあいい手掛かりかも知れねえ。ことのついでだ、ちょっと付き合ってもらいたいな」

と、言われて、二人で両国へ。

下手な品玉を得意にしている幇間は、かなり顔が売れているらしく、最初に尋ねた船宿の女将が、此糸という名で、柳橋の茶屋に出入りしていると教えてくれました。

検番で此糸の住まいを聞き、そのまま、鳥越明神裏の長屋へ。

此糸は裏長屋にいて、煎餅蒲団を被って震えていました。

目鼻立ちが大ぶりで顔の横幅が広い。それが、熱のためか赤くなっているので獅子頭のよう。これが此糸とはどう考えても言語道断ですが、昨夜、屋形船に客と一緒だった幇間は、この男に違いありません。

「寒かったら寝たままでいい」

と、辰が言うのを、むくむくと起き直って、蒲団で前を合わせます。

「どうした。雪の中を川へでも入ったのかね」

「こりゃ……親分は人相も見なさるんですか」

「すると、昨夜、雪見の船に乗っていたのはお前だったんだな」

「へえ、あたしてえのは酔わねえと実にずぼらなんですが、酔うと忠実(まめ)になる。お客をどうにかして喜ばしてえ一心で、つい、ばかばかしいことでもやってしまうんで」

「川に入ったのも、客に言われたからか」

「へえ。あたしがやる品玉を、皆見破ってしまい、ちっとも面白がらねえ客だったもんで、つい」

「その客は何という者だ」

此糸はわざとらしく、くしゃみをしました。

「どういう客だったんだ」

「親分、それだけは堪忍して下さい。ごく、大家(たいけ)の旦那の、隠れ遊びということで」

「だがな、その客は季節外れに花火を打ち上げたんだぞ。人騒がせにも程がある」

此糸は今度は本当にくしゃみをしました。

「昨夜の、あの花火ですか」

「そうだ。その客は花火を誂え、それを見に川へ出たんだろう」

「そりゃ、違います」

「どう違うんだ」

「だって親分、大菊の打ち上げ花火となると、一発が何両もするでしょう」

「そうだ」

「〆めて何十両何百両か知りませんが、あの客はそんな金は使えねえ人です。吝嗇ですから金を煙にするようなことはできません」

「……吝嗇だと」

「へえ。自分だけで遊ぶならともかく、他人まで楽しませる花火を上げるなどという粋人じゃござんせん。口ばっかしで、川へ入れば呉れると言った羽織もまだ貰っていねえんですから」

「じゃ、川へ出たのは花火を見るためじゃなかったのか」

「昨夜、ああした花火が上がるなどとは、誰も知りませんでした」

「そうか……じゃ、花火を上げていた者を見たか」

「へえ、それは見ました。水戸様の石置場あたりに人影が見えました」

「どんな者が上げていた」

「それまでは判りません。夜で雪が降っていましたし、そう近付いたわけじゃございません」

「……人数などは？」

「それも、はっきりとは」

「そうか……」

辰は腕を組んでがっかりしたような顔をしました。花火を上げた者の手掛かりが途絶えてしまったからでしょう。此糸はその様子を見守っていましたが、恐る恐る切り出しました。

「親分、花火を上げていた者をお探しなんですね」

「そうだ」

「それと、関わりがあるかどうかは判りませんが……」

「何でも言ってみねえ」

「昨夜、ちょうど花火が上がるころ、川添いにある土蔵造りで、二階の戸が開いている家がございましたよ」

「ほう……花火の上がる前に、か」

「左様で。あたしが寒がっているんで、あれを見ろ、此糸。あの家でも戸を開けて雪見をしている風流人がいる、と客が言いましたんで」

「その二階に、明りがついていたんだな」

「へい。二、三人、人影も見えまして、それからすぐ花火が上がりました」

「……その家じゃ、花火が上がるのを知っていて、その刻限に戸を開けていた、というのか」

「そうなんで。花火の打ち上げが終ると、その二階の戸はすぐに閉まりましたから、多分——」

「よし、いいことを聞かしてくれた。その家はどのあたりだ」

「……そうですな。見当としては米沢町。石置場と川を挟んで向かい合わせの家。あたしの勘ですと、米沢町に遠州屋てえ大きな米屋がありまして、ちょうどその近辺です」

「……遠州屋か」

「その、遠州屋に近ごろ、面白え話があるんですが、親分、聞きませんか」

「一向に知らねえ、どんな話だ」

「回向院裏に一巻亭という野郎茶屋がございまして、そこにいる無何有てえ若衆なんでやすがね。なに、若衆といったって本当の年は四十に近い。その無何有がとんでもねえ鼠（ねずみ）で、七十以上にもなる遠州屋の女主人に取り込み、春には入夫（にゅうふ）と化けるらしいんです」

辰は私の顔を見ました。

「どうだ、芳次さん。お前の命の親の顔が見たかったら、一緒について来るんだな」

何もかも見通しているような口振りでした。

よく考えると、季節外れに打ち上げられた花火は、いろいろな人にさまざまな波紋を及ぼしたようです。

　第一に、あの花火が打ち上げられなかったら、私とおりんは間違いなく川に飛び込んでいたはずですから、私達には辰が言う通り、死神を落としてくれた恩人です。一方、花火を狼煙だと疑った八丁堀の旦那衆は、江戸に異変がないか、八方手分けをして走り廻らなければなりませんでした。相馬屋を襲った賊は、生きて帰ったおりんに早く発見されたため、一味全員が捕まってしまったし、雪見に船を出した此糸たちは、思わぬ花火を楽しんだといいます。

　ところが、肝心の花火を打ち上げた当人は誰なのか、さっぱり判りません。その上、一体、何の目的があって季節外れに花火を上げる気になったのか、それを思うと不思議でならない。それに、此糸が言った、米沢町の遠州屋というのが気掛かりです。遠州屋といえば、その跡取り息子とおりんの縁組み話が進められている家ですから。

　私は遠州屋へ向かう途中、宝引の辰に訊きました。

「親分、昨夜の花火は、此糸の言う通り、遠州屋の仕業だったんでしょうか」

　辰は自信あり気で、

「そうさな。遠州屋にゃ、七十いくつにもなって婿を取ろうとしている女主人がいるという。まず、大概のことはやってのけるだろうな」

「すると、おせいさんが命令して？」

「ほう……お前は遠州屋をよく知っているのか」

「……出入りはありませんが、遠州屋は相馬屋と縁組みを急いでいるようです」

「なるほどな。嫁はおりんさんか」

「はい」

「すると、そのおせいが先に立って縁組みを進めているのか」

「違います。おせいさんはすっかり耄碌が進んでしまい、無何有のことしか頭にないようです」

「そうか、それで判った」

辰はそのまま歩き続け、遠州屋の前に来ると、立派な土蔵造りの家を見上げてこう言いました。

「昨夜の花火はこの遠州屋が、この屋台骨を守るために、皆で仕組んだことだ」

と、言われてもよく飲み込めません。ぼんやりしている私の顔を見て、辰はにこっと笑い、

「いいか。此糸が言っていた。おせいは春になったら無何有を家に入れるという。無何有がどんな男か判らねえが、まず遠州屋をやっていくような器量はあるめえ。遠州屋はそれじゃ困る。いつまでも春にならねえよう、おせいに花火を見せて、まだ夏だと思わせておこうとしたのだ」

辰が裏手から遠州屋を訪れますと、すぐ、孫の市太郎と番頭が現れ、丁重に私達を奥座敷に案内しました。

話を聞くと、辰の推量通りで、遠州屋が気のおかしくなったおせいに、ほとほと困り果てた上での花火でした。

若いころから商売一筋、夫と死別した後も立派に遠州屋を繁盛させ、人からは鬼とまで言われたおせいでしたが、七十を越すとめっきり弱りが見えはじめました。

今年の富岡八幡（とみおかはちまん）の祭礼の日、祭を見に行ったおせいが、帰りに供の女中とはぐれた上、降り出した雨にまごついているところへ、優しく傘を差し掛けてくれ、米沢町まで送り届けてくれたのが一巻亭の無何有でした。おせいはそのころからよく道に迷うようになっていました。

それまで、おせいは他人から優しく扱われたことがただの一度もない。この無何有の思い遣りのある態度が、相当に身に応えたようで、それから茶屋遊びがはじまりました。無何有は役者くずれの若衆で、おせいのような後家を喜ばせるのは幼児の手を捻（ひね）るより易しい。どんな甘言を使ったのか判りませんが、おせいはたちまち無何有に夢中になってしまった。

不断はあまり口にしなかった酒もたしなむようになる。美食に夜更かし、そのためでもないのでしょうが、おせいはお十夜の朝、起きて顔を洗っている途中で倒れ、身体がきかなくなってしまいました。

「当人もじれったいでしょうが、それを見ている私も辛い」

と、おせいの孫に当たる市太郎が言います。

「口走るのは他人に聞かせるのも恥しい男のことばかりで、医者の先生からはもう一度発作が来れば多分それまでと宣告されまして、もう長くない命だと判っていますから叱るに叱れません」

ところが、この無何有というのが、なるほど日向に出て世間の風に揉まれたらたちまち枯れてしまいそうな花のように大人しい人物で、おせいの病状を知ると、ごく堅気の身形でそっと遠州屋へ来て、おせいの不自由な身体をさすったり揉んだりしてくれる。

最初、市太郎も不審に思ったそうですが、いつでも真実の親に尽くすような行き届いた介抱で、勿論、これを機会に遠州屋を乗っ取ろうというような大胆な考えは微塵も持っていないことが判りました。入婿の話は一刻でも無何有に傍にいてもらいたい一心のおせいが前後の考えもなく口走ったことでした。

そうした内情はどうあろうと、茶屋の者が遠州屋に出入りしていることが世間の口に登るようになっては、矢張り工合が悪い。おせいはとっくに世間体など気にする考えはなく、ただ、年が明けたら無何有を家に入れるとしか言いません。

その年の暮も近付き、すぐ春を迎えようとしている。窮余の一策。今はまだ夏だということにしてしまえば、おせいも喧しくは無何有のことを言わなくなるだろう、というこれも無何有の知慧でした。

「昨夜は大川の見える二階に無何有も呼びまして、皆で花火見物をいたしました。田舎の花火師を頼んだ昨夜は、生憎の雪となりましたが、祖母は雪を見ても目が霞んでいるためだと思ったようで、大人しく花火を見ていました」

市太郎の話を聞いた辰は、

「その花火を曲者の合図だと思い、大忙しの思いをした八丁堀の旦那衆には聞かせられねえな。陽気な花火を見て、びっくりして逃げ出した死神もいたようだし、陰徳もいろいろあったようだから、昨夜のことは龍神様のいたずらとでもしておこう」

と、言いました。

その年が明けて春早早、おりんは目出度く遠州屋に嫁入りをしました。

そのころ、おせいは呼び掛けても返事はなく、ただ一日中うつらうつらしている状態でしたが、小正月も待たずに眠るようにして息を引き取りました。

遠州屋を襲いだ市太郎は、私が暮に会ったとき、これは気立てのいい、しっかりした商人だと見ましたから、おりんは幸せになるに違いありません。

私はときどき夢の続きを見ます。商売冥加といいますか、おりんの足袋の注文がありますと遠州屋へ出掛けて行き、親指が可愛らしく反った足にそっと手を触れるだけで充分に満足しています。

夜光亭の一夜

「海山屋の肉鍋、ご存知ありませんか、旦那。田所町に出ている屋台の店なんですがね」

「評判なのか」

「へえ。噂を聞いて行ってみたんですが、味はともかくも、一鍋が六十四文。まるで金を食っているようなもんです」

岩見金堂はそう言って、持ち前の陰気な顔を更に不景気にしました。大体、この男が素直に楽しんでいる顔を見たことがありません。

「だが、ももんじいを食って来たんだ。身体は暖まったろう」

「ところが、旦那。懐の方がすっかり冷え切っていますから、ちっとも効きません」

「じゃ、腹を減らして六十四文を懐に入れている方がましか」

「へえ。肉鍋を食って金を払う段になって、しまった、芋にでもしておきゃよかった、と思いましたよ」

そこが並の人間と違うところ。今、評判の店に行ったのなら、まずその味を言うはずですが、味の表現力に乏しいというのか、金堂は金のことしか口にしません。一事が万事で、金堂の講釈も昔師匠に教えられたのを口移しにするだけですから、少しも客の心をつかむことができません。加えて高座が陰気という、実に困った男です。

　それでなくとも、このところ客の不入りが続いています。正月も過ぎ、陽気がきざすにはまだ少し間がある。この時季は毎年客足が遠退くのですが、今年の景気はいつもとは違い、席亭だけではなく、世間一般が落ち込んでいるようです。

　貧乏神のような金堂が二階の楽屋へ登って行くのを見て、塩でも撒いてやりたくなりました。気分を変えようと、部屋を出て表の方へ。

　講釈場の幟がはためき、軒提灯が明るく表を照らしている。けれども、賑やかなのは玄関の飾りだけで、綺麗に打ち水がされた三州叩きの土間には〈むら咲〉の半纏を着た下足番の常平が一人、ぼんやりと外を見ています。足音に気付いて振り返り、

「旦那、今晩はひどく冷え込んでいますよ」

　と、年にしては威勢のいい声です。

「そうかい。私はまたお客さんが少ないんで寒いのかと思っていた」

「さいですなあ……今夜もぱっとしませんな」

　下駄箱の履物は十組ほど。常平も下駄箱の方に目をやって、

「これで、伯馬先生でも出ていると、多少は違うんですがねえ」

「まあ、風邪で声がまるっきり出なくなったそうだから仕方がない」

「そこへ行くと、曲芸や手妻なんかは強うございますな」

「まあ、ときには、こんなこともあるさ。世の中全体が不景気だというから仕方がない」

「ところが旦那。客が押すな押すなと詰め掛けている席亭がございやすぜ」

「ほほう……どこの席亭だろう」

「神田鍛冶町 新道の〈割菊〉で」

「……割菊なら多久兵衛さんの席亭だ」

「へえ、二年ほど前、料理茶屋だったのが席亭になったところで」

割菊はむら咲のような講談専門の講釈場と違い、落語、音曲、手妻などの芸人が出演している色物の席亭です。江戸の人たちは新しいものが好きで、新規に出来た席亭が繁盛しておかしくはありませんが、割菊ができたのが二年も前だとすると、ただ新しさだけで客が集まっているとも思えません。

「割菊では何が売れているんだ」

「夜光亭浮城。女太夫です」

「……聞いたことのない名だが、浄瑠璃でも語るのか」

「いえ、音曲じゃありません。手妻を使いやす」

「手妻の女太夫とは珍しいな」

「その上に、浮城というのは毛色の変わった美人でしてね。なんでも、長崎の丸山の遊女と、おらんだ人との間に出来た子だというんです」

「……精しいじゃないか」

「へえ、実は二、三日前に割菊へ行って浮城を見て来やした」

常平は面目なさそうに頭を掻いて、

「旦那の前ですが、客が入るわけですよ。浮城は髪の色こそ黒いが、大きな目が透き通るような青色で、鼻筋が通って、肌が餅よりも白い」

「なんだ、肌も見せるのか」

「まあ、ちらりとですが、あまり色っぽいんで年甲斐もなくどきどきしやした。手妻の芸なんざあどうでもいい。旦那、これからは浮城みたいなもんでねえと、なかなか客が集まりませんぜ。後学のためにも、ぜひ見にいらした方がいいですよ」

いつの時代にも不景気はあります。とかく人間は食うのが第一ですから、金廻りが悪くなると、まず席亭などは二の次にしよう、ということになる。席亭の方もそうした客の足を向けさせるようにいろいろ工夫するのですが、少しぐらいの目先の変化ではだめで、そうなると、決まって珍妙な芸人や際疾い出し物が現れるものです。

それでなくとも、割菊の主人、多久兵衛というのが気の多い男で、常平が言ったように、割菊は元料理茶屋だったのですが、どうも客の人気が思うようでないというので、店を改造して席亭にした。多久兵衛は鍛冶町新道に料理茶屋を開く前は深川の方で船宿を持っていたらしい。その前は魚屋だったそうで、とにかく一つの商いを続けていられない男です。割菊を席亭にしたとき、いろいろ助言してやったことがありまして、そうした新規の席亭ですから、少し客足が遠退くと不安になる。そしてどこからか夜光亭浮城などという怪し気な女を見付けて来たのでしょうが、常平の話を聞くと、どうもまっとうな芸をする太夫とは思えなくなります。でも、常平があまり勧めるものですから、次の晩割菊の景気を偵察に行くことにしました。

湯島弓町のむら咲を出たのが暮れ六つ半（七時ごろ）。神田明神の横を通り、筋違門を抜け須田町から鍛冶町新道へ、小半刻（三十分）の道程です。

割菊はむら咲と同じくらいのごく小ぢんまりした席亭で、玄関前の行灯看板に「夜光亭浮城一座」という字が見えます。浄瑠璃の出語は新内の鶴賀胡若、三味線は初島夕波。この二人はよく知っています。若手ですが芸のしっかりした女太夫です。

玄関を見ると、二人連れの客の前で下足番がしきりに頭を下げています。席が満員札止めで明晩出直しを願っている様子。ようやくその二人連れがぶつぶつ言いながら引き返すと、下足番は額の汗を手拭で叩き、

「申訳ございませんが、本日は」

と、言い掛けて、私が持っていたむら咲の提灯に目を留め、

「こりゃあ、湯島の鈴木（すずき）の旦那じゃあございませんか」

と、びっくりしたように言いました。

「なに、割菊が割れっ返るような騒ぎだと聞いたんで様子を見に来たんだ」

「そりゃあ、ようこそいらっしゃいました」

「噂の通り、この寒さに大汗の景気ですね」

「お蔭様で、お客様を断わるのに骨を折っていやす」

「それじゃあ、私の入る隙もなさそうだから帰りますか」

「とんでもございません。そんなことが主人（あるじ）の耳に入ったら、あっしが叱られやす。少少お待ちんなって下さい」

下足番は奥に入り、すぐ多久兵衛と一緒に玄関へ戻って来ました。

多久兵衛は四十前後。骨太の長い顔をにこにこさせています。

「あとしばらくすると浮城の手妻になります。それまでに席をお作りしますから、奥に上がってお茶でも召し上がって下さい」

割菊もむら咲と同じような造りで、玄関を上がるとすぐ幅の広い階段があり、二階が客席になっています。多久兵衛は階段の横の廊下を通って奥の居間に私を案内します。

割菊は元が料理茶屋でしたから、間口はむら咲と同じようでも、むら咲よりも奥行きがあ

ります。多久兵衛が部屋に入ると、次の間の襖が開いてお上さんが挨拶に出て来ました。

「おや、旦那。お顔の艶がよろしくって、少しお肥りになったんじゃございませんか」

お近さんという、昔、深川で芸者だったのを多久兵衛に見染められた上さんだけあって、感じのいいお世辞を言います。芸が達者だったので、耳が肥えてますから、若い芸人などは主人よりお近さんに上手下手を言われる方が恐いという噂です。

「今、出ている浮城という子は、若いのにしっかりした芸を持っていますよ。ぜひ、見てやって下さい」

「お近さんが誉めるとは珍しいですな」

「あら、芸が良ければいつでも誉めますよ」

お近さんは長火鉢の鉄瓶で茶を入れながら、

「それに較べると、男はだめですねえ。芸や稼ぎは半人前なのに、一人前の顔をして遊びたがる奴が多くて」

「それは講釈の方も同じですよ」

「でも、旦那はそれを口にお出しにはならないんでございましょう」

「ええ。言って判るような者なら、言わないでも自然に判るでしょうからね」

「そこが偉いんですねえ。わたしはだめ。言っても効き目がないと判っていても、腹に溜めておくことができないんです」

お近さんは茶を入れると次の間に入って行きました。多久兵衛はお上さんの姿が見えなくなると、

「鈴木さん、なまじっか頭が切れる女てえのは可愛気がありませんな」

と、ぼそぼそ言いました。

「わたしは結構だと思いますがね。確かに若い連中というのは目に余ります。けれども、若いと言っても男なら誇りもある。男から小言を言われては面白くないが、さばさばしたお近さんのような言葉なら、素直に聞く気になりますよ」

「そんなものですかね」

「ところで、浮城という子はお近さんに気に入られたようですな」

「ええ。あたしにゃ芸のことはよく判りませんが、お客さんも皆、満足して帰るようです」

「父親が異人だと聞きましたが」

「そうなんです。なんでも、丸山の遊廓で、遊女とおらんだ人の医者との間に出来た子だといいます。これが、目の色は変わっているけれども不思議な美人でしてね。あたしは芸は判らないけれど、女はよく見える」

「そう言やお近さんもなかなか美人です」

「なに、あれはもう年でね。大分、苔(こけ)むしていますが、浮城はまだ十八だ」

「芸ならお近さん、器量なら多久兵衛さんが太鼓判を押せば、間違いはない」

「浮城の師匠は夜光亭珠城（しゅじょう）という手妻師だそうです。鈴木さん、ご存知ですか」

「ほう、懐かしい名ですね。珠城なら昔見たことがあります。〈葛籠（つづら）抜け〉を得意にしていた手妻師でしょう」

「だそうですね」

「でも、ここ十年ほどは江戸で珠城の名を聞いたことがない」

「旅廻りをしていたそうです。講釈師や噺家（はなし）、曲芸師などと一座を組んでね。その一座が長崎に立寄ったとき、たまたま浮城と巡り合ったんです。浮城の方は生まれるとすぐ廓（くるわ）から里子に出されていました。そのときはまだ十二、三。子供ながらに異人の子だというので普通の生き方はできないと思い、芸人で身を立てようと珠城に弟子入りを申し入れたんです。育ての親も納得して、珠城は浮城を引き受けました」

「その師匠の珠城は？」

「去年、名古屋（なごや）の寄席に出ているとき、卒中で亡くなったそうです。そのころには、珠城の芸は浮城がすっかり会得（えとく）していましたから、師匠の死後は夜光亭の名を継いで独り立ちしたんです」

「割菊さんは浮城をどこで見付けて来たんです」

「あたしじゃないんですよ。お近が横浜の小さな席亭に出ているのを見て、これは見所がある。江戸へ連れて来たら人気者になると睨（にら）んだんです。どうも出過ぎた女で」

「なるほど。割菊の繁盛は、お近さんの内助ゆえだったんですね」

「まあ……内助はよろしいんですが、どうも浮城が出るようになってから口喧しくてね」

「というと、多久兵衛さん、あなたがその太夫さんになにかと親切にしてやるわけだ」

「いや、特別なにをするわけでもないんですが、お前さんが浮城をみる目付きが嫌らしい、などと捻じ掛かりましてね。困ったもんです。この目付きは生まれ付きだってんだ」

「そういうわけなら、これから注意しましょう。もし、これから浮城の音沙汰が絶えてしまったら、ははあ、これは多久兵衛さんが独り占めしたんだな、と思いますよ」

「鈴木さん、あなたまでそんなことを言っちゃ立つ瀬がない。むら咲には女の芸人が出入りしないのが、かえって羨ましい」

「中ほどは錐も立たねえありさまなんで、隅の方でご勘弁願います」

下足番は言訳をしながら二階へ案内しました。

ざっと客が一杯になれば二、三百人。その席に倍もの客が詰め掛けています。人が多いので火鉢や座蒲団は出していませんが、人いきれで羽織を脱ぎたいほどです。

下足番が人を分けてくれたのは後ろの壁際ですが内に入れればいい方で、座敷外の廊下に立ったままの客も大勢いるほどです。両側や前の客に頭を下げ、どうにかその場所に落着くころ、膝替わりの噺家が高座に出て来ました。

「日の本は岩戸神楽の昔より女ならでは世の明けぬ国。それにしてもご婦人の力は偉大でございますな。古の聖人、偉人、戦国時代の豪傑、勇者をお生みになったのも全て、ご婦人。そしてまた、連日のように割菊を満員になさっているのも、うら若きご婦人の力でして——」

そんな枕をふりながら話しはじめたのは、立田一門という若い噺家で、どこか生意気な態度が見え隠れするためか、客は満員なのにあまり笑い声が起きません。出しものは「千両弔」。死んだ者の懐のものを盗ろうという、笑いと気味悪さが綯い交ぜになった話ですが、話の面白さに芸が付いていけないので、ただ筋書をぺらぺら喋っている感じですから、お近さんが聞いたらどんな辛辣な評を言うか判りません。

その一門の落語が終って退場すると、にわかに客席がざわめきはじめました。客は正直なもので、次はいよいよ夜光亭浮城の登場だという期待の声なのです。

柿色の地に白く「三つ割菊」の紋が染め抜かれた幕が下りて、その前に裃に伊賀袴の口上言いが現れます。

「東西——。山海経の海内北経に曰く、雲来という東海の内に蓬丘山という山がございます。高さ一千里、地の広さ三千里、金台玉闕が建てられていまして、これ神仙の都、上帝遊息の地にして乾坤の諸仙がここに集まり、九節の菖蒲酒に酔いて奇怪をなせりとあります。ここに夜光亭浮城、美技をもちまして蓬丘山の楽しみを現します。浮城はご当地初のおまみえなればお目まだるきはご容赦。では、小手調べに、〈女夫引出し〉から。太夫の出にござりまする——」

と口上言いが引っ込むと中の舞の下座となり、幕が引き上げられます。

高座には美美しいいろいろな手妻の道具が並び、上手には浄瑠璃の山台が置かれ、鶴賀胡若、初島夕波の二人が頭を下げています。ややあって、下手より両傍に二人の助手を従えた浮城が静静と登場し、高座の中央へ歩み出ます。

芝居で言う「じわ」。客席からさまざまな嘆声が入り混ざったものが、響きとなって沸き起こりました。

浮城は髪を御殿風の片外しに結い、金蒔絵に螺鈿の入った太い笄を挿し、白い面輪に青い眸と赤い唇が映りよく、黒の紋服に金襴の裃を着け紫の腕貫という姿。客席に一礼して、にっこりすると唇から白い歯がこぼれ、常平の言った通り、浮城の姿だけ見ていれば、手妻などどうでもよくなります。

下座が変わって、道成寺の毬唄。浮城は振袖姿の後見から手渡された黒漆塗りの箱を改めにかかりました。この箱には二段の引出しがついていて、その一つ一つが空なのを示してから、浮城は赤い玉を取り出して、引出しの上段に入れ、舞扇で風を送ると、その玉は下段の引出しに移ってしまいます。

その玉が今度は上段に戻ったり、白い玉に変化したり、さまざまな扱いを見せてから、浮城は助手から水差しを受け取って、引出しの中になみなみと水を注ぎました。すると、不思議なことに、水の入った引出しから、乾いた紅色の延紙が際限なく溢れ出しました。更に、延紙の中から色とりどりの絹布が現れ、その中から花柄の風流傘を取り出して、きりっとした表情で見得を切りました。

手妻の捌きは言うまでもなく、その姿には隙がなく、適当な愛敬も好ましい。勿論、お近さんの助言があってこれだけの芸が仕立てられたのでしょうが、浮城が生まれたときから身に着けている芸心を見逃すことができません。

女夫引出しに続いて「袖玉子」の芸などが続き、我を忘れて高座を見ているうち、最後の「葛籠抜け」になりました。

浮城は一度高座を降り、口上言いが登場します。

「これからご覧に供しまするは、代代夜光亭に伝わります一子相伝の芸、葛籠抜けにござります。太夫は厳重に縛られまして葛籠の内、美事抜けましたらご喝采。浄瑠璃、新内は鶴賀胡若、三味線は初島夕波。語りまするは〈明烏夢泡雪〉。ではお願いします」

口上言いは出語りの太夫に向かって一礼します。

初島夕波が三味線を持ち直し、ひとくさり前弾きをして、鶴賀胡若の節。

〽春雨の眠ればそよと起こされて、乱れそめにし浦里は——

舞台は吉原の妓楼、山名屋の裏庭ということなのでしょう。高座には松の絵が描かれた二枚折りの屏風が立てられています。

下座の雪下ろしの太鼓とともに登場した浮城は遊女浦里という姿ですが、髪は解けてほつれ毛が唇にかかり、紫の長襦袢にしどけなく帯を巻き付けています。さっきまでの端麗な姿とは打って変わった妖艶さに、客席が息を呑んだように静まり返りました。

　さっきの口上言いが、山名屋の主人という姿で登場し、浮城を床に突き倒します。

「やい、浦里。客を堰くこと客のため、時次郎さんに通われては、親がかりなら勘当受け、主持ちならしそこなうは知れたこと。ここをよう弁えよと、たびたび意見を加えても、それをそれとも聞き入れぬ、その苦しみも心がらだ」

　浮城は身をよじって、

「お情けあるお言葉なれど、これぱっかりはどうも忘られませぬ」

「そうか。それほど言いつのるのなら、ほかの者にも見せしめだ。それ」

　口上言いが目配せすると、二人の助手が妓楼の若い者となって現れ、荒縄を取り出し浮城を後ろ手に縛り、更にぐるぐると身体に縄を掛けていきます。その縄のために、思いの外、肉付きのいい胸の丸みがはっきりと形を現しました。

　口上言いは竹箒を逆手に持ち、縄の間にこじ入れて、

「これでも思い直す気はないか」

　浮城は苦痛に歪む唇で、

「いっそ添われぬものならば、一緒に死にたい時次郎さん。殺してくだんせ、わしゃ死にたいわいのう」

三味線は三下りになり、胡若の美声。

〽好いた男にわしゃ命でも、なんの惜しかろ露の身の――

責めが続くにつれ、浮城の胸元が乱れ、細い肩が露わになり、裾もはだけ、裸足の足の指が辛そうに内側へ曲がります。

「殊に禿のうちより、器量は人に勝れたれば、ほかの子供とは違い、心を付けて育てしが、何の因果かそのように、聞く気がなければもうこれまでだ。望みの通りあの世で添え。それ、者共、浦里を葛籠に入れよ」

助手の二人が葛籠の蓋を開けて中を改めます。葛籠の中には何も入っていませんが、この中に人が入れるかと思うほど小さな葛籠です。

二人はぐったりしている浮城を抱き上げ、葛籠の中に入れると、無理矢理に足を折り曲げて押し込み、蓋をしてから更に葛籠の周りに縦横十文字に縄を掛けてしまいました。見ていると、浮城は葛籠の中で息もできまいと思うほどです。

助手の二人は手早く葛籠を高座の中央に置くと、後ろに立ててあった屏風を運ぼうとしました。一時、葛籠を屏風で隠すのでしょうが、そのとき、意外なことが起こったのです。みりみりという家鳴りとともに、身体が揺り動かされる感じを受けました。見上げると天井から吊られている八方行灯が大きく揺れています。

――地震か。

と、思う暇もありません。家鳴りに続き、どおんという響きがしたと思うと、客席の中央が沈みはじめ、床がぬけると同時に悲鳴の渦になりました。

あとで判ったことですが、床が落ちたのは地震が原因ではありませんでした。割菊の建物は元は平家で、その上に建て増しをして二階に造った、二階への通し柱がない、いわゆるお神楽で、建物が丈夫でない上、あまり大勢の客が二階に詰め掛けたため、家がその重みを支え切れなくなったのです。

これが、もし地震などでしたら、一度に家が崩れ、大変な被害者を出したでしょう。幸い壊れ方は割にゆっくりしていたようですが、そのときは落着いてなどいられません。

客席の中ほどにいた何人かが、ずるずると下に落ちていくのを見て、階段近くにいた人達は転がるようにして階段を駈け降り、傍に柱があればそれにしがみ付くといった大混乱で、

「お静かに、大丈夫です。落着いて……」

と、声を嗄らす下足番の言葉も耳に入らばこそ。現に、一人ずつ床に出来た穴に吸い込まれていく人を目の前にして大丈夫なわけがない。

何人かは腰が抜けたように動けなくなっていましたが、そのうち、家鳴りも少しずつ静かになり、最後に一枚の畳が穴に落ちていくと、それ以上の崩壊はなくなりました。

「旦那、裏手から逃れて下さい」

どのくらい刻(とき)がたったか、やっと人心地が着くと、下足番がわたしの手を取って立たせ、高座を乗り越えて楽屋に行くように言いました。舞台はと見ると、幕はまだ降ろされていません。葛籠はそのまま床に置かれています。楽屋口では二人の男がしきりに幕を降ろそうとしているのですが、幕も工合が悪くなってしまったようです。楽屋から下への階段はしっかりしていたので、難なくそのまま階下へ。下の部屋を見ると、土煙がもうもうと立ち籠めている。

一瞬、火になったか、と思いましたが、どこからか、

「火事じゃございません。灰神楽で。押しちゃいけません。お静かに外へお出になって下さい」

という声が聞こえます。そう言えば確かに灰と土埃(つちぼこ)の臭い。今の騒ぎで火鉢の上の鉄瓶でもひっくり返ったのでしょう。

誰かが手早く火の始末をしたらしい。行灯の火が消えてあたりが薄暗くなっていまして、明りの来る玄関の方へ行きますと、さっき多久兵衛が茶をだしてくれた部屋でした。廊下の障子(しょうじ)が開け放してありますから中を見ると、座敷には何枚もの畳が転がっていて、天井には三畳敷ぐらいの穴が開き、見上げるとそこから二階の八方行灯の明りが入って来ています。

「旦那――」

腕をつかんだのはお近さんで、さすが気丈な人も顔色をこわばらせて、

「内の人が見えないんです」

と、おろおろ声。

「そのとき、多久兵衛さんはどこにいたんですか」

「この部屋です」

お近さんは恐ろしそうに天井を見上げました。天井の折れた材木の間から、埃が舞い下りて来ます。

部屋にある長火鉢の上には蓋のなくなった鉄瓶がひっくり返っていますが、長火鉢の上に落ちた人はいない様子で、その傍にいた多久兵衛が落ちて来る天井を見ながらそのまま下敷になったとは考えられません。

「じゃ、きっとお客さんを避難させているんでしょう」

「……そうだといいんですけれど」

「お近さんはどこにいらっしゃったんですか」

「玄関に出ていて、木戸番の倉(くら)さんと話をしていました」

そのとき、奥の方で、

「早く明りを――」

という声が聞こえました。その声に応じるように、玄関の方から手燭(てしょく)が近付いてきました。

「倉さん、こっちよ」

と、お近さんが声を掛けます。明りが奥の座敷に届くと、下足番が部屋の隅にうずくまっているのが見えました。そして、その傍に倒れている男の顔。

「お前さんっ――」

多久兵衛は頭から血を流して、息が絶えていたのです。

「立田一門と言ったな。誰の弟子だ」

「立田元陽の弟子でございます」

「噺家になって、どのくらいになる」

「……二年と、ちょっとで」

「今、いくつだ」

「ちょうど、二十歳になります」

「噺家になる前は何をしていた」

「……あちこち、ぶらぶら、と」

「いい身体をしているじゃねえか。職はなかったのか」

「いろいろ、手は出してみたんですが、どうも――」

「働かねえで食える、結構な身分だったのか」

「とんでもございません。あたし共はしがない畳屋でございましたから」

「長男か」

「いえ、三男で。今、兄たちが家を継いでおりやす」

「お前は仕事をしなかったのか」

「いえ、一応は習いましたが、なにせ手が不器用な質で」

「ところで、あのとき、お前はどこにいた」

「天井が落ちたときですか」

「そうだ」

「二階の、楽屋におりやした」

「ここの席亭は高座の奥が楽屋だな」

「いえ、あたしがいたのは上手の袖で」

「……そこで、何をしていた」

「太夫の、芸を見ておりました」

「……手妻の種でも盗もうとしていたのか」

「いえ、あの衆の芸は横で見ていても、種が見えるもんじゃございませんよ。葛籠抜けなどは屛風で葛籠を囲ってしまいますから、とても種などは盗めません」

宝引の辰は夜光亭浮城の一行の方に顔を向けました。

騒ぎが一段落着いたところ。

寄席の二階から落ちた客は二十人程度で、その内の十人ほどが軽い打撲傷や擦り傷程度で済みましたが、それでも後で膏薬代などを出さなければ収まりがつきません。その一人一人の名を帳面に書き付けたりするうちにも、やれ、俺もどこそこが痛むの、履物がなくなってしまったと騒ぐ者がいて長い間席亭がごたついていました。

中でも気の毒なのは割菊の主人、多久兵衛です。たまたま、天井が落ちたとき、多久兵衛の居場所が悪くて、材木に頭を打たれたのでしょうが、当人は真逆、そんなことで命を亡うとは夢にも思わなかったでしょう。

ともかく、変死ですから、自身番に通報しますと、すぐ千両町の宝引の辰という親分が、二人の子分を連れて駈け付けて来ました。

宝引の辰は三十五、六。陽焼けした顔にりりしい目をしていますが、やや厚い唇にどこか親しみを感じます。

辰は割菊に着くと、すぐ玄関の大戸を閉めさせ、多久兵衛の屍体を改め、下足番に二階を案内させて壊れた状態を見届けてから、席亭にいた全員を玄関のあたりに集めさせました。

その顔ぶれは、席亭のお近さんと、下足番の千吉と木戸番の倉三。夜光亭一座の浮城に口上後見役の吉田三五郎、助手のおすてにおてい。浄瑠璃の鶴賀胡若と初島夕波。噺家の立田一門と、前座で下座で囃子方をしていた尖口に文蛙。それに、台所で洗い物をしていた女中のおくめなどです。

辰親分が浮城のほうに顔を向けると、それまで問い詰められていた一門は、ほっとしたような顔になりました。

「夜光亭浮城、手妻師だそうだな」

「さようでございます」

「江戸じゃあまり聞かねえ名だが」

「はい、ご当地ははじめてです」

「生まれはどこだ」

「肥州の長崎でございます」

「……長崎のどこだ」

「存じません。わたしは生まれて、すぐ里子に出されましたので」

「そうか……この一座を組んだのはいつのことだ」

「昨年の春、師匠の夜光亭珠城が名古屋で亡くなりまして、その後、師匠の番頭だった、吉田三五郎さんの肝煎りで、一座を持つようになりました」

浮城は高座の衣装を着替え、古びた茶弁慶の上に半纏、髪は素っ気ない結び巻きにしただけに老けて見えますが、それがかえって艶な姿になっています。辰親分は言葉を続けて、

「浮城の一座が旗揚げをしたのは、矢張り名古屋か」

「さようでございます」

「それから？」

「夏によその席亭に出ておりましたのを、ここのお上さんがご覧になって、江戸へ来ないかと誘われました」

「ここの割菊の他、江戸に識り合いはいるか」

「ございません。江戸を見たのもはじめてでございます」

辰親分はちょっとお近さんの方を見ました。何か訊きたそうでしたが、打ち萎れたお近さんを見て、まだしっかりとは答えられないと思ったようで、再び浮城の方に向き直り、

「あの騒ぎのときはどうしていた」

と、訊きました。

「わたしは縄で縛られ、葛籠の中に入れられていましたので、二階の床が落ちたなどとは思いませんでした」

「……縛られて、葛籠の中に入れられていた？」

「はい。葛籠抜けという手妻の最中でございました」

夜光亭珠城が得意にしていた芸を、浮城と三五郎が工夫して、雪責めの趣向を取り入れたのだと浮城が説明しました。珠城の芸は、ただ葛籠の中から抜け出すだけでしたが、それにもう一つ不思議さを加え、葛籠の中の浮城と三五郎とが入れ替わるのだ、といいます。

つまり、あのとき騒ぎが起こらなかったら、浮城が入っている葛籠を助手が屏風で覆う。

そして、三五郎が右手から屛風の向こう側に入り、すぐ、左手から出て来ると、もう浮城に変身しているのです。助手が屛風を取り外けると、三五郎はそこにもいません。助手が葛籠に掛けた縄を解き、蓋を払うとその中から、縛られた姿で三五郎が現れる、という手妻だといいます。

「そりゃ、聞いただけでも希有だ。本当にそんな芸が出来るのか」

「はい」

「葛籠に仕掛けでもあるのか」

浮城は黙ってしまいました。手妻師には種は大切なものですから、あからさまな秘密は喋りたくないのでしょう。浮城が口を閉じてしまったのを見て、三五郎が口を挟みました。

「こういう場合ですから、種明かしをしても仕様がねえでしょう。この手妻は葛籠にゃ何も仕掛けはありません。人の縛り方にちょっとした骨がございやす」

「なるほど」

「最初に後ろ手に廻した手首を縛るときに要領がいります。手首をひねればすぐ縄が外れるような結び方で。もっとも、狭い葛籠の中ですから、結び方だけを知っていても、まずお素人衆に縄抜けはできません」

「……太夫を入れた葛籠にも縄を掛けたそうじゃないか」

「これにも秘伝がございやす。葛籠に蓋をするとき、太夫が中から葛籠に掛ける縄の中央をたぐり込みますんで。そうすると、外から縄で縛りましても、たぐりがあるのでいくらでも縄が緩みます」

「……すると、太夫は縛られた上に葛籠に入れられ、その葛籠にも二重に縄が掛けられているが、どれも特別な縛り方だから、いつでも身体が自由になれるわけだな」

「へい。太夫はその上、はやく縄を抜けられる訓練を積んでおりやす。お客様からは身動き出来ぬように見えても、あっと言う間に葛籠を抜け出してしまいます」

「つまり、あの騒ぎのとき、客が高座から目を離した隙に、太夫は葛籠を抜けて階下に行き、戻って来ることもできたはずだな」

「……どうして太夫が階下に行かなきゃならないんで？　二階の床が抜け落ちたというのに」

「多久兵衛の金を盗みに、な」

三五郎は辰親分の言う意味が判らないようで、目をぱちぱちさせました。辰親分は凄味のある声で、

「多久兵衛が倒れていた部屋の、帳箪笥が荒らされていた、ということだ」

「そ、それは……」

「箪笥の小引出しが開けたままになっているのを見付けて調べると、あるのは書付けだけだ。お上さん、あの引出しには金が入っちゃいなかったですかい」

お近ははっとしたような顔で、

「確かに、内の人はそこにお金を入れておきました」

「どのくらいありましたか」

「正確には判りません。でも、いつも百両や二百両の金は用意していたと思います」

辰はそれを聞いて、全員を見廻しました。

「お聞きの通りだ。この席亭に出入りをしていて、金の在り処を知っている者が、あの騒ぎに紛れて多久兵衛の金に手を出そうとし、それを多久兵衛に見咎められ、今度は人殺しの罪を犯してしまったのだ」

わたしはびっくりしました。

「多久兵衛さんは二階の床が落ちたときの怪我で亡くなったんじゃないんですか」

「違うね」

辰親分は一言で片付けました。

「多久兵衛さんの傷は固く重い物で撲られて出来たんだ。奥の部屋に長火鉢があって、鉄瓶が転がっていた。鉄瓶が黒いので誰も気付かなかったらしいが、俺が指でこすると、赤い血の痕が付いて来た」

ここまで辰親分が説明すると、三五郎は事の重大さにやっと気付いたようです。

「う、内の太夫は人様のものに手を出すようなことは、絶対にいたしません」

「まあいい。次は鶴賀胡若に訊こう」

胡若は折鶴菱（おりづるびし）の紋を入れた黒羽二重（くろはぶたえ）に男帯を締めています。若いが落着いた態度で、

「親分、わたしをお疑いなら着物を脱ぎましょうか。その方が手っ取り早うござんしょう」

「なに、太夫の肌を見るなんざ目の正月だが、お前は高座の山台の上でずっと新内を語っていたそうだ」

「はい」

「葛籠に入れられていたわけじゃねえから、客席はよく見えていたはずだ」

「はい。床が抜けて、人が落ちていくのがはっきりと見えました」

「それで、どうした」

「どうにもこうにも、恐ろしくて動けませんでした」

「お前がいたところからは、下座が見えたはずだ」

「はい」

「囃子方をしていたのは尖口と文蛙。そのとき、二人共そこにいたか」

胡若はちょっと二人の方を見て、

「ちゃんといました。尖口さんは太鼓で雪下ろしを叩いていましたし、文蛙さんは拍子木を構えていました。最後に柝（き）が入らないと幕になりませんものね」

辰親分は二人の方を見ました。

「床が落ちたのは三五郎さんに言われて気が付いたんです。その後はずっとお客さんを静め

ていましたから、階下へ降りる暇はございませんでした」

と、文蛙が言いました。辰親分はうなずいて、

「これで、大体の様子は判った。問題は盗られた金がどこにあるかだが、一人一人の身体を改めるまでもなく、利口な盗人ならその金を後生大事に持っちゃいめえ。とすると、一時どこかへ隠した。その場所なら、とっくに目当が付いているのだ」

辰親分が目当を付けたというのは、まだ畳や材木などが散乱している部屋でした。

辰親分は全員を外の廊下に立たせ、自分は天井に空いた穴を見廻していましたが、しばらくすると、

「うん、あすこだな」

いつの間にか捕縄を持っています。縄の端には黒光りする鉤が付いていて、それを揺らしながら弾みを持たせ、頃合いを見て、はっと天井へ投げ上げました。鉤はまるで生き物のようにするすると天井裏へ吸い込まれます。辰親分は手元に残った縄を静かに手繰り寄せるうち、

「よし、あるな」

手応えを感じ取ったようで、一息に縄を引くと、鉤は何かを引っ掛けたまま天井裏から落ちて来ました。見るとずっしりとふくらんだ埃まみれになっている財布です。辰親分はそれ

を空中で片手に受け取り、重みを量りながら、

「これが盗られた金に違いねえ。出来たばかりの穴に隠すなんざ、なかなかのものだな、算治」

算治と呼ばれた子分は目を丸くして、

「じゃ、盗人は後になって人気のなくなったころを見計らい、これを取り戻す気だったんですね」

「そうだ。とすると、盗人はこの割菊にしょっちゅう出入りしている者、ということになるだろう」

「違えねえ。じゃ、親分。片っ端から問い詰めましょう」

「なに、俺にゃもう誰が盗人か、ちゃんと判っている」

「へえ?」

「お前だって傍にいて、皆の言い分を聞いていただろう」

「誰かが、俺が盗りました、などと言ったんですか」

「ああ、言った。それと同じ意味を言った者がいる」

算治は首を捻りました。わたしでも何のことやら判りません。辰親分は全員を見渡して、

「ものの名というのは妙なものだな。居る場所によって呼び方が違う。生きて地面を歩いていりゃ牛だが、これが殺されて切り刻まれると牛肉に変わる」

「……それが、どうしたんです」

　辰親分は再び上を向きました。

「ここから見ると、あの穴は何と言う」

「そりゃ、決まっています。天井の穴でしょう」

「じゃ、二階から見ると？」

「……床の穴」

「それだ。一階の天井は、二階の床だ。同じ穴でも、ここから見上げりゃ、天井の穴だが二階にいる者は天井の穴とは言わねえ。どうしても、床の穴だな。ところで、ここにいるむら咲の鈴木さんや、夜光亭浮城、吉田三五郎、鶴賀胡若、文蛙は、皆、あの騒ぎを〈床が落ちた〉と言っていたのを覚えているな」

「そういえば……そうです」

「その人たちは騒ぎのとき、二階にいたのだから、これは当然だ。ところが一人だけ〈二階にいました〉と言ったにかかわらず、あの騒ぎを〈天井が落ちた〉と、はっきり言った者がいる」

「あっ……」

　わたしも算治と一緒に声をあげそうになりました。

　その者はその騒ぎのあったとき「二階にいた」と嘘を吐いたのです。なぜなら、階下にいて「多久兵衛の帳簞笥を開けていた」とは言えなかったから。たまたま、そのとき二階の床が落ち、そのどさくさに紛れ、簞笥を開けて金を探っていたとき、多久兵衛が奥の部屋に逃げ込んでその盗むところを見てしまった。盗人は顔を見られてもうこれまでと思い、多久兵衛を撲り倒し、最後に鉄瓶を使って息の音を止めたのです。

それが、二階の落ちた騒ぎで、多久兵衛が叫び声をあげたとしても、誰もそこで殺しがあった、とは思いませんでした。

盗人は金を盗ると何食わぬ顔で二階に戻り、ずっとそこにいて動かなかったような顔をしていましたが、辰親分の問いに対して、ついうっかりと「天井が落ちた」と自分が見たままを言ってしまったのです。それを聞き逃さなかった辰親分に頭が下がる思いがしました。

そして、その盗人とは、

「待てっ……」

素早く裏手の方へ逃げようとする立田一門。その後を、再び繰り出された辰親分の鉤縄が追います。

八丁堀（はっちょうぼり）の同心、能坂要（のうさかかなめ）様が割菊に到着する少し前のことでした。

これは後になって判ったことですが、夜光亭浮城は、ずいぶん長い間、縛られたまま葛籠の中に閉じ込められていた、ということです。

というのが、床の落ちたのを見た吉田三五郎が、慌てて葛籠の縄を解いて浮城を助け出そうとしました。すると、外の騒ぎを聞いた浮城が、

「幕は降りたかい」

と、落着いた声で言いました。

「幕が降りなければ、出るわけにはいかないよ」

もし、その騒ぎの最中にも、高座を見ている客が一人でもあれば、葛籠抜けの種を明かしてしまうことになります。また、三五郎が外から縄を解いたのでは「浮城の芸は大したことはない。一つ段取りが違ったら、外から出してもらったじゃないか」とも言われかねません。ところが、二階が傾(かし)いで建て付けが悪くなったせいか、幕はなかなか降りませんでした。その間、浮城は葛籠の中でじっと幕が降りるのを待っていた、といいます。

あのときは大の大人でさえも慌てふためいていたにもかかわらず、冷静沈着に芸を守り通した、というのでこれが評判になり、それからはどの席亭に出ても、浮城一座は大勢の客を集めるようになりました。

その浮城はしばらくするとどの席亭にも出なくなりました。

もし、割菊のああした騒ぎがなかったら、多久兵衛が浮城を独り占めにしてしまった、と思うところですが、気の毒なことに多久兵衛はこの世にはいません。

そのうち、わたしのところにも噂が伝わってきました。

それによると、浮城は曾我佳一郎という旗本に見染められて、正室になったそうです。それを聞いて、残念に思ったのはわたしだけではありません。一時期は人が寄るとその話で持ち切りで、古いことをよく知っている老人の話によると、江戸の人人が浮城の引退で、掌中の珠でも失ったように思ったのは、笠森稲荷の水茶屋に出ていた、笠森お仙がある御家人の妻となって引退した、そのとき以来のことだといいます。

雛の宵宮

「お上さん、左大臣は反対側だったと思いますけど」

「おや……そうだったかえ」

お上さんは雛壇に置いた人形を見て少し考えていましたが、人形箱の中から書付を取り出して目を通すと、

「お栄、お前の言う通りだよ。左大臣は右側に置くんだった。それにしても、お前は内のお雛様を見たのは去年の一度だけだったね」

「へえ。去年はじめてでございました」

「郷里でもお雛様を飾るので、並べ方を知っているのかい」

「いえ。わたしの親はがさつな上、貧しゅうございますから、一文人形も買ってもらえませんでした」

「じゃ、去年の雛祭で、並べ方をすっかり覚えてしまったのかい」

「へえ。あまり立派なお雛様なのでびっくりしたことも忘れられません」

「相変わらずお前はもの覚えのいい子だねえ」

お上さんに誉められるのは嬉しいのですが、そばにいるお定さんの目が気になります。お定さんは大和屋に長年奉公している女中頭で、わたしがつい一言多いと「お前は差し出がましい子だ」と、いつも叱られているからです。

そのお定さんは今、お嬢さんのお組さんの世話にかかり切りです。お嬢さんは今年三歳になったばかり。ちょこちょこ動き廻る盛りで、座敷に沢山の人形箱が運ばれ、中から美美しい雛人形が次から次へと姿を現すと、たちまち興奮状態になって、闇雲に手に取ろうとします。お定さんが雛の膳などを渡して気を逸らそうとしますが、それで満足しているのは束の間、お嬢さんはすぐそれを放り出して、人形の方に手を伸ばそうとします。

お上さんは左大臣の位置を直して、

「左大臣が右側でなけりゃならないのは、どうしてだろう」

と、怪訝そうな顔で言いました。わたしが黙っていると、お定さんが、

「それは、お内裏様から見た位置でございましょう。上の段から見下ろせば、左大臣は左側で、右大臣は右側になります」

「なるほど。すると、わたしが女雛になったつもりで見ればいいわけだね」

「へえ、旦那様はもちろん、男雛でございます」

大和屋に代代伝わる古今雛だそうで、人形の玉眼は水晶の細工、衣裳は綾錦に金銀の精巧

な縫箔が施され、女雛の宝冠には五彩に光る石が嵌め込まれています。人形箱に箱書きがある。上野池の端で仕事をしていた、原舟月という人形師です。

上段、金屏風を背にした内裏雛、下の緋毛氈には三人官女に五人囃子、随身の左大臣右大臣に仕丁、衛士。下段は御所車に権門駕籠、鏡台や茶道具などが賑賑しく並べられます。

すっかり飾りが終わり、花模様の雪洞に火が入りますと、お嬢さんを膝の上に抱いたお定さんは、じっと雛壇を見ていましたが、そのうち、ふと袖口を目尻に当てました。

お上さんは見咎めて、

「おや、お定。お雛様を見て、なにが悲しいのだえ」

お定さんは無理に笑顔を作って、

「申し訳ございません。今年のお雛様が見納めだと思いましたら、つい……」

「見納めだなどと、縁起でもないことをお言いでないよ。お前がお嫁に行っても、来年の雛祭には遠慮なく遊びに来るがいいじゃないか」

そう優しく言われると、お定さんはまた泣き顔に戻ります。それを見たお上さんは、強いて明るく、

「堀田屋の若旦那は、ずいぶんお前のことを気に入っていらっしゃるようだね」

「へえ……長年、お上さんのお仕込みで、わたしのような者でも、どうやら一人前になることができたからでございましょう」

「せいぜい可愛がってもらうことだね」

「優しいことは優しいんでございますよ。顔に似合わず」

「おや——顔が不服かい」

「不服、というんじゃございませんが、あの人はとんと芝居の赤っ面みたいでございますよ」

「そんなことを言ったたって、いつか成田屋の『暫』の成田五郎を見て、ひどく気に入ってしまったじゃないか。ちゃんと覚えているんだよ」

「それはもう……あれは成田屋でございましたから」

「つまり、若旦那は成田屋みたいなんだね。それは立派な惚気ですよ」

「お上さん、たんとおっしゃい」

「若旦那が成田五郎なら、大層お元気でしょうね」

「へえ。これまで、患って寝付いたことは一度もないと申します」

「それなら文句なしじゃないか。人は丈夫が一番。内の旦那のように、すぐ疲れるわ、すぐ熱を出すわでは、色が白くともなんにもならないからねえ」

噂をすれば影。

「今年も目出度く飾りができましたな」

座敷へ入って来たのは大和屋陣兵衛、大和屋の旦那さんです。四十に手の届く年ごろで、色は白いのですがお上さんの言うように、お彼岸のころに引いた風邪がまだ抜けないようで、ときどき軽い咳をしています。

「昨夜、私は早く休んでしまいましたが、帰りは遅かったのかね」

と、旦那さんがお上さんに訊きます。

「いえ、そう遅くはなりませんでした」

「そうかい。お不動様の帰り、袋町へ寄ると言っていたが」

「はい、ちょっと覗いて参りました」

「皆さん、お変わりなかったかね」

大和屋は代代、不動明王を信仰していて、毎月縁日の二十八日には浅草御蔵前にある大護院の不動参りを欠かしません。たまたま、お上さんの実家が浅草袋町、御蔵前通りを少し西に入ったところですから、不動参りの帰りには、お上さんが実家へ立ち寄るのが決まりになっています。昨日も雨の止んだ昼過ぎにお上さんはお定さんを供にして店を出たのですが、それにしても帰りが遅く、初夜の鐘を聞いてでしたから、お上さんの言う「ちょっと覗いて来た」だけではないでしょう。お上さんが大和屋に嫁いで来て七、八年になりますが、まだ旦那さんに遠慮があるのでしょうか。

お上さんの供をしていたお定を見ると、今の話が聞こえなかったような顔で、お嬢さんをあやしています。

そこへ、手習師匠のところから帰って来た坊っちゃんが部屋に入って来ました。

「何でえ、変に樟脳臭えと思ったら、雛人形かあ」

昨年、散散手を焼かしたのが嘘のよう。忘れもしません。昨年の雛祭には、ちょっと油断をすると、この坊っちゃんがお雛様の首を抜いてしまうやら、左大臣の弓矢を折ってしまうやら、御所車の上に人形を乗せて引き廻すやらで、雛祭が終わるころには、わたしたちはくたくたに疲れてしまったものです。それが、わずか一年のうちに、男らしく成長したといいますか、雛人形を見る目が冷静で、お定さんから、

「坊っちゃん。お雛様が来て、嬉しいでしょう」

と、声をかけられても、ふん、と鼻であしらい、

「小便臭えお飯事なんか、やっちゃあいられねえや」

と、精一杯強いところを見せようとします。

「何ですか、その言い方は」

と、お上さんが眉をひそめます。

「このごろはほんとうに悪い言葉ばかり覚えて来るよ」

「こりゃあ、謝り行灯油差し」

坊っちゃんはそう言い捨てて部屋を出て行ってしまいました。

「信介、お待ち――」

お上さんの声が届かぬほどの足の速さです。

「全く、仕様のない子だねえ。お師匠さんへの進物を相談しようと思ったのに」

五節句には店の得意や諸芸の師匠に贈物をしなければなりませんが、坊っちゃんはその下相談する相手にしてはまだ若すぎるようです。

「まあいい。それより茶が欲しいな」

と、旦那さんが言いました。旦那さんはこのところ滋養活力にいいという佐保姫茶(さおひめちゃ)を愛用しています。

お上さんが火鉢の上の鉄瓶を取って茶の支度をします。茶をいれると湯が少なくなりましたから、鉄瓶を下げて台所へ。わたしが水瓶から水を足していると、お定さんも台所へやって来ました。

「お栄どん」

「へい」

「わたしはお節句が終わると、すぐこのお店(たな)をお暇(いとま)になる」

「……長い間ご苦労様でした」

「お前は大層お上さんに気に入られているから、わたしがしていたお上さんの世話を、お前が一手に引き受けなきゃならない」

「落度のないよう、勤めさせていただきます」

「それについてだがね」

わたしはうんざりしました。また、小言です。お定さんがお店を辞めることに決まってから、いろいろと側仕え（そばづか）の心得を教えてくれます。それはいいのですが、そのほとんどが小言と同じで、今、雛飾りの手伝いをしていた間、わたしの態度に気に入らないことがあったらしい。思い当たることといえば、雛人形の並べ方に口を挟んだことぐらいですが、お定さんは違うことを言い出しました。

「いつもわたしが言うだろう。糸物店大和屋のことは全て男衆の仕事。反対に奥のことはわたしたち女がしっかりと守らなきゃいけない」

それは耳に胼胝（たこ）ができるほど聞き飽きている、などとは言えません。

「それなのに、お前は旦那さんの前で、おかしな顔をしたね」

おかしな顔は地顔（じがお）です、などとも言えません。

「ほら、お上さんが実家をちょっと覗いて帰って来た、と言ったときさ」

「……わたしがおかしな顔をしましたか」

「顔には出ずとも、心に思っていたろう」

わたしはびっくりしました。お定さんはわたしの心を読んでいたのです。

「いいかい。旦那さんはお上さんの帰りが遅かったのじゃないかと心配していなさる。そんなとき、旦那さんを安心させてさしあげるのがわたしたちの務め。それには、お上さんが遅くはなりませんでした、と言ったら、お前は声に出す必要もないが、にっこりしてうなずくようでなきゃいけないね」

「へえ——」

「まあ、そのうち、いろいろと判るだろうが、大店のお上さんというのは毎日が大変なんだよ。旦那さんに仕えて、店の者にも気を遣わなきゃならない。だから、たまには息抜きが大事なのさ。お上さんが月参りなどで外にお出かけになるのもその一つだから、多少帰りが遅くなったとしても、そこはお前の口一つで、お上さんを庇ってやらないとね」

「へえ、よく判りました」

「お前は賢い子だから、如才もなかろうがね」

「わたしはまた、お上さんにお雛様の並べ方の指図をしたので叱られるのかと思いました」

「あれはお前が正しい。並べ方が間違っていれば、お上さんの恥だからね」

そのお雛様に何者かが手をかけ、どういう意図があってか、二体の人形を横倒しにしてしまいました。

横倒しにされたのは女雛と随身の左大臣です。雛壇を飾った翌日の朝、お上さんがそれを見付けました。

いつものように、朝の支度をしていると、座敷の方から、

「お定どん——」

お上さんの声です。何か普通でない響きなので、わたしとお定さんは顔を見合わせました。お定さんがすぐ座敷の方にいなくなると、今度は、

「お栄どん――」

今度はお定さんの声です。お定さんも切羽詰まった調子。

お上さんとお定さんは、雛壇の前で棒立ちになっていました。駈け付けたわたしの顔を見ると、

「あれを、ご覧」

と、お定さんが気味悪そうに、雛壇を指差します。

乱暴の跡はすぐに判りました。上段の女雛がひっくり返され、宝冠と手に持っていた檜扇が毛氈の上に散っています。もう一体は左大臣で、これも段の上に横倒しにされ、人形が背負っていた矢と、持っていた弓が畳の上にばらばらに落ちています。

「まあひどい……誰がこんなことをしたんでしょう」

わたしの頭に、一瞬、坊っちゃんの顔がかすめました。坊っちゃんは昨年、左大臣の弓で矢を放っていて、しまいには弓をへし折ってしまったという前歴があるからです。お上さんも同じ考えのようで、

「お栄、信介を呼んでおいで」

しかし――坊っちゃんの昨日の態度を見る限り、雛壇にいたずらをするとは思えません。

といって、お上さんに言葉を返すこともできません。

坊っちゃんは畳の上で、勢いよくバイ独楽を廻していました。わたしの顔を見ると、自慢そうに、

「お栄、見や。こいつ、強的に強え独楽なんだぜ」

「……畳の上で独楽なんか廻してはいけません」

「なぜだえ」

「畳が痛みます」

「しみったれたことを言うねえ。お栄、これは蠟なんか垂らし込んだんじゃねえんだ。鉛が入ってるんだ。だから、聞こえるか。唸っている。面ちょろいだろう」

「お上さんがお呼びですよ」

「何の用だい」

「知りません」

坊っちゃんはまだ廻っている独楽を拾い、紐と一緒に懐に入れ、

「お栄、このことをおっ母ぁに言うんじゃねえぞ」

と、後について来ました。

座敷に戻ると、お上さんとお定さんが、さっきと同じ姿で立っていました。

「信介、あれ、お前がやったんじゃないのかい」

お上さんに言われ、坊っちゃんは雛壇を見ました。

「わあ、人形が相撲を取ったんだ」

「その相撲を、お前が取らしたんじゃないのかい」

お上さんに言われて、坊っちゃんはぷっと頰をふくらませます。

「違わい。俺じゃねえや」

「……本当にお前じゃないんだね」

「ああ。お組だろ」

「お組の手では、あんな高いお内裏様まで届きませんよ」

「そんなこと、知るかい」

「じゃ、いいけど、手習いが済んだら、すぐ帰って来るんですよ」

坊っちゃんがいなくなると、お上さんは気味悪そうな顔になりました。

「一体、誰がこんな悪さをしたのだろう」

坊っちゃんのいたずらだった方が、ずっと落着けます。でも、気にしてばかりはいられませんから、倒された女雛と左大臣を起こし、冠や持ち物をきちんと元通りに直さなければなりません。

それでも、朝食の支度や後片付け、洗濯に針仕事と、一日は忙しく、いつか雛壇のことは頭から遠退いていきます。

夕食のとき、旦那さんがその話を持ち出したので、朝のことを思い出したほどです。

「今朝、人形が雛壇の上で、相撲を取ったそうだね」

わたしはお上さんのそばで給仕をしていましたから、二人の話がよく聞こえます。

「そんなことを、誰から聞きましたか」

「信介がそう言っていた。変な濡れ衣を着せられた、と」

「疑うわけではなかったんですけど、昨年のことが頭にあったでしょう」

「そう。信介が左大臣の弓を折ったりして、ずいぶん困らされた」

「今度は人形を毀されないだけ、ましでした」

「信介でないとすると、誰がそんな真似をしたのだろう」

「それが、さっぱり判りません」

大和屋の店には、番頭さんから手代、小僧まで十人ほどの男衆が働いています。奥では、お定さんを頭にわたしたち女中が四人。お雛様を飾ってあるのは、お客様用の座敷ですから、夜になれば誰もいなくなります。その気があれば、そっと忍び込んでお雛様を倒すぐらいわけはありませんが、番頭さんは分別盛り、といって小僧は眠い盛り。毎朝、叩き起こされて、いつまでもぼうっとしていますから、いくらいたずら心が起こっても、誰より先きに起き出して、お雛様の座敷に入るようなことはしないでしょう。

「その、弓矢で思い出したんだがね」

と、旦那さんは話を変えました。

「袋町の仲蔵さん、うまくやっているだろうか」

「お店ですか」

「いや、お光さんのことだよ。いつか話したろう。増田屋さんに会ったとき、妹が仲蔵さんと反りが合わないと話していた」

仲蔵というのは、弓師の谷仲蔵さんのことです。仲蔵さんはお上さんの実家のある袋町に店を持っていて、お光さんというお上さんがいます。このお光さんは、大和屋と同じ糸物問屋の増田屋さんの妹で、内の旦那さんが世話をして仲蔵さんと一緒になった。旦那さんは二人の祝言のとき仲人を務めたので、仲蔵さんとお光さんとが不和になったのが気になるのでしょう。

「そんな話を聞いたことがありましたねえ」

と、お上さん。

「一昨日、袋町へ行ったとき、その話は出なかったのかね」

「はい」

「話がないとすれば、別れたわけでもなかろう」

「さようでございますね」

「糸屋の娘に、弓師。相性は悪くないはずだがね」

「あなた、そんな話をお定が聞くと、気を悪くしますよ」

「そうだった。お定はこれから嫁に行く子だ。出るの引くのは聞かせない方がいい」

お雛様のこともそれきりになりました。

ところが、翌朝。また、雛壇の上の女雛と左大臣が倒されていたのです。


今度、それを見付けたのは、お定さんでした。

すぐ、わたしが呼ばれ、お上さんに報告します。

座敷に入ったお上さんは、

「何て、しつっこい奴だろう」

と呆れ顔をしましたが、すぐ、わたしたちに、

「いいかい、このことは、誰にも喋っちゃいけないよ」

と、言い、わたしにすぐ元通りにするよう急き立てました。

それにしても、ただのいたずらにしては念が入りすぎています。いたずらでないとすると、一体、何が目的なのでしょう。人形を直しながら、不吉な予感が強くなっていきます。

そして、忌まわしいことに、その予感が的中したかのように、その日のうち、お上さんの身によくないことが起こりました。どうしたことか、二階から降りる途中、階段で足を踏み滑らして下に転落し、足を挫いて歩くことができなくなってしまったのです。

ちょうどそのとき、わたしは昼食の後片付けを済ませ、台所で行灯の油皿を洗っているところでした。すぐ、そばが二階への階段で、誰かが降りてくる足音が、途中で家鳴りのような響きに変わりました。びっくりして見ると、お上さんが階段の下でうずくまっています。丸髷（まるまげ）が横に傾（かし）ぎ、着物の裾（すそ）が痛痛しく乱れて、不自然な形に折り曲げられた足が見えました。

わたしが慌ててそばに寄ると、

「いいざまだねえ。みっともないよ」

口だけは元気ですが、すぐに立つことができません。

物音を聞き付けて、店の方から旦那さんや手代の忍（しのぶ）さんが駈け付けて来ました。ぶざまな姿を見て騒がれるのが恥しいらしく、忍さんがお医者さんのところへ駈け出そうとするのを押し止どめます。わたしはとりあえず手拭を水で濡らして持って行くと、

「お前が一番、気が利くよ。高が階段の途中で足を踏み滑らしただけさ」

と、手拭を受け取り、そこを強く打ったのでしょう。脹脛（ふくらはぎ）のあたりに手拭を押し付けました。しばらくすると、そのあたりが見る見る紫色に変わっていきます。お上さんは気丈に立とうとしましたが、それはとても無理なようです。

「相撲膏薬（こうやく）がいい。ほら、式守の相撲膏だよ」

元気な坊っちゃんがいるので傷薬は欠かせません。わたしはすぐ、薬箱から膏薬を探し出しました。蛤（はまぐり）の殻に入った、赤い色をした薬です。それを患部に擦（す）り込んで、晒（さらし）を巻き付

ける。

「お咲、それで大丈夫か」

旦那さんは心配顔ですが、お上さんは少しの間じっとしていれば治ると言い、医者を呼ばせません。そして、夕刻ごろには、どうにか独りで立って、痛む足を引き摺りながら、そろそろ歩けるようになりました。

その姿を見て、ほっとしたのも束の間です。悪いことは重なるといいますが、大和屋にもう一人、怪我人が出てしまいました。

夜の仕事を終えて、花の湯に行ったお定さんが、全身泥塗れ、近所の若い衆に担がれて帰って来たのです。

お定さんが言うには、お湯の帰り、前から大変な勢いで一挺の駕籠が飛ばして来ました。その駕籠を避けようとしたはずみに、ものにつまずき、その場に転んでしまった。よほど不自然な形で転んだらしく、足首がぐきっと言ったと思うと、そのまま立てなくなった、といいます。

それを聞いていた旦那さんが、気味の悪そうな顔をして、わたしに訊きました。

「雛壇の上の女雛と左大臣が倒れていたのは、昨日だったな」

「へえ」

実は、今朝も同じように、と言おうとしましたが、そこをぐっと我慢。このことは誰にも

喋ってはいけない、とお上さんに口留めされているからです。旦那は口の中で、女雛、左大臣、と繰り返して、

「内裏様は夫婦雛、その女雛なら内で言うとお咲だ」

「……へえ」

「そして、左大臣という名の、上の二字は定と同じ音だ」

「……左大臣が、お定」

わたしはびっくりしました。そして、背筋に冷たいものが走りました。

雛壇の女雛と左大臣を倒した者は誰かまだ判りませんが、その者はお上さんとお定さんが転んで怪我をするということを、予め知っていた——そんな不思議なことがあるなどということはとても信じられませんが、その予告が的中したとしか言いようがありません。女雛がお上さん、左大臣が定、そう判断した旦那さんは、

「何だか、ひどく気色が悪い。今年のお雛様は無気味でならないから、早く片付けてしまった方がいいでしょう」

と、言いました。

その矢先き。翌朝になると、再三の怪事です。雛壇がまた荒されていまして、倒されていたのは女雛と、今度は五人囃子のうちの、笛方でした。

「お栄どん、ちょっと小耳に挟んだんだが、お店じゃ今年は雛祭をしねえようだね」

「……そんなこと、誰から聞きなさった」

「誰からでもねえ。店中、その話で持ち切りだぜ」

「……」

「なんでも、この家のお雛様は、次次と悪いお告げをするらしい。お栄どん、夜中にお雛様が歩き廻るのを見たってね」

「お雛様が歩き廻るものかね」

「だって、お告げを言うんだろう。お告げをするくらいなら、歩き廻ったってよさそうじゃねえか」

わたしが物置の片付けをしていると、そばに来て話しかけたのが、町内の頭の為吉さん。大の音羽屋贔屓で、背中に菊五郎が扮する助六の彫物のあるところから、菊五郎為吉と呼ばれている名物男です。話をしていると、噂というものはこういう人物の頭を通って、どんどん大袈裟になっていくのだということがよく判ります。

「頭、内のお雛様が歩き廻るなどと、妙なことを世間に言ってもらっちゃ、迷惑しますよ」

「だから、じれってえ。一体、どうなっているんだい」

わたしは仕方なく、ここ二、三日あったことを話しました。頭はお雛様が独りでに動くのでないことを納得しましたが、

「それだって希有けちりんだ。旦那が気味悪がるのも、無理はねえ」

「だから、旦那さんはお雛様を早く片付けてしまった方がよかろうと言いなさるのさ」

「しかし……それは違うんじゃねえか」

「……どう違うのさ」

「考えてもみねえ。お雛様はせっかくお告げを宣わしくださったんだ。だから、そのお告げをよく聞いて、気を付けなきゃいけねえだろ。現に、お定さんだって、そのお告げの意味が判っていりゃ、身に落度なく注意するだろうから、変に転んだりしなくても済んだはずだ」

「……それは、そうだねえ」

「第一、お雛様を飾ったものの、その前の日になって、お祭もしねえで引っ込めてみねえ。お雛様が向かっ腹を立てる。おのれ、憎き大和屋め、てんで、この店の者が片端から取り殺されるぜ」

「冗談じゃない」

「冗談なものか。お雛様は祭が大好きなんだ。もっとも、祭は俺も大好きだが」

「お雛様と頭と一緒になるものかね」

「それはそうだが、俺だって前から楽しみにしているんだ」

「そうだろうねえ。頭がお目出度うと言って、萎びた浅葱の一束でも持って来りゃ、ご祝儀が貰えるものね」

「萎びた浅葱だけはよけいだ」

頭は笑いましたが、すぐ真顔に戻り、

「ところで、今朝、三度目のお告げがあったってな」

と、続けました。

「そのお告げで、今度、災難に遭うのは、手代の忍さんだというじゃねえか」

「……あの、忍さんが、どうして?」

「なんだ、お栄どん。それを知らなかったのか。ほら、今朝、雛壇で倒されていたのは、女雛と五人囃子の中の笛方だったということだ」

「……それなら、わたしもこの目で見ていますよ」

「この前のたとえなら、女雛がお上さん。左大臣がお定さんなら、笛方は笛。お笛とか笛吉という名の者に災いが降り掛かると考えられる」

「……お笛や、笛吉なんぞという者は内にはいませんよ」

「だからさ。あの囃子方が持っている笛を何と言う」

「……篠笛」

言いながら、わたしはびっくりしました。笛という名に心当たりはありませんが、篠笛なら確かに、手代の忍さんがぴったりです。

「ほれ、そうだろう。今度は忍さんの番になる」

「お店で忍さんはどうしています?」

「あまり普段とは変わらねえが、内心はびくびくものだろうぜ」

手代の忍さんは十四、五で大和屋へ奉公をはじめてほぼ十年。少しいかつい顔をしていて女中部屋でもあまり人気のある方ではなく、まだ言葉の端に故里の信州訛りが残っている。それだけ真っ正直、融通が利かないとも言える男です。

「もし、忍さんの身に悪いことが起きたら、恐いねえ」

と、わたしが言うと、頭は胸を張るようにして、

「だからさ、あまりびくびくせずとも、いつものように雛祭をやればいいと言うんだ。お栄どんの話を聞くと、なに、人形が独り歩き廻ったわけじゃねえ。妖怪変化の類いじゃねえから、これにゃきっと裏があるに違えねえ。まず、人形にいたずらをした奴をとっ捕まえて、どうしてあんないたずらをしたか白状させることだな」

「……それが誰だか判らないから、気味が悪いんじゃないか」

「まあ、俺に任せておけ。餅は餅屋、俺はいい男を識っているんだ。お栄どん、宝引の辰という名を聞いたことがあるか」

「……御用聞きかえ」

「そうだ。御用聞き、目明かしと言っても、煙ったがるような男じゃねえ。気は優しいが、捕者は名人で、これまで江戸で辰に解けなかった怪事件はねえというほどの男だ」

その日の夜。

頭と打ち合わせた通り、四つ（午後十時ごろ）の鐘を合図に、宝引の辰親分が裏口に現れました。わたしは誰にも気付かれぬよう、そっと裏階段から二階の座敷に辰親分を案内しますと、お上さんは行灯の火を弱くして待っていました。

「このたびは、とんだ災難でございましたね」

辰親分の横顔は鼻筋がすっきりして、口元はほどよく引き締っています。黒の股引に黒の着物に無紋の黒羽織と黒ずくめ。

「話は菊五郎の頭から一通り聞きましたが、あの頭は話を大きくするのが大好きでね。頭を疑るわけじゃねえんですが、もう一度、話を聞かせておくんなさい」

と、辰親分に言われ、お上さんは一昨日からのことを話しました。親分はときどき細かな点まで問い、わたしにも確かめさせます。

「今朝、雛壇が荒されているのを見付けたのは誰でしたか」

「女中頭のお定でした」

と、お上さんが答えます。

「その人形を元に直したのは」

「ここにいる、お栄です」

辰親分はわたしの方を見ました。

「そのとき、人形が痛い痛いと言っていたそうだが」

「……いいえ」

「違うのか」

「人形が口を利くはずがございませんでしょう」

「……これだから頭の話は油断ができねえ」

頭が話に尾鰭（おひれ）を付けたのでしょう。辰親分は苦笑いして、

「つまり、人が見ている前で、人形が怪しい素振りをしたことはねえんですね」

「はい一度も」

「それで安心したよ。私はこれまで、妖怪変化をお縄にしたことは一度もねえんでしてね。

では、その人形だが、何日に飾り付けをしましたか」

「お不動様の次の日ですから、二十九日でございました」

「そして、翌日から妙なことがはじまったわけだ」

「はい」

「……今、お不動様と言ったが、不動様をご信心ですか」

「はい。蔵前のお不動様に、月参りをしています」

「あの日は、確か昼ごろまで雨が残っていた」

「はい、雨が止んだのを見て、お定と家を出ましたよ」

「まだ桜にゃ間があるが、出歩くにはいい季節だ。今、両国広小路（りょうごくひろこうじ）で、目吉（めきち）の活人形（いきにんぎょう）が大評判だそうですね」

「いえ、参詣（さんけい）の帰り、実家に立ち寄りましたから、それは存じません」

「なるほど……お上さんの実家はどちらですか」

「浅草の、袋町」

「それなら通り道だ。それで、何刻（なんどき）ごろお帰りでしたか」

「……五つごろ（午後八時ごろ）だったでしょうかね」

「袋町で緩（ゆっく）り羽根を伸ばしていらっしゃったんですな」

「まあ……」

「……いや、それで大体の様子は知れました。これまでの先例によると、今度、難に遭うのは手代の忍さんということになる」

「そうあってもらいたくないねえ」

「今、その忍さんはどうしているだろう」

「………」

「お栄どん。そっと様子を見て来てもれえてえが」

親分にそう言われ、階下に降りて店を覗きますと、忍さんは品物を蔵に運び込もうとして

いるところです。二階に戻ってそのことを親分に言うと、

「そりゃ、いい工合だ。忍さんが独りで蔵に入ったら、そっと、これを渡してやってくれ」

と、小さく折った紙をわたしに渡し、

「それから、お栄どん。今晩、一晩だけお雛様の部屋に寝てもれえてえ。隣の部屋で、俺が不寝番(ねずのばん)をしているから、恐えことはねえ。こうしよう。お前の枕元に細引(ほそびき)を置いておく。その細引の先は次の部屋にいる俺の腰に結んでおく。何かがあったとき、すぐそれを引けば、俺が駈け付けるという寸法だ。お前まで起きていろ、と言うんじゃねえ。お前はただ――」

辰親分はそこでふいと口を閉じ、そっと立つと、襖(ふすま)に手を掛けてさっと開けました。その早いこと。

「誰だ?」

低いが凄みのある声。階段を駈け降りる音がしました。親分はそっと襖を閉めて元の座に戻ります。

「立ち聞きをしていた奴がいる。暗くてよく見えなかったが、帯の様子では女のようだった」

「……女というと」

お上さんは薄気味悪そうな顔で、

「お定は足を痛めて動けない。他の女中というと、おさくに、おなおだが……」

辰親分はごく落着いた態度。

「なに、お上さん。怪しい者の見当なら、とうについていやす。今夜は安心してお休みになって下さい」

安心しろと言われても、なかなか寝付かれるものではありません。

ひっそりした暗い座敷にいるのはお雛様とわたしだけ。いっそ、女中部屋で他人の鼾や歯軋りを聞きながらの方が安心して寝られます。不安がつのると、頭の言うように本当にお雛様が動いたり喋ったりするのではないかと、昼間とは違う考えになります。そうでなければ、不寝番の親分がつい寝てしまったとき、何者かがお雛様を動かそうと思って座敷に侵び込み、邪魔者がいるというので、殺されてしまいはしないか——

というものの、蒲団の中が暖かくなると、知らぬうちに考えがぼんやりしてきました。

どのくらい寝ていたか判りません。

ふと、胸のあたりのくすぐったいような感じに気付き、思わず身体をよじりますと、

「お上さん、お目覚めでございますか」

耳元に熱い息がかかります。

「嬉しゅうございます。夢を見ているようで……」

はっと思う間もなく、わたしは口を強く吸われてしまいました。胸の感じは、相手の手がやわやわと往きつ戻りつしているのです。

「お上さんをはじめて見たときから、遣る瀬なく……」

そう掻き口説く声は、暗くて顔こそ見えませんが、手代の忍さんに違いありません。

「でも、あなたは大恩あるご主家の奥様。じっとこれまで堪え続けてきましたが、いけません……」

忍さんの手はしだいに大胆になって、

「あなたが旦那さんの目を盗んで、袋町の谷さんと逢瀬を重ねていらっしゃる。それを知ってから、私はこれ以上、我慢することができなくなりました」

その言葉で、全ての謎が解けたのです。わたしは手を伸ばして、枕元の細引を引くことができなくなりました。

女雛と左大臣——女雛は確かにお上さんですが、左大臣はお定さんを意味しているのではなかったのです。矢を背負い、弓を手にしている左大臣は、袋町の弓師、谷仲蔵さんのことだったのです。

お上さんがお不動様の帰り、袋町の実家へ立ち寄って遅く帰って来た。というのは、同じ町内にいる仲蔵さんとも逢っていたに違いありません。同じ町内で育ったお上さんと仲蔵さんは、多分、幼馴染み。小さいころから思い思われる仲だったのです。お上さんは親の意志で大和屋に嫁入りしましたが、二人の仲はそれ以後も密かに続いていた。

お雛様を飾った日、お定さんはわたしを呼んで、これからお上さんを庇うようにと、しつこいぐらい言われたのを思い出します。お上さん忠義のお定さんは、全てを知っていて、実家から帰りが遅くなったのを、旦那さんに疑いを持たれないよう苦心をしていたのです。

それをどう忍さんが知ったのか判りませんが、お上さんの不義を見付けて、忍さんはこれまで堪えていた思いを、これ以上続けることができなくなった、と言います。わたしにはその気持が痛いほど判るような気がしました。

大和屋で小僧奉公からはじめて十年。もし、お上さんにはねつけられでもしたら、その十年の辛抱（しんぼう）も水の泡になってしまうのは目に見えています。恋は思案の外（ほか）といいますが、忍さんには前後の見境がなくなってしまったのでしょう。

人形を倒したのは、女雛をお上さん、左大臣を弓師の仲蔵さんに見立て、二人は転び合っている、の意味。けれども、はじめてそれを見たお上さんもお定さんも、その深意が判りませんでした。

皮肉なことに、左大臣の弓から、袋町の弓師谷仲蔵さんを連想したのは旦那さんの方が早かった。お上さんは旦那さんの口から仲蔵さんの名が出たのではっとし、人形が倒された意味を読み取ったのです。

しかし、旦那さんはそれ以上深く考えませんでした。お上さんが慌てて話の腰を折ったからです。でも、それはひどく危険な状態には違いありません。それ以上、旦那さんの考えを進めないためには、どうすればいいでしょう。一つだけ方法がありました。人形が転がされた意味を、他の方向に持って行くよう仕向ければいいのです。

それは、お上さんの考えかお定さんの知恵かは判りませんが、左大臣を定にこじ付け、二人が転んで怪我をすることにしたのです。それを知った人は、お雛様が災いを予告した、あるいは、不可解な偶然として、弓師の仲蔵さんから注意を逸らすことができます。

その企み(たくら)が実行されました。お上さんはわざと二階から転げ落ちて足を痛める。お定さんの方はお湯の帰りに転んでこれも怪我。それを知って、忍さんは自分の暗示がお上さんに通じた、と判断したのです。

それが、昨日のことでした。昨夜、忍さんはまたこの座敷に侵び込み、女雛と笛方を転がしました。今度は勿論(もちろん)、お上さんと笛方、篠笛を自分に見立てて、一緒に転びたいという意味です。それを望んでいる者は、お上さんの秘密を握っている。もし、お上さんが否(いな)と言ったら、我身の破滅も承知の上で、お上さんの不義を旦那さんに告げてしまう心。

恐ろしいことに、宝引の辰親分は、わたしたちの話を聞いただけで、この事情の全てを察知してしまったようです。わたしがさっき忍さんに届けたのは、親分がお上さんに書かせた手紙で、多分、夜になったらこの座敷に忍んで来なさい、と書いてあったのでしょう。

そう、わたしが考えている間にも、忍さんは熱い手の動きを休めません。いつの間にかわたしの伊達巻き(だてま)も解かれてしまい、

「お手紙にあった通り、ただ一夜。それだけで本望でございます」

そして、譫言のように嬉しいと繰り返されますと、忍さんがいじらしく、可哀相に思えて、つい、お上さんになったような気がして、わたしの方から手を伸ばして背中を抱き締めていました。

翌日は雛祭。

朝の雛壇には変わったこともなく、旦那さんもずいぶんご機嫌で、雛祭に来るお客さんを接待していました。

菊五郎の頭も挨拶に来て台所へ顔を覗かせました。

「辰の親分が言っていたぜ。昨夜は安穏無事、怪しい奴も一向に現れず、張り合いがなかった、とな」

「……そうでしたか」

「それでも退屈はしなかった。お栄どん、お前は妙な寝言を言う、ってね」

わたしの顔が赤くなるのが、自分でも判りました。

お定さんは旦那さんから、足に怪我をしているので無理に働いてはいけないと言い渡され、じっとしていましたが、わたしを呼んで、

「お前に忙しい思いをさせて済まないねえ」

と、言葉をかけました。わたしが小さな声で、

「お定さんが大したことはないと知って安心して働けます」

と、言うと、お定さんは真顔で、

「わたしも働いている方が好きな質なんだ。お前、仮病というのはこれで結構苦労だよ」

「すると……昨夜、二階の階段でわたしたちの話を聞いていたのは？」

「そう、わたしさ。お上さんのことが心配でね」

そして、改めて、

「お前のお陰で、一応、雛祭は無事だった。お礼を言います」

と頭を下げました。

「それにしても、忍さんは駄目な男だねえ。人妻と娘の区別もつかなかったのかねえ」

「……忍さんは堅い人ですから」

「おや……お前は忍さんが気に入ってしまったのかい」

いつもなら、冗談でしょう、あんな野暮天などと言い返すところですが、どうしたことかまるで言葉が出て来ません。

「そうだったのかい。それならわたしに任せておおき。うまく口を利いてあげるからね」

「でも……忍さんはお上さんの方が」

「何言ってるんだい。お上さんとは一晩きりの約束だったんだよ。竹笛の一節切、一夜の契りさ。それをぐずぐず蒸し返すような男なら、わたしが只はおかない。もしそうだったら、お前もきっぱり諦めるんだね」

「それは……もう」

「わたしも安心した。お前がしっかりしているから、心配することなく、お暇ができるよ」

「でも……わたしは二度とお上さんに危い橋を渡らせたくありません」

「そりゃ、わたしだってそうだった。しかし、お前にはそれができるかえ」

「できます。きっと」

お定さんは黙ってわたしの手を握りました。

翌翌日の五日は、奉公人の出替わりの日。

お定さんは行李に身の廻りの物を入れ、旦那さんとお上さん、店の者に挨拶して外に出ました。来月には婚礼だそうですが、長年、住み馴れた店を出るのは、矢張り淋しそうで、わたしは今川橋の袂まで見送ることにしました。

お定さんは何度も振り返りながら、段段と小さくなっていきます。

お定さんの姿が見えなくなり、ふと、振り返ると、同じように遠くを見ている若い者がわたしの後ろに立っていました。

「あ。忍さん……」

墓磨きの怪

「誰だかしれないが、奇特なことをするもんですね」

「奇特すぎて気味が悪うございますよ」

玉琴寺の住持は、そう言って眉をひそめ、前に並ぶ十基ほどの墓石を見渡しました。墓地の北側の奥で、そのあたりは基礎の台石に竿石が立っているという、ごく簡素な角形墓標が並んでいるのですが、ふしぎなことに白御影石がどれもぴかぴかに磨かれているのです。まるで、揃って新しく立てられたよう。

その日が百か日に当たる高砂屋の墓は、その十基のほぼ中央にあって、その墓も綺麗に磨かれていました。

「四十九日、納骨したときには元のままでしたが」

と、高砂屋十蔵が言いました。住持はうなずいて、

「左様、墓が磨かれたのは三日前のこと。昼のうちは墓地に出入りする怪しい者を誰も見かけなかったので、夜中の仕業と思うとります」

「それに……この墓はずっと前から無縁だと伺っていましたが」

十蔵は隣の墓を指差しました。納骨に立ち会ったので、わたしも覚えています。その墓は下半分が苔むして戒名の文字も読めないほどでした。それが、今、苔はすっかり落とされ、戒名には黒黒と墨までが加えられているのです。

「先代の方丈の話ですと、この墓は神田須田町に店を持っていた薬種店のものですが、主人の放蕩が過ぎて倒産、以来、ときどき母親が墓参に来ていたようですが、それも間遠になり、ついには誰も訪れぬようになった。それがもう、二十年も前のことですな」

と、住持が説明すると、十蔵は、

「もしかして、その縁者の誰かが思い出して来たのかな」

そばにいたまきが口を挟みました。

「それなら、自分の墓だけ掃除すればいいじゃございませんか」

「……ものにはついでということがある」

「そうですねえ。世の中にはお葬式のついでに、北州へ廻る殿方もおいでですから。ねえ、長二郎」

まきはわたしの顔を見て言いました。わたしの姉です。高砂屋へ嫁いで、今は四十を越していますが、小さいときから活発な子でした。その質は昔とあまり変わっていません。

まきが皮肉っぽいことを言っても、住持はにこりともせず、

「これが、当山だけのことでしたら、訝しくはあっても放置しておいたでしょうが、この節、あちこちの寺でも同じ墓磨きが行なわれておる。早速、寺社奉行に届けたところ、役人が来ていろいろ調べておったが、結局、誰がなんのために他人の墓を磨いたかは、判りませなんだ」

「すると……あの噂は矢張り本当だったのですか」

と、十蔵がびっくりしたように言いました。

高砂屋は浅草六軒町の菓子屋で、代代、主人は播磨大掾橘十蔵と名乗り上野寛永寺の両大師に茶の湯の菓子を納めています。店は繁昌しているのですが、主人の十蔵は商売一途、菓子用の穀物の出来不出来には敏感でも、世事には少少疎いところがあります。

「左様さ。花の終わるころでしたか、はじめは音無川川沿い、道なし横丁の捕台寺で、十基ほどの古い墓石が綺麗に磨かれていた。捕台寺は小さな寺でしたが、骨餓鬼という妖怪が墓を荒しに来たという噂が流れ、見物人が群集するありさまでな」

十蔵は気味悪そうに目の前の高砂屋の墓を見ました。

「それは、奇特などと言っている場合ではない。墓の中は荒されていたのですか」

「いや……捕台寺の噂が大きくなったため、役人が調べたところ、墓は磨かれただけ。暴かれてはおらなんだということじゃ」

十蔵はほっとしたように、

「しかし、世の中には無責任な噂を流す者がいるものですね」

「二番目のときもそうでしたな。深川蛤町の鉾寺……というより、蛤弁天という方が通りがよろしかろう」

「蛤弁天でも同じ目に会ったのですか」

「あのときには、実際に墓磨きを見た者がおった。深川猿江町に住む船留の権兵衛という男で、夜、一杯機嫌で家に帰る途中、蛤弁天の墓地でごりごりという音がする。いつも度胸自慢で通っている男だから、なんであろうと音のする方に近付いて声を掛けると、のっぺらぼうの者がぬうと立ち上がり、だあと言うた。それを聞くと権兵衛は腰が抜け、這うようにして家に戻ってみると、上さんの下の毛がすっかり剃られていたという」

「そ、それは本当のことで？」

「いや、そう言い触らした者がおっただけのこと。ちょっとした噂に尾鰭をつけ、またそれを面白がる者が多いのは怪しからぬことじゃ」

　そのとき、高砂屋の隠居所から、下働きの昇平が息せき切って駈け付けてきたので、墓磨きの話はそれまでになりました。

　わたしは住持の言う怪しからぬ者の一人で、こういう奇妙な話が面白くてなりません。しかも、高砂屋の菩提寺でもそれが起こり、目の前に磨きあげられた墓石が並んでいるのですからたまらない。

道なし横丁の捕台寺にはじまった墓磨きは、住持の話したとおり、深川蛤町の蛤弁天、それに続いては今戸の黄蓮寺、谷中の和明寺と、それまで四山の寺が被害に会っています。いずれも墓の中まで荒されたわけではない。墓を磨かれただけですから被害というにはおかしいが、いずれの寺もその後は、時ならぬ見物人が押し寄せましたから、寺では思わぬ迷惑、被害といってもいいでしょう。

騒ぎが大きくなったのは二番目の蛤弁天のときからです。剽軽者の船留の権兵衛が腰を抜かしたというのですから、墓磨きは妖怪変化の仕業に違いないというので、江戸中はその噂で持ち切りになっています。

中には寺ばかりではなく、さる大名屋敷の庭に湧いている、自慢の苔泉の苔が洗い落とされてしまった。あるいは、大家の庭にある、これも大切に育てていた高麗芝がことごとく抜き取られてしまったなど、眉唾な話が生まれたり、ちょっとした病気も墓磨きの祟りだと騒ぎ出す者もいる。

こういう世の不安を静めるには、寺社奉行ではとても手に負えません。寺社奉行の要請で、町奉行も墓磨きの探索に乗り出したのがつい最近のことでした。その最中、駒形橋の玉琴寺が同じ被害に会ったのです。住持の話では寺社奉行の役人が調べに来たといいますが、はたしてどんな調査をしたのか気になるところ。しかし、そういう流言に興味を示さない高砂屋十蔵は、駈けて来た昇平の顔を見るなり、

「ずいぶん遅かったじゃないか。刻(とき)を間違えたのか」

と、不機嫌そうな顔をしました。


高砂屋の墓を囲んでいるのは、その十蔵と女房のまき、番頭の金六(きんろく)。十蔵の近親者や、高砂屋の暖簾(のれん)を分けてもらった店の主人たち全部で十人余りでしたが、全員に見詰められた昇平は、額の汗を拭いもせず、深く頭を下げました。

「だから、家を出たのはずっと早い時刻でございました」

幅広いがかなり鈍重な声です。十蔵はいらいらした調子で、

「それなのに、どうしてこんなに遅くなったのだ。位牌を忘れでもしたのか」

「とんでもございません。長年、可愛がって下さったご隠居さんの位牌をなんで忘れましょう」

昇平は懐(ふところ)から白布に包んだ真新しい位牌を取り出しました。

「ゆっくりしてもまだ時刻がある、だから油断があったのでしょうねえ。家を出て少し行くと、道を訊かれました。見ると田舎(いなか)から一人で出て来た娘のようで、あたしは口下手ですから、迷うといけねえと思い、一緒に連れて行ってやったんでございます」

「……どこまで連れて行ったのだ」

「霊岸島(れいがんじま)の高雅堂(こうがどう)で、隠居所によく出入りしていた骨董屋ですから、これもなにかの縁だと

思い……」

「隠居所は日本橋田所町、こことはあべこべの方角じゃないか」

「へえ——」

「遅くなるはずだ。それに、気付かなかったのか」

「へえ、だから駈ければ大丈夫と思いましたが、あたしの足は案外鈍かった」

「それを言うなら、頭の働きも鈍かったのだ」

まきが位牌を受取って墓の前に置きました。

「あなた、まあいいじゃありませんか。皆さんお帰りになった後というのじゃなし。小言はそのぐらいにしてください」

そう言われて、十蔵は仕方なさそうに口をつぐみました。

一同が静かになるのを見て、住持は経を唱えはじめます。

昇平という男、芝居の猿若町で生まれ育ったそうで、人というのは見掛けによりません。親は太刀掛四五郎といい、中堅の男方の役者です。昇平が生まれたのは、天保の改革で江戸市中の芝居小屋を浅草聖天町に集めた、そのすぐ後でした。親は昇平を役者にし、太刀掛の名を継がせたかったのですが、どうもこの昇平、役者に向く質ではなかった。

というのが、今、自分で言ったように、口下手で、思ったことがすらりと喋られないのです。芝居は決められた台詞を言えばいいのですが、歌舞伎十八番の一つ『外郎売り』のように、早口の言立てが売物の芝居もあります。そういう芸が昇平にはまず無理。言葉につかえると「だから——」と言うのが口癖で、いつしかだからの昇平と呼ばれるようになりました。更に、だからの昇平にはもっと致命的な癖がありました。

どうしたことか、昇平は生まれつき嘘が一切言えないのです。正直なのはいいのですが、昇平の場合その上に馬鹿の字がつく方でした。それでも、はじめのうちはその他大勢の役、そのうち、捕方役などになり、曲りなりに宙返り、芝居でいうとんぼを切れるようになったのですが、はじめて台詞を言う役が当てられたとき、馬脚を現してしまいました。

そのときの役がその他大勢の侍のうちの一人で、台詞といえば「北村氏いずれへござる」というたった一言でしたが、それを受けるのが父親の四五郎で、昇平としては父親を北村氏と呼ぶことがどうしてもできず「お父っつぁん、いずれへ」とやってしまった。見物人は一瞬なにごとかと思ったそうですが、昇平の縮尻と判ると大笑い。四五郎は棒立ちになったままだったといいます。

芝居が打出しになった後、四五郎親子は座頭のところに呼ばれて、散散小言を言われました。それを聞いていたのが、当時、有名な女方、坂東志うかで、昇平のことは小さいときから見ていたが、どうもこの道で大成するとは思えないと言い、高砂屋に口を利いてやると助言してくれました。志うかは高砂屋の菓子が好物で、しょっちゅう楽屋へ呼んでいたのです。

こうして、昇平は高砂屋の職人になったのですが、そのころまだ若かった先代の十蔵が昇平の正直な質を好み、誰よりも目を掛けてくれました。それで、先代が隠居して田所町に住むようになったとき、昇平を下働きとして連れて行ったのです。

先代の十蔵は今の主人とは違い、大変に趣味の多かった人で、芝居町の役者衆とも付き合いは広く、晩年は茶道に熱心でした。田所町の隠居所には、六軒町の家から持って来た由緒ある茶道具が数多くあり、昇平以外の者では気を宥せなかった点もあったようです。ですから、隠居が卒中で亡くなったとき、昇平の悲嘆ぶりは少少度を越して、そのときも昇平は十蔵に叱られたほどです。

読経の終わるころ、近付いて来た二人の男がいました。二人は少し離れたところから、じっとこちらの方をうかがっています。

読経を終えた住持が二人に気付き、

「当山の墓所は見世物ではござらぬ。お引取り下さい」

と、言うと、そのうちの一人がそっと懐から十手を覗かせました。

「あっしは神田千両町の宝引の辰という者。町奉行所のご用で参りました。奉行所同心、能坂要様は高砂屋のご隠居とお茶の仲間だったそうです。その能坂様が、わたしに宗早山玉琴寺の墓磨きを調べよとおっしゃいました」

言葉は丁寧ですが、引締まった身体はかなり敏捷そうです。色白の二枚目ではないが、嫌味のない、男にも好かれるという顔立ち。

　以前より宝引の辰の名は捕者の名人としてわたしの耳にも入っていましたが、こういう場所で会えるとは思わなかった。まして、江戸中を騒がせている墓磨きのまっただなかです。人の出会いはふしぎだとつくづく思っていると、

「法要はこれまで。あとはなんなりとお調べなさい」

　と、住持が辰に言いました。

　隠居の位牌は高砂屋の本宅に持って行くのでしょう。十蔵が元の布に包んで懐に入れました。これから、礼参者には精進落とし、座振舞いをしなければなりませんが、辰が少しだけ話を聞きたいというので、

「長二郎、お前、親分さんに付き合っておくれな」

　と、まきに頼まれました。わたしは辰の仕事ぶりが見たかったので否応はありませんが、同じように言われた番頭の金六はやや迷惑顔です。一同が引上げた後、

「わたしは高砂屋の女房、まきの弟で、浅草伝法院横の経師屋、名川長二郎と申します。ここにいるのは高砂屋の番頭、金六。なんなりとお訊き下さい」

　と、言うと、辰はにこっとして、

「なにかとお忙しいところ恐縮です。なに、手間は取らせません。斬った張ったの荒っぽい事件じゃねえんですが、ご存知のとおり江戸中が騒がしくなりましてね。寺社奉行じゃ手に

負えなくなったんで、町奉行も乗り出すことになりました。それで、例繰方が古い記録を調べたところ、墓磨きは今はじまったものじゃねえんです」

「というと、昔にもあったんですか」

「そう、古くは宝永年間。富士山が鳴動噴火して宝永山を生じたころでしてね」

「……そりゃあ古い。今から――」

すぐには算えられません。辰はちゃんと調べていて、

「今からざっと百五十年以上も昔のことだ。もっとも、このときは墓ではなく、道ばたの念仏塔や石碑が磨かれていた。その姿を見た者は誰もいねえので、弘法様がお出ましになった、ということで落着いたんです」

「……その弘法様が、今じゃ妖怪変化にされている。時代でしょうか」

「下っては天明六年、これ以来、磨かれるのは石塔のほか墓石も加わるようになったという」

「天明といっても、まだ昔でしょう」

「うん、百年も前だから、わたしや長二郎さんは影も形もなかった。このときも磨いた者の正体は判らず仕舞いでしたよ。それから――」

「まだ、あるんですか」

「文政から天保にかけて。こりゃあ、三十年ほど前だから、番頭さんだったら知っているだろう」

金六は首を傾げていましたが、

「いえ、覚えはございません。まだ子供だったからでしょう」

「失礼だが、番頭さん、おいくつになる」

「今年、三十五で」

「そうか。あのときゃ、はじめは下総古河で起こったそうでね。それがしだいに拡がって、江戸中の石塔や墓が磨かれて大騒ぎになった。このときも磨いた者は判らなかった。キリシタンバテレンの邪法だという噂がもっぱらだったらしい」

辰は磨かれた墓の列を見渡しました。

「この寺で磨かれたのは、ここの場所だけですかね」

「さっき、住持がそう言っていました」

と、わたしが言うと、辰と子分の二人は端から墓を見て歩きました。

「親分、矢張り墓磨きの正体は化物やキリシタンバテレンの術なんかでしょうか」

「違いますね、長二郎さん」

辰は言下にそう答え、

「深川の蛤弁天じゃ、近くの青馬の親分が駈け付けて行ったんですが、墓磨きは墓所の井戸を使ったようで、水溜りにゃ人の足跡が残っていたという。妖術なら人の足跡などは残らねえ」

「とすると……船留の権兵衛が見たというのっぺらぼうというのは？」

「多分、手拭で顔を隠していた者をそう見たのだ、と青馬の親分は言っていましたよ」

辰は高砂屋の隣の墓に書き込まれた文字を見ながら、

「それに、長二郎さん。キリシタンバテレンなら、こういう漢字は書けねえでしょう」

と、言い、墓の字が気になったようで、子分の方を振り返りました。

「松吉、これをよく見や。この字に癖のあるのが判るか」

松吉と呼ばれた男は、墓に丸い顔を近付けました。

「普通の楷書を書いてはいますが、恐ろしいもんですねえ。ところどころに流儀が出ていやす」

「どんな流儀だと思う」

「芝居字です。芝居の勘亭流」

「おれもそう思った」

「他の寺にも字を入れた墓があるといいやす。当たって来ましょう」

松吉は尻を端折ってすぐにも駈け出そうとします。よほど気の早い男らしい。辰は止めて、

「その前に一仕事しなきゃならねえ。磨かれた全部の墓の檀家を住持から訊き出してくれ」

「へえ、判りました。その中に芝居者がいるか、どうかもですね」

「そうだ」

松吉が墓地から駈け出して行く姿を見送って、わたしは辰に訊きました。

「このことで、芝居者がからんでいるのですか」

「長二郎さんにそう言われるのも無理はねえ。こういう文字は、寄席文字や相撲文字にも通じる点がある。だが、さっき言った鉾寺の墓地に手拭が一本落ちていた。それを見ると花勝見の紋で、大和屋、坂東志うかが誂えた手拭だと判りましてね」

「それは……墓磨きが残していった手拭で？」

「権兵衛に見られて、慌てて落としたのだと思う。だから、この墓の文字が気になりますんでね」

わたしはすぐ、だからの昇平を思いました。昇平の筆跡を見たことはありませんが、芝居町で育ったのですから、勘亭流が書けると思っていいでしょう。また、昇平は坂東志うかに面倒を見てもらった。その大和屋の手拭を持っていて当然です。船留の権兵衛が聞いた「だあ」という声は、現場を見られてうろたえた昇平が、口癖の「だから」と言おうとした声に違いない。しかし、あのお人好しの昇平が人に隠れて妙なことをするとはとても思えません。

「ところで、高砂屋さんは芝居町に得意を持っていなさると聞きましたが」

と、辰は金六に訊きました。金六は苦い顔をして、

「それは、先代の若いころでございますよ。隠居は芝居好きでしたが、田所町に住むようになってからはもっぱらお茶に熱心でございました」

「そうですってねえ。能坂の旦那もそう言っていました」

高砂屋はまだ芝居町に出入りしているはずですが、金六はそのことも昇平のこともおくびにも出しません。金六も墓磨きと昇平とを結び付けることができないのでしょう。

辰は独り言のように、

「もっとも、大和屋のような人気役者は、これまで何千何百の手拭を誂えて贔屓（ひいき）の客に配ってきたか判らねえ。その一人一人を探し出すのはとてもできることじゃねえ」

「ほかにこれという手掛かりはございませんか」

と、わたしが訊くと、辰はうなずいて、

「磨かれた墓も一貫していねえ。手当たりしだいなんだ。今、松吉を訊きにやったが、まず、今までに磨かれた墓となにか関係ある家はねえと思う。ところで、亡くなられたご隠居はおいくつでした」

と、金六に訊きました。

「ちょうど、七十でございました」

「死因は？」

「卒中でした。毎月三日は上野の両大師の縁日で、隠居は六軒町に寄るかたがた、お大師様を参詣（さんけい）に行くのが月並みでございましたが、二月三日の朝、田所町の家を出ようとして、着替えをしているとき倒れ、それきりでした」

「そうでしたか。あの日は確かひどく寒い日で、夜には雪になったのを覚えていますよ」

「さようでございます。かなりの雪でしたので、弔問のお客様にはご迷惑を掛けました」

「その田所町の隠居所だが、まだそのままなのかね」

「へえ。百か日も済みましたことですし、近近、引払うことになっています」

「今、田所町に誰がいる」

「昇平という下働きがおりますが、その男も元は高砂屋の職人でしたので、六軒町に戻るでございましょう」

「ところで、その隠居所には、ご隠居が残した数数の茶道具がある」

「へえ。わたくしはその方には暗いのではっきりは判りませんが」

「おれもその方はわけのわからねえくちだが、能坂の旦那(だんな)はご隠居と何度か茶寄合で顔を合わせている。田所町を訪ねたこともあるそうで、その道の者が見たら、喉から手が出そうな品が少なくないらしい」

「……判らないものですねえ。隠居の茶道具といえば、ひん曲った茶碗とか、素人(しろうと)でも作れそうな茶杓(ちゃしゃく)ばかり。軸なども子供のいたずら書きのような書や、ぼんやり模糊(もこ)とした山水でございました」

「そこが、茶人と呼ばれるゆえんさ」

辰はわたしの方を見ました。

「長二郎さんは経師屋だ。軸などには目が利くのでしょう」

「まあ……目利きというほどではありませんが、お素人の方よりは少少判る程度ですが」

「ご隠居の軸を見たことがあるかね」

「はい。なにしろ道具自慢でいらっしゃいましたから」

「矢張り上物が多かったか」

「隠居は有名な方の作を好んでおいででした。道具類の方はよく判りませんが、軸などは少少怪しいものもございました」

「つまり……名で集めていたんだ」

「はい。四十九日の法要が済んだとき、形見として頂いたものなどもその一つでした」

「どんな軸だ」

「寛政（かんせい）の大横綱、谷風（たにかぜ）が若いとき書いたという、無心の書状で」

「なるほど……聞いただけでも眉唾ものだな。もっと確かなものはなかったのかね」

「ございましたが――」

「そういう品は十蔵さんが手放さなかったわけだ。すると――」

　辰は金六に言いました。

「ご隠居の茶道具は、近いうち処分されてしまうのかな」

「へえ、田所町の家を引払う前に、そうなりますでしょう」

「引取り先は決まっているのかね」

「前から出入りしていました、霊岸島の高雅堂でございます」

これも思わぬ回り合わせです。さきほど昇平が田舎出の娘を案内してやったのが高雅堂だったといいます。


どうも昇平のことが気になって仕方がありません。

もし、昇平が墓磨きの張本人で、捕えられれば高砂屋から縄付きが出る。店の信用に関わることですから、成り行きをぼんやり見過すことができない。幸い、辰も昇平のことはまだ気付いていない様子。わたしは、法要のあった二日ばかりのち、用事にかこつけて家を出、田所町へ向かいました。

隠居所では昇平がただ一人、あまり広くはない庭で草むしりをしていました。南天が一本、白い小さな花をつけています。

「ここは近いうち、引払うことになっているのだろう」

と、わたしが言うと、昇平は泥の手をはたきながら、

「だから——飛ぶ鳥はあとを濁さず、これはご隠居さんから教えてもらった言葉で」

わたしを座敷に通し、昇平は勝手に廻って湯でも沸かしている様子です。

部屋を見廻すと、紐をかけた大小、四角や長方形の桐の箱が、きちんと一隅に重ねられて

います。床の間には軸も置物も見当たりません。昇平が箱に収めて整理してしまったのでしょう。座敷には掃除が行き届き、埃一つ落ちていません。

待つほどもなく、昇平が茶をいれて部屋に持って来ました。

「めっきり暖かくなったせいで、いや、草が伸びること伸びること」

「仕事の手を止めさせて悪かった」

「いや、庭仕事ならいつでもできます」

相変わらず淀むような言い方ですが、晩春の昼下がり、昇平の声を聞くと長閑な気分になります。昇平の顔も目と目の間が広く、のんびりとした感じです。

「田所町にいられなくなると、お前は高砂屋へ戻るわけだ」

「だから……今、迷っているところです」

「高砂屋で働きたくない？」

「いえ、そうではなく、このごろお袋が病気がちで、あたしがそばにいた方がいいと思うんです」

「そんなに悪いのかい」

「口だけは達者ですが、なんかすっかり痩せてしまって」

「そうかい。ご隠居さんが亡くなって、その上、お袋さんに万一のことがあったら大変だ」

わたしは部屋に重ねてある箱を見て言いました。

「これは、全部、茶道具かね」

「へえ、どうやらやっと片付きました」

「お前もご隠居さんのそばにいたから、道具には明るくなったろう」

「へえ、ご隠居さんがいろいろ教えてくれました」

「そんなら安心だ。実はそのことで来たんだがね。聞けば引取り先は霊岸島の高雅堂だという」

「へえ」

「私も書画の表具を仕事にしているから、骨董屋とは無縁じゃあない。ときどき高雅堂の噂を耳にすることがあるんだが、あまりいい話は聞かない。それを心配していたんだが、お前が道具に目が利くのなら大丈夫だ。ご隠居さんが長年集めたものを、二束三文で手放すようなことはあるまい」

「だから……それが大丈夫じゃないんです」

「自分の目に自信がないのかい」

「いえ、ご隠居さんのお蔭で、ものの善し悪しは多少判るようになりました。でも、値段となると別で」

「……道具の善し悪しは判るが、値段が判らない？」

「へえ。ご隠居さんは一切、お金のことは口にしない方でした」

「そりゃ、潔い」

わたしは隠居を見直しました。とかく物を集めたりする人は、値段の自慢をするものですが、隠居にはそれがまるでなかったといいます。日常の生活も同じだったはずで、それを見てきた息子の十蔵は金銭に無頓着な父親を、商人としては歯痒く思っていたのでしょう。自然、十蔵は金にうるさい性格になってしまった。

わたしが形見としてもらった谷風の書状もそうで、隠居がいくらで手に入れたか判りませんが、洒落のつもりで買って面白がって眺めていたのでしょう。道具類の判らない十蔵は、そうした偽物臭い軸や、瑕のある茶碗などを形見として分け与えていたのです。

しかし、隠居の生き方はいいとしても、価格が判らないようでは遺された者が困ってしまう。

「買ったときの、受取りなどはないのかな」

と、わたしは念を押しました。

「へえ、そういうものは、どこにも見当たりませんでした」

「高砂屋の主人はなんと言っている」

「へえ、高雅堂が引取りに来るときには、お茶のお仲間、八丁堀の能坂様を立会いに頼むと言っておりました」

「それなら安心だ。八丁堀の同心がそばについていたら、高雅堂も妙な値踏みはしなかろう」

「でも、能坂様は茶道具の方で、軸にまで目が利かないそうで」

「じゃあ、その方はわたしに任せなさい。立会うことにしよう」

それを聞くと昇平はほっとした様子で、しみじみした口調になりました。

「わたしが芝居町を出て、高砂屋に奉公したのが十六のとき。それから三年してこの田所町に来、四年間ご隠居さんと一緒でした。その間、いろいろなことを教わり、まだ教えていただくことも多かったのに……」

「まあ、ずいぶん淋しかろうが、人間には寿命がある。あまり気を落とさない方がいい。ご隠居さんは七十、古稀(こき)といって古来稀な年まで生きなすった。その間、あまり金のことは言わず、晩年は好きな茶道具に囲まれていなすった。まあ、いい生涯だったと思うがね」

「そうですなあ。身体には気をつけていなさったので長命だったのでしょう」

「……酒がお好きだったそうですね」

「それも若いときで、ここに来てからは寝酒を少少」

「それはいい酒だ」

「毎晩お飲みになっていたのが、薬用酒でした」

「……どんな薬用酒だね」

「肉蓯蓉酒(にくしゅうようしゅ)といって、昔、蜀(しょく)の太守が愛用していたという不老長寿の酒だそうです」

この昇平にあまり策を弄したくはなかったのですが、それを聞いてある考えが浮びました。

「内の親父も年でこのごろ元気のでないときがある。飲ませてやりたいと思うがその、ニクシュウ……」

「肉蓯蓉酒で」

「難しい名だな。すぐ忘れそうだ。済まないが紙に書いてくれないか」

昇平はなんの疑いもなく、文机を引寄せて紙に書き、渡してくれました。

「ほう……美事な勘亭流だ」

「芝居にいて誉められたのは、字だけでした」

わたしは紙を懐に入れ、座り直して言いました。

「もしかして、玉琴寺の墓を磨いたのは、お前じゃあなかったかい」

昇平はまじまじとわたしの顔を見ていましたが、

「だから——若旦那さん」

と、言ったきりあとの言葉が出ません。

嘘の言える者なら、墓など磨いた覚えはありませんと平然として言い放つでしょうが、昇平にはそれができません。なにも言えなくなったのは、はいわたしがやりましたと白状しているのと同じことです。

わたしは静かに言いました。

「墓を磨くことは決して悪いことじゃあない。だが、縁もゆかりもない墓を十基以上も磨き、それが続けざまに五山。となると話は別だな。世間の人たちは気味悪がって、やれ化物の仕業だ、妖怪が出没すると言って大騒ぎになっているのを知らぬわけじゃあるまい」

「へえ――若旦那さん」

「このままでは世間の不安が拡がるばかりだというので、寺社奉行ばかりでなく町奉行も墓磨きの行方を追いはじめている。今のところは奉行所もまだ墓磨きの尻尾をつかんじゃいないが、これ以上ことが続けば、必ず捕えられてしまうのは目に見えている。そうすると、墓磨きはどうなると思う」

「………」

「世上を不安にしたという罪は重い。遠島(えんとう)になるか、軽くて追放。病身の母親の看護もできないばかりか、生きて江戸にゃ戻れなくなってしまう」

「だから――若旦那さん」

「そうだな。これ以上、あんな馬鹿なことを続けちゃあいけない」

「だから――」

「なんだ。あれだけじゃ、まだもの足らないのか」

「へえ――」

「判らねえ男だな。じゃ、墓磨きをする理由はなんだ。なにか願(がん)を立てて陰徳を積む心なのか」

「いいや、願などではありません」

「じゃ、墓磨きで世間が騒ぐのが面白くてしているのか」

「いや――」

「ははあ、お前の一存じゃねえわけだ。誰かに頼まれてのことだ」

「だから――」

「誰に頼まれた」

「それだけは勘弁して下さい」

「その者に金をもらったのか」

それきり、昇平の口は動かなくなりました。昇平のことですから、もし召し捕えられて石を抱かされようが海老責めに会おうが口を割ることはないでしょう。

そこへ、玄関に人が訪れる声がしました。昇平が部屋を出て行きます。耳を澄ましていると若い女の声で、霊岸島の高雅堂から来ました、と言っています。女は来客があるのを知ったらしく、すぐにも帰るような様子です。わたしは玄関の襖（ふすま）を開けて、声を掛けました。

「遠慮をするような客じゃない。せっかく来たんだ、茶でも一服していきな」

年は十六、七。頰の赤い畠仕事が似合いそうな娘です。

「へえ、ありがとうごぜえますが、遅くなると店で心配しますだ」

と、言い、改まった口調で、

「それでは口上のこと、よろしくお頼みします」

と言って、帰って行きました。

昇平は菓子折を持って部屋に戻ってきました。

「今の子は高雅堂から来たと言っていたが、一昨日、お前が霊岸島に案内してやった娘かい」

「へえ。お松という子であのときの礼と、主人からの口上を言って帰って行きました。明後日、高雅堂が茶道具を引取りに来るそうです」

「六軒町へは?」

「高雅堂の手代が報らせに行ったそうです。若旦那さんもご足労願えますか」

「ああ、来るとしよう」

昇平はこれから、八丁堀の能坂の旦那にも頼みに行く、と言いました。


高雅堂又兵衛は桐箱の一つ一つを開け、中を確かめていきます。又兵衛のそばにいて、筆を走らせているのは高雅堂の手代、源三という二十五、六の色白の痩せた男です。

又兵衛たちは朝早く隠居所に来て仕事をはじめたといい、昼過ぎわたしが行ったときは八割方の目録ができていました。

高砂屋十蔵は退屈そうに煙草をくゆらしながら、二人の仕事をぼんやり見ていましたがわ

「長二郎さん、こうまとめて見ると、親父はずいぶんいろいろな道具を集めたものだ」

と、感心するような、呆れるような顔で言いました。

「わたしには趣味がないんで判らないが、箱に入っていなければ、うっちゃりそうなものばかりです」

十蔵の言葉ももっともで、世間にはいろいろな物を集めている人がいます。硯や古銭に目の色を変えている者、各国の貝殻や石をそばに置いて悦に入っている者。それには必ず同好者がいてその間ではびっくりするような高値で取引きされています。しかし、当人が死んでしまえば遺族にとって屑も同然、貝殻や石などは本当に捨てられてしまう運命をたどるかもしれません。

「しかし、相手が茶道具ですからよろしゅうございますよ。高砂屋さん」

と、又兵衛はにこにこして、

「これが、ご婦人たちだったらこうはいきません。反対にお手当をやって、暇を出さなければならないでしょう」

「さすが骨董屋さん、うまいことを言う」

十蔵は苦笑いしました。

そのうち、八丁堀の同心、能坂要と宝引の辰が連れ立って来ました。

又兵衛は二人の顔を見ると、ちょっと緊張した顔をしましたが、挨拶をするとすぐ仕事に戻ります。

しばらくすると、目録作りが終わり、又兵衛が算盤をはじき出しました。

「ご隠居様とは長年贔屓にさせていただきました。そのご縁で、手一杯に見積もりまして、こんなところでいかがでございましょう」

又兵衛は算盤を十蔵の方へ向けました。わたしが覗くと、二十両という値が出ています。十蔵はそれを見て、難しい顔になりました。

「それは、はじめの値とずいぶん違うじゃないか」

又兵衛はそっと算盤を畳の上に置いて、

「はい、あのときは全部の道具を、ということでしたが、肝心な品が何点か欠けています。ご主人、ご隠居様が亡くなったあと、形見分けをいたしませんでしたか」

「……何点かは、人に譲った品がある」

「それですな。その中に貴重なものがあったに違いありません」

そばで聞いていた能坂が口を挟みました。

「確か、小堀遠州の信楽があったはずだが」

又兵衛はうなずいて、一つの箱を指差しました。

「ここにございます。しかし、惜しいことに瑕があります。残念物でございますよ。もし、瑕がなければ、これ一点で二十両にはなります」

「……松花堂昭乗の箱書きがある天目茶碗があったが」

「それも、ここにございます。でも、その箱の字が曲者で、この箱は贋作と拝見しました」

「すると、中の茶碗はいくらにつけた」

「百文で」

「箱書きがなけりゃ、そんなところか」

十蔵は目を丸くさせていました。箱書きがあるのとないのとでは、月とすっぽんほどの差が出て来る。この骨董のことがまだよく呑み込めないようです。能坂は続けて、

「古九谷長角の絵鉢があった。あれは良い出来で瑕などなかったはずだが」

「はい。残念物ではございませんが、矢張り箱が難でして。箱にかけてある真田紐、これが新しすぎます。偽物を作るには、紐にまで気を配らないといけません。はい」

能坂はその紐をしげしげと見て、

「なるほどな。そう言やこの紐は二百年も前のじゃあねえ。すると、いくらつけた」

「どう積もっても四百で」

「道風の書と、雪舟の山水もこの家で見せてもらったことがある」

又兵衛は手を左右に振って、

「とても、とても。そういった首座ははじめからわたしたちの手には負えません」

「やはり、贋作か」

「いえ、はじめは倣だったと思います。若い画家などが、古画を手本にして描き、それが誰かの手に渡って、署名落款が加えられたもので」

「……お前、それをご隠居に本物として売ったんじゃねえのか」

「とんでもございません。ご隠居様は倣と知ってお求めになりました。洒落の判るお方でしたから、ご隠居様が気に入れば、残念物も贋作も平気でお買いになり、本物と同じように楽しんでいらっしゃいました。たとえば、谷風が若いとき書いた金の無心状というようなものも持っておいでで」

「それなら、わたしが形見としていただきました。聞いただけでおかしいとは思いましたがね」

　と、わたしが言うと、

「はい、それも歴とした偽物で」

　又兵衛は隠居の思い出を話し続けました。

「あのお方はとにかく長いご趣味で、ものによってはわたしなどより目が利きます。とても、偽物を本物として売り付けるようなわけにはいきませんでした」

　能坂がうなずいて、

「そりゃ、お前より隠居の方が年が上だ。お前はいくつになる」

「はい、確か高砂屋の番頭の金六さんと同い年。今年、不惑になりました」

「四十か」

「はい。わたしは老け顔で。もっとも親父は骨董屋は老け顔の方がいいと申しております」

又兵衛は赤ら顔で、三角に尖った額の先が禿げています。五十と言っても通用する顔。それにしてもおかしい。法要の日、高砂屋の金六は三十五だと言っていたのを覚えています。わたしは辰の方を見ると、一瞬、目がきらりと光るのが判りました。能坂は辰には気付かず、

「贋作の道風や雪舟はこの中にある」

「はい――」

「とすると、なくなっている品の中に、本物の名品があったわけだな」

「さようで。もっとも、その品は当店で扱った品ではございません。ご隠居様が店を譲られたすぐあと、伊勢参りに行かれました。お供はここの昇平さんです」

「うん――」

「伊勢参りの帰り、赤坂宿にあった小さな道具屋で見付けた品だそうで、よほど気に入られた証拠に、丁寧に包ませて、それをご自分が抱えて東海道を下ってお帰りになりました」

「お前、その品を見たのか」

「はい、眼福の栄にあずかりました。そのとき商売根性が出まして、いくらでお買い上げになりましたかと訊くと、忘れもいたしません、二百文だったそうで。わたしはその場にひっ

くり返ってしまいましたよ」

「……掘出し物だったのだな」

「掘出し物も掘出し物。ご隠居様がはじめてそれを見たとき、全身がかあっとして次には震えが止まらなくなった。口も利けないので、お供の昇平さんに買物をさせたそうでございます。わたしはそれが頭にあったので、ご主人がお話に来たとき、その値を言ったのです」

「いくらつけた」

「道具全てで五百両。その壺一つだけで、五百両の値打がございました」

能坂は二の句が継げず、口を一文字に結んでしまいました。辰は絶句した能坂の代わりをするように、

「それは、一体どういう品だったか」

と、又兵衛に訊きました。

「李朝の壺でございました。自然釉が見飽きない、暗褐色のやや荒い肌で、光の工合で微妙に色合いが変わります。壺の中央には秋草が彫られていて、これがまた上手すぎもせず下手でもない。名工が力まずに仕事をしたという感じで、なんとも言えずそばに置くだけで気が休まる壺でございました。ご隠居様はこれを水差しに使うとおっしゃって」

「……どうしてそんな壺が赤坂の小さな道具屋に出ていたのだろう」

「多分……どこかのお大名が廃絶になり、そのお道具が分散し、なにかの工合で目利きでな

い人の手に渡る。どうかすると、そういうことがございますもので」

「箱がないんで素人が見たら、ただの古い壺だ。だが、箱がなくとも、いいものはいい」

「へえ。茶杓などは箱がなければ利休も光悦も区別がつきません。でも、壺は別でございます」

「その、李朝の壺がこの中にはねえんですか」

「はい、ございません」

「今、その壺が出て来たら、五百両で買うか」

「無論、すぐ引取らせていただきます」

辰は十蔵に言いました。

「その壺を誰か形見に持って行かなかったか」

十蔵は首を振るばかりです。

辰はなにを思ったのか、ずいと立って部屋を出て行きました。すぐ戻って来た辰は十蔵に向かい、

「今、庭で草取りをしている昇平から訊いたんだが、昇平もそんな壺はもらっちゃいねえ。その壺はご隠居が存命中は確かにこの家にあった。しかし、泥棒に入られたこともねえと言うから、壺がなくなったわけは一つしかねえ。高砂屋さん、ご隠居は今、その壺の中で眠っているんでございましょう」

と、畳みかけるように言いました。

「親父のたっての遺言でございました。生前から、もし死んだらわしの骨を李朝の壺に入れて葬(ほうむ)ってくれ。それを思うと死ぬのが少しも恐くない、と」

「羨(うらや)ましいぐらい果報な方だ」

と、辰が言うと十蔵は不審顔で、

「このことを知っているのは、家内と番頭ぐらい。親分、どうしてそれが判りました」

「法要の日はご隠居の百か日で、金六が自分の年を偽っていたのが判ったからだ。金六の年は四十というから、三十年前にゃ十歳、三十年前の墓磨き騒ぎは十(とお)の子なら覚えているはずだ」

「すると、金六はそのときの墓磨きから、今の墓磨きを思い付いたので、それを親分に知られたくないと、自分の年を若く言ったのですね」

と、わたしが口を出すと辰は、

「長二郎さんの言う通りだ。下手な嘘のために尻尾を出したのだ。金六の仕業は墓磨きが目当てじゃあねえ。本当の狙いはご隠居の骨を入れた李朝の壺が欲しかったのだ。盗みは夜分、壺を盗んだため、墓石の位置がずれたりして、疑われるようなことがあっちゃならねえと考え、墓磨きをはじめた。墓の中に手を付ける墓荒しじゃねえことを世間に広めるためだ。金六の狡猾な点は、初手から高砂屋の檀那寺には手を付けねえ。まず、捕台寺から鉾寺、黄蓮寺と、出任せに墓磨きをしていったのは、あくまでも世間の目を混乱させるためだ。そして、五日前、ついに狙いの玉琴寺の墓地に忍び込み、墓を磨いた上、目的の李朝の壺を盗み出したに違えねえ」

十蔵は首をかしげて辰の話を聞いていましたが、

「親分、異を唱えるようですが、他の日は知らず、五日前、金六はお大師様に出掛け、役僧を相手に夜っぴて碁の相手をしていたそうで、帰って来たのは朝でございました」

「……寛永寺の両大師だね」

辰は念を押しました。それが本当かどうか、調べるつもりでしょう。

「とすると、墓磨きは誰かに頼んだのだろう。金六が壺を盗み出したのは、墓磨きのあったのちのことだ。ところで、高雅堂さん」

不意を突かれたように、又兵衛はびくりとしました。

「ご主人、お前さんはとうに李朝の壺を手に入れたな」

「な、なんとおっしゃいます」

「金六はそんな壺をよその店に持ち込むことはねえ。風采と壺と釣り合わねえからどうしたって疑われる。お前の店に持ち込むしかねえと言っているのだ」

「……」

「言えねえようなら、これからお前の店を調べに行く。一緒に来い」

又兵衛は慌てて、

「申します。はい、番頭さんは一昨日、その壺を店に持って参りました」

「いくらで引取った」

「……百両、渡しました」

「五百両が百両か。盗品と判って、足元を見たのだな」

辰は十蔵に言いました。

「今日、金六は店にいるのか」

「いえ……お得意様に用があるからと言って、朝はやく出掛けて行きました」

「金を持って、駈け出しゃあがったか」

辰が腰を浮かそうとするのを、能坂が引止めました。

「まあ、そう急ぐことはねえ。それより、おれが買物をするから、立会ってくれろ。長二郎さんもだ」

「……なにをお求めになります」

「考えてもみや。高雅堂にある李朝の壺はいずれ没収される。そうすりゃ、百両の丸損だ。少し儲(もう)けさせてやろうと思うのだ」

能坂は又兵衛に向かい、

「おれは貧乏同心、大した買物はできねえが、今聞くと天目茶碗が百、古九谷の絵皿が四百だという。〆て五百。だが、元値で買おうというあたじけねえことは言わねえ。倍出そう。それで文句はあるめえ」

と、懐から紙入れを取り出し、又兵衛の前に一分銀を置きました。


その日のうち、町奉行所は同心を動かしました。同心たちは江戸中の岡っ引きやその子分に金六の行方を探索させた結果、数日のうちに深川入船町ののっぺら長屋に住みはじめたばかりの金六が捕縛されてしまいました。

金六の口から、墓磨きを引受けたのが昇平だと判り、これも御用。金六は「このごろ、亡くなった二親が地獄で苦しめられている夢をよく見る。占師に見てもらうと、二親を助けるには誰にも見られずに百基の古い墓石を磨くといいと言われたが、自分は勤めの身でそれができない。隠居が亡くなってお前は夜、自由な身だから、わたしの代わりに願を立ててもらいたい」と、口を巧みに昇平に頼み、二両の金を渡しました。

たまたま、昇平の母親が身体を損ね、その金があれば高価な人参が買えると思い、また、墓磨きは功徳だと信じるまま、その仕事を請け負ったのでした。

町奉行は昇平の孝行を酌量して、親の太刀掛の家に預けて手鎖五十日。金六は盗みの手口が計画的で、かつ人心を不安にした廉も不埒であるとして、八丈島へ流罪。また、盗品と知りながら李朝の壺を買った高雅堂は故買(こばい)の罪で、壺を取上げられた上、閉戸(へいこ)百日の刑が申し渡されました。

ところが、事件はこれで落着はしませんでした。

それから二月ほど経ったある日、高僧の書の表装を頼みに来た僧が「墓磨きはまだ終わっちゃいません。最近、当山もやられてしまいました」と言います。

面白半分、真似をする者が現れたのかと、よく考えてみると昇平の手鎖五十日がちょうど終わったころです。

わたしは慌てて四五郎の家へ行くと、昇平はしゃあしゃあとした顔で、

「へえ、今度の墓磨きもわたしに相違ありません」

口をあんぐりさせているわたしに、昇平は付け加えました。

「だから、……若旦那さん。番頭さんに頼まれた百のうち、まだ磨かないのが残っているもんで」

正直の上に馬鹿がつくどころではない。馬鹿の上に特の字をかぶせたくなるほどです。

「しかし、今度の仕事は早く済みそうです」

「なぜだ」

「わたし一人でするのを見かねて、手伝ってくれる人がいるようになったからで」

「誰だ、それは」

「高雅堂のお松さん」

「……はじめて会ってお前が霊岸島へ案内してやった娘か」

「へえ――」

「それじゃあ、お松も同罪になる」

同じ罪を重ねれば刑はいやが上にも重くなる。遠島か悪くすると死罪が待っているのを覚悟しなければならない。わたしが諄諄と諭すと、昇平はやっと事の重大さに気付き、もう墓磨きは止めると約束しました。

それから二、三日して、昇平は神田千両町の宝引の辰の家を訪れたそうです。昇平はきっちり勘定をして、二分三朱と百文を辰の前に並べ、これは金六からもらった二両のうち、磨き残した墓の分で、金六に返してもらいたい、と言いました。

辰はその金を持って牢屋敷へ行き、島送りの流人船の船出を待って入牢していた金六に渡してやりました。

天狗飛び

草鞋をはいて外に出ると、ひと足先に旅籠屋を飛び出していた景が、道端にうずくまって、肩を震わせていました。

「お景ちゃん、気分でも悪くなったのかい」

近寄って声を掛けましたが、景は両手で顔を覆ったまま、

「お馬が……」

と、消え入りそうな声です。

朝の街道は宿を発つ旅人で雑踏し、その間を乗り馬や荷駄馬が行き交っています。

「馬に……蹴られたのかい」

としたら心配ですが、よく見ると景は肩を震わせて笑っているのでした。

「なんだい、お景ちゃん。びっくりさせるぜ」

「ごめんなさい、し、新吾さん」

わたしの名もうまく言えません。景は腹に手を当てたまま立ち上がりました。

「ねえ、新吾さん。溝口の方からお馬が来たの」

「……それで?」

「そして、反対側からもお馬が来たの」

「そりゃ、ここは宿場だから、いろいろな馬が往来します」

「その二匹が擦れ違うときに、溝口の方から来た馬方が、おうい、糞を食らえと言うと、相手の馬方が尻でもしゃぶれ、ですって」

「そりゃね、お景ちゃん。ここの馬方の挨拶だ。悪態を言い合うのがね」

「そうしたら、お馬が……」

景は思い出し笑いになって、あとが続きません。

「馬がなにか言いましたか」

「……お尻で言ったわ。ぶうですって」

景は涙まで流しはじめました。

わたしと前後して宿から出て来た、先達の武蔵屋平八が、景の話を聞いていましたが、

「お景ちゃん、馬のおならを笑うもんじゃありませんよ」

と、それでなくとも四角な顔をこわばらせています。

「武蔵屋さん、馬のおならを笑うと、どうなります」

と、わたしは平八に訊きました。平八はわたしと景を見較べるようにして、

「よく覚えておきなさい。馬のおならを笑った者は、あとで必ず恥をかくんですよ」

「……恥？」

「そう。人前でお尻がぶう、と言う」

「それは、大変——」

景は慌て、去って行く馬の尻に向かって、ぺこりと頭を下げました。

「お馬さん、ごめんなさい」

そこへ、宿の女中の声に送られて、わたしの主人、建具屋久作が女房のうめと連れ立って宿から出て来ました。

そのあとから、宝引の辰と女房の柳、子分の算治が顔を見せました。

辰は景が遠くに向かってお辞儀をしているのを見て、苦笑いしながら、

「お景、またへまをしたか。仕様がない奴だ」

と、平八の方を向いて、

「もう一人、仕様がない奴がいましてね」

あまり浮かない顔をしました。

「松吉さん、矢張りいけませんか」

「へえ。今朝見たら、酸漿提灯みたいに脹れあがっています。昨日、よほどひどく足を挫いたようです。ひどく痛がって、一歩も歩けません」

「……そりゃ、困った」

「困りました。もっとも、こりゃあ松吉の粗相ですから、覚悟はしています。今度のお山は諦めて、歩けるようになるまで、宿で流連ける気です」

「〈流連の髪鼈甲で撫でつける〉の流連けじゃねえから、面白くもなんともねえ」

と、算治が言うと、平八はにこりともせず、

「だいたい、昨日の昼、三軒茶屋で食べた慈姑のしんきんがよくありませんでしたね」

「……慈姑を食べると足を挫きますか」

辰がふしぎそうな顔をします。

「いや、慈姑ではなく添えられていた香香がいけません。算えたら、沢庵が三切れ。あのときは皆が気にするといけないので言いませんでしたが、香の物の三切れは、身を切るといって昔から不吉とされていますよ」

そこへ、平八の弟子の吉次が木太刀を担いで宿から出て来ました。大山石尊大権現に奉納する、大願成就と墨書した、義広の銘のある納太刀です。太刀はそれまで、松吉が担いでいたのです。

「皆さんにご迷惑をかけました。どうぞ、気をつけてお発ち下さい。こう、松吉さんが言っていました」

と、吉次が松吉の言伝てを述べました。

わたしの大親方は日本橋の木挽町の建具屋で久兵衛、通称建久といって、木挽町に建久ありといわれるほどの名人です。

働き盛りの職人が一生懸命になって一枚の戸を作る間に、建久は鼻唄まじりで二枚は作ってしまう。中でも得意なのが、細い桟を組んで模様を作る組子で、麻の葉、亀甲、紗綾形はもとより、曲りといって曲線が複雑にからみ合う干網とか富士などの、面倒なものほど楽しいというから手がつけられない。

その建久が五月の節句を過ぎたころ、急に倒れて半身が利かなくなってしまった。医者に診せると中風だと言う。日ごろ、俺の腕はまだまだ上達すると自慢していただけに、この病いはずいぶん応えたようです。

道具を持っても思うように使えないと判ると、奥に籠って口数も少なくなってしまった。

木挽町へ見舞いに来た武蔵屋平八が、親方、蕎麦と猪肉を一緒に食わなかったか、と訊きました。久兵衛は食い道楽で、そういえば倒れる前、確かに馬道の牡丹亭で猪を食い、帰りにもの足らなくなって大下庵で蕎麦をたぐったと言うと、その食い合わせがよくない。貝原益軒先生の『養生訓』にも、蕎麦と猪は中風を発する、と書いてある。

平八は調子づいて、それに親方、冬至に南瓜を食べなかったでしょう。うん、ぼそぼそするから、俺は南瓜は嫌えだ。だからいけません。冬至南瓜といって、昔から冬至に南瓜を食べると中風にならないとされています。といって、これから南瓜を食べても手遅れです。

「でも大丈夫。わたしはこの夏、大山詣りに出掛けます。江戸を発つ前、大川で川垢離を取って、親方の病気回復の願を掛けて来ましょう」

この武蔵屋平八も親の代から建具屋です。親が建久の腕を見込んで倅を弟子入りさせ、平八はそこで腕を磨いたのです。二十年以上前のことですが、今でも平八はなにかがあると木挽町へ顔を出します。

平八の大山詣りの話をそばで聞いていた、建久の倅、久作はそんならわたしも行くと言い出しました。

たまたま、平八の同行者が、神田千両町の辰の一家だという。

辰は十手なんか持って、宝引の辰などと呼ばれていますが、もとは建久の弟子で、いい腕をしていたといいます。

辰が女房の柳と娘の景を石尊に連れて行くというのを聞いて、久作は考えました。建久が倒れてから、女房のうめは看病にかかり切りで、近くの縁日にも出かけなくなった。かなり気が詰まっているには違いなく、このまま続けば病人が二人になってしまう。このあたりでうめを旅に連れ出して外の空気を吸わせてやれば身体にいいはずだ。

結局、大山詣は、久作と女房のうめと供のわたし。武蔵屋平八と弟子の吉次。辰は三人家族と供の松吉と算治。同行十人の旅になりました。

まず、大川両国橋の東で水垢離をとり、七月朔日に江戸を発ちました。
相州大山、またの名を雨降山。江戸から十八里、頂上に阿夫利神社が建てられています。神社は女人禁制ですが、坂本町の上、前不動までは参詣が許されています。聞くと案の定、娘の景がわたしも行きたいとせがんだらしい。景は好奇心の旺盛な活発な子で、さすが腕っこきのご用聞きも、娘には勝てなかったようです。

大山は毎年六月二十八日が山開き。この日を初山といって江戸中の講中が群をなして旅立ちます。七月朔日から七日までは七日山、十四日以降を盆山といい、特に盆山は借金逃れで江戸を逃げ出す者が少なくありませんでした。

参詣登山の回数の一番多い武蔵屋平八が案内役の先達で、赤坂から青山善光寺の前を抜けて宮益町、渋谷川を渡ると道玄坂、富士見坂一本松から目黒、池尻、三軒茶屋で昼食。

香の物の数が気に入らない、と平八が言った茶飯屋で、自慢が慈姑しんきん。慈姑を擦りおろしてつみれのように丸め、油で揚げた料理で、これを食べると気を増し乾きを止める、という。

三軒茶屋から三丁ほど先に行くと、道は二股に分れていて、右の道は世田谷駒場野の方面、そのまま進めば大山道です。

しばらく道をたどるほどに、広広とした河原に出ました。川風が旅の汗を乾かしてまことに爽やかです。ところどころに玉川で釣をしている人が点点と見えます。

登戸の渡しを渡って溝口の宿。

名物は分鯨餅。天明期の江戸の名力士、分鯨は溝口の出身で、その名によった餅だといいます。

先達の平八が分鯨餅のうまいところを知っていました。つるやと書いた角行灯をかかげた掛茶屋です。

一行が床几に着くと、若い女が煙草盆を持って来て平八に声を掛けました。

「いらっしゃいませ。いつもご贔屓でありがとうございます」

平八は茶屋女をちょっと見て、

「この子は愛想がいいの」

「いえ、お世辞ではございません。お客さんは一昨年もお越しになりました」

「ほう……わたしを覚えているのかい」

「へえ。あのときも大山さまで、お客さんはそのとき、茶碗に茶柱が立った、と喜んでいらっしゃった」

「おお、そうだったな。いや、思い出した。お前は二年見ぬ間に、ずいぶん器量を上げたの」

「あれ、まあ。お客さんの方がお口がお上手でいらっしゃるよ」

「前のときも感心したんだが、その前掛けは柔らかものだな」

「へえ。上布でござんす」

「紅染の麻の葉か。目出度い柄だ」

「でも、子供っぽい柄でございましょう」

「なんの、若若しい。よく似合う」

そばで聞いていた松吉が口を挟みました。

「判った。あまり気に入らねえのを掛けているところを見ると、いい人から貰ったのだな」

「違いますよ。これ、わしが赤ん坊のときの産着を仕立て直したものですわな」

「じゃ、いい人はなにをくれた」

「いい人なんかござんせん」

女はついとそばを離れ、すぐ盆を持って来ました。

分鯨餅は大ぶりで、口にすると搗き込んだヨモギが野の香りを放ちます。

松吉は餅を食べながら女に話し掛けます。

「もし、ねえさん。兄妹はいるかえ」

「へえ、兄が二人に姉が二人ございます」

「じゃあ、ゆくゆくは嫁に行くのだ」

「へえ」

「いい人がいねえなら、おれが世話をしてやろうか」

「ありがとうございます」

「ご両親は健在か」

「へえ、達者でございます」

「宗旨（しゅうし）はなんだ」

「浄土宗」

「寺は近所か」

「いえ、ちと遠うございます」

「葬礼はなんどきだ」

「松、なんということを言うのだ」

と、辰がたしなめると、松吉は丸い顔を振って、

「いや、つい口が滑った。寺を訊くからいけねえ。お宮がいい。ねえさん、お宮さんは近くか」

「へえ。田の神様ならすぐそこにございます。眠り大黒（だいこく）さんと申します」

「眠り大黒ね。ご利益はあるのか」

「ございます。居眠りの睡魔を退散させる神様ということで、信心しますと誰でも身体が丈夫になって働き者になります」

「そうかい。そういう神様なら、拝んで来ますか」

松吉は急にそわそわして、荷の中から札を取り出しました。自分の名を刷った千社札です。

横目でそれを見ていた平八が松吉に言いました。

「松さんね、千社札というのは千社参りの意味ですから、きちんと千社を参詣しなきゃいけません」

「へえ、それでしたら拍子木かちかちでやす」

ところがこの男、本当に承知しているわけではない。神社仏閣に納札するのは、信仰に無縁と言わないまでも、かなり道楽なところがある。道楽だから千社札も凝った色を使い「神田十八公」という名が刷られています。十八公というのは松吉の松の字を崩して作った名で、松吉はこれを表徳に使っているのです。

泊りは次の荏田宿で、ここから荏田までは二里余り。ゆっくりしても、明るいうちに着くことができます。それでも松吉は皆に気兼ねしてか、餅を急いで食べ終え、茶を一口飲んで立ち上がりました。

「松つぁん、わたしも行く」

松が立つのを見た景は急いで餅を頬張りました。

景が目の色を変えるわけは、松吉はふしぎな札の貼り方をするのです。これまでの道中でも青山善光寺、中丸子村の無量寺などをはじめ、目につけば小さな社でも、松吉は小まめに千社札を貼って来ていました。それを見ていると、好奇心の強い景でなくても感心してまた見たくなってしまいます。

景が立つのを見て、算治も腰を浮かせます。武蔵屋平八の弟子、吉次も一緒というのでわたしもついて行くことにしました。

眠り大黒はつい目と鼻の先で、そう大きい社ではありませんが、一歩境内に入ると、森に入ったようにひいやりとします。

松吉は賽銭箱に文銭を投げ込み、ざっと手を合わせてから、社殿のあちこちを見渡します。かなり古びた建物で、千社札も多くはなく、どれも色褪せていて、低いところに貼られている。

松吉に言わせると、納札は高いほどいいのだそうです。あんな高いところに、どうやって貼ったのかと、参詣者が呆れるのが自慢で、それには長い竿などを使うのですが、旅先のことでそうした道具は道楽にしても邪魔で、持って歩くわけにはいかない。

しばらくすると、見当がついたようで、松吉は手水舎に行って手拭を水にひたしてよくしぼり、四角に畳みました。糊を塗った納札を裏向きにしてこの上に置き、手拭とともに上に投げ上げるのです。札は手の届かない天井裏などに貼り付き、手拭は下に落ちて来る。これを投げ貼りというのだそうで、この方法だと竿を使わなくとも、高いところに札が貼れます。

松吉は用意した手拭を持って社殿の下に戻りました。松吉が狙いをつけている場所が判ります。正面の向拝の裏に札を貼ろうというのです。

「お景ちゃん、よくごらん」

松吉は両手で手拭を持ち、二、三度弾みをつけて上に投げ上げました。手拭は狙ったとおり天井に当たって松吉の手に落ちて来ました。そして、札はと見ると、どうしたことか、片端が天井に着いたままで、全体がだらりと垂れ下がっているのです。

「いけねえ。力が足りなかったか、糊が薄かったか……」

松吉は残念そうに天井を見上げます。景が笑い出しました。

「やあ、首吊りみたい」

なんともぶざまな姿なのです。松吉は手拭に目を落としましたが、それを使う自信はないようで、勾欄に登って手を伸ばします。

「算治、ちょっと肩を貸してくれないか」

肩車をしてもらえば、札に手が届くと読んだようです。

算治は仕方なく苦笑いしながら勾欄に登りしっかりと足場を定めます。松吉がその肩に乗ります。

「よし、いいぞ」

松吉の手が札に触れようとしたときでした。指先に気を取られすぎたのでしょう。松吉の身体が崩れた、と思う閑もありません。松吉は勾欄から転げ落ち、起き上がったときには、額に千社札が貼り付いていました。

そのときのはずみで、松吉は右足首をひねったらしい。

「なに、大丈夫だ」

と言い、足を引き摺るようにして荏田宿までは辿り着いたのですが、翌朝になると松吉の足首は倍にも腫れ上がり、足を地に着けることもできなくなっていたのでした。

松吉が立つこともできないと聞くと、先達の平八は、

「神仏で遊ぼうなどと思うから、こういうことになる」

と、極めて不機嫌です。

「それで、松吉さんはいつまでここにいるつもりですか」

算治が答えました。

「あの様子では、今日、明日は動けねえでしょう。でも、怪我のことですから、これ以上は悪くなりません。工合を見て、駕籠を誂えて江戸に帰る、と言っています」

「……まあ、気の毒だがそうしてもらうよりないでしょう」

一行の案内役の先達としては、全員無事の大山参りを望んでいるわけで、一人でも落伍者が出たのは心残りに違いありません。ところが、悪いことは重なるもので、もう一人病人が出てしまいました。

荏田宿の次の長津田の立場。一足遅れていた武蔵屋平八と弟子の吉次がなかなか追い付いて来ません。

掛茶屋で煙草にも飽きるころ、二人が姿を見せましたが、亀のような足取りで、吉次の方は腹を押えています。

「吉次が腹を悪くしました。尾籠な話で恐縮ですが、十歩歩くともう催します」

「薬なら持っていますよ」

と、辰が言うと、平八は手を振って、

「さっき、万金丹を飲ませたばかりです。少しも効きません」

そう言っている間にも吉次はきょろきょろし、掛茶屋の手水場に飛び込んで行きました。

「昨夜も今朝も、宿で同じものを食べました。それなのに、わたしたちはなんでもないですね」

「そう。よく訊くと、朝飯のとき、吉次は梅乾の種を割って、中の天神様を食べたそうです」

「……」

「昔から言うでしょう。〈梅は食うとも核食うな　中に天神寝てござる〉と」

「昔の人はよくそんなことを言っていましたね。しかし、わたしも子供のころいたずら半分に食べたことがある」

「お腹を毀したでしょう」

「さあ……覚えていませんね」

「いえ、きっと毀しているはずです。青梅はもっといけない。命を落とすことがある」

そこへ吉次がげっそりとした顔で手水場から戻って来ました。

「どうだ、大丈夫か」

平八が訊くと吉次は蚊の鳴くような声で、

「いえ、いけません。あっしに構わず、先にお出掛けんなって下さい」

「……しかし」

「いえ、ここで愚図愚図していると、宿に着くのが夜になってしまいます」

「お前はどうする」

「仕方がありません。お山は止しにいたします」

「そりゃ……諦めのいい」

柳とうめは顔を見合わせました。吉次まで独りにして発つのに忍びないようです。しかし、吉次はさっぱりしたもので、

「なに高が食当たりですから、すぐによくなりましょう。でも、身体にさっぱり力が入らなくなったので、お山は無理だと思います。しばらく休んで、ゆっくり帰ることにします」

と、また手水場の方へよろよろ歩き出しました。

長津田から下鶴間、厚木、伊勢原、子易から大山に入るのが大山道です。

「長い間にはいろいろなことが起こるものですよ」

道道、平八は辰に話し掛けました。

「旅先で病人が出たことがありますかね」

「よくあることです。第一、土地土地で水が変わる。そう、あれは庚申ですから、二年ほど前になります。わたしがはじめてお富士さんに登ったときのことです」

「庚申というと、女の富士登山が許される年ですね」

「そう。六十年に一度、女人禁制が解かれます。前は寛政十二年でしたが、善女たちがお山に押し寄せるものですから、道中は大変な賑わいになり、街道筋では宿でない家まで客を泊めたということです。その年も前に劣らない騒ぎになりましたよ」

富士信仰は昔から盛んです。

長谷川角行を祖とする富士講が各地で大勢の信者を集めています。その勢力を侮り難いと見た公儀は、しばしば禁止令を発しましたが、その弾圧にもかかわらず富士講は下火になることがありませんでした。

「わたしが入っていた講は、薬師小路弁契という行者が先達で、講元は同じ町内の甲州屋八兵衛という呉服屋の主人、そして世話人はわたし。講の名は弁契講といいます」

弁契講は五年が一巡り。年年、講金を集めて、総員の五分の一を毎年登山させるのです。

毎年六月一日が山開き。講中は白木綿の行衣に手甲脚絆、同じく白布の鉢巻で草鞋がけ。講名を書いた菅笠をかぶって、手には金剛杖、首には数珠、腰には鈴を着けるという揃いの姿で、家人や知人に見送られながら出立します。

残った人たちは、各所の浅間神社の祭礼に出掛け、藁蛇を買って家に置き、一年の除災を願うのです。

「はじめにも言ったように、その年は庚申で、お山の女人禁制が解けるのですから、その期を逃すわけにはいかないという元気な女子が大勢名乗り出ました。だが、誰も彼もというわけにはいかない。汚れのある女が登ると神罰が下って必ずお山が荒れる、といいますからな」

その人選びにはずいぶん苦労したそうです。

結局、弁契講で登山することになったのは、男が二十三人、女が二十人の団体になりました。

霊峰富士は二つとない名山で不二の字を当てる。一月三日は初富士で、早朝に富士を拝むほど江戸の人たちに愛されている山です。しかし、遠くから見ては美しい山でも、いざ実際に登るとなると容易ではない。

新宿大木戸を出て甲州街道。日野からまず高尾山に詣で、小仏峠を越えて大月から富士街道。富士吉田の御師の宿までが三日の旅になります。

富士山は吉田口から頂上までが九里。一里目を一合目、二里目を二合目と呼び習わしています。山中に入ってからは、麓の岩室で一泊。ご来光を拝むには夜中から頂上を目指さなければなりません。

三合目あたりから草木はなくなり、窪地には雪が見える。道は岩石がごろごろしている。そのうち山冷えがして、高くに登るほどに山に酔う人もでてきます。

頂上では火口の周りを歩くお鉢めぐりをして、富士権現に参拝してご来光を待つ。帰りは須走口に下り、箱根の足柄峠を越えて関本に下山。再び登りになり大雄山最乗寺、道了尊を参詣、ここから大山に足を向けて、阿夫利神社を参拝。帰路は伊勢原に出て、東海道藤沢から品川。江戸を出てから帰るまで、丸八日間歩きづめの旅なのです。

もちろん、それは天候に恵まれたときの勘定で、もし山が荒れたりすると日程が狂うばかりではなく、危険な目に遭わないともかぎらない。往来切手には、もし病気で死んだらその土地で葬るように書いてあるほどです。

そういう難儀をしますから「富士に一度登る馬鹿、二度登る馬鹿」とはよく言ったものです。それでも、山好きの人はその旅がこたえられないそうで、武蔵屋平八もその一人。富士へは三度、大山へは十度以上登っているという。

庚申の年の登山も平八は大張り切りで、留守の講中に送られながら、鈴を振って威勢よく江戸を発ちました。

新宿大木戸を出て甲州街道を西へ。下高井戸、上高井戸を越して、布田の五宿を過ぎて日野で一泊。弁契講は休む立場も、泊りの宿も毎年同じです。

出立の日は誠に穏やかな日和で、全員が元気で宿に着きましたが、翌日になると小雨が降りはじめました。雨は次第に強くなって、風も激しくなっていきます。

先達の弁契はしきりに空を見ていましたが、

「赤く丸い雲気が見えます。これは、天祐の気といって大吉のしるし。惑わず出立しましょう」

と、太鼓判を押しました。その言葉で一行は旅支度にかかりましたが、一人だけ枕が上がらなくなった人がいました。

「小島屋という半襟屋の女房で、おとしさんという、いつもは大変に元気な人なんですが、いくら蒲団を着せてやっても、真っ赤な顔をしてぶるぶる震えて寒がっている。額に触れると、火のように熱い。とても旅どころじゃありません」

と、平八は言いました。

このとしという女房は、そのとき三十歳になったばかりですが、若いころは浅草の水茶屋の茶屋娘をしていました。大層な美人で、丘本聞滋の一枚絵になったほどの人気者でした。小島屋の若旦那がこのとしを見初めて嫁にしました。嫁入りしてからは小島屋の店に出て、艶やかな新造姿で客に愛想を振り撒いています。

富士講には若旦那が入っていたのですが、おとしのたっての頼みで、若旦那の代参をすることになったのです。

「わたしと講元の甲州屋八兵衛さんが宿に残っておとしさんの様子を見ることになりました

が、一向に熱の下がる気配はない。そのうち医者が来て容態を診る。医者が言うには、この身体でお山などはとんでもない。絶対に安静にしなければだめだ」

「それで、おとしさんは旅を諦めたのですね」

と、辰が訊きました。

「そう。仕方がありません。手紙を書いて飛脚を立て、江戸に事情を報らせる手配をしてから、わたしと八兵衛さんは宿を発って講中の後を追いました」

道道、八兵衛はとしの身持ちがよくなかったのではないか、と平八に言いました。庚申の年に限り普通の女が登山しても少しの差し障りもないが、汚れある女にはたちどころに神罰が下る。とくに遊女屋の母、女房などが推参するときには麓にて狂気し、身体が痛み、大雷雨などの天変が起こり、参詣ができなくなるものだ、という。

もとはといえば、としは美形で鳴らした水茶屋の女。当然、言い寄る男が大勢いたはずで、好ましくない相手に対してでも、うまくあしらっていたとしてもおかしくはない。としの方では欺す気はなくとも、相手の男に怨みを抱かれていたとすると、これも罪のうちです。

「しかし、お山へ入る前でよかった。危険な場所の多い山中で天変地異でも起きたら、講中が巻き添えになってしまう。まあおとしさんの耳には入れたくないが、厄落としだと思いますね」

平八と八兵衛は八王子で講の一行に追い付きました。でも、やれやれと思ったのは束の間で、今度は風雨が激しくなるばかりです。

「まだこの中に、不心得者が混じっているかもしれない」

八兵衛はそっと平八にささやきました。

仕方なく、その日は八王子の宿で一泊して雨の収まるのを待つことにしました。

翌日、雨は上がりましたが、朝近くまで降り続いたようで道がかなりひどくなっています。

女たちは遅れがちですが、落ち合う場所は高尾山の登り口、清滝（きよたき）の茶屋ということで、三三五五、足を進めました。

ところが、今度は講中の一人が、なかなか茶屋に到着しません。甲州屋の番頭で伊之助（いのすけ）という男でした。

「伊之助は天狗にさらわれたのです」

と、平八は言いました。


「天狗って、本当にいるんですか」

と、景は目を丸くしました。

「ええ、います」

「武蔵屋さんは、見たことがあるんですか」

「いいえ、ない。なくとも、います。悪いことをした者がお山に入ると、天狗がさらって、八つ裂きにして谷底に捨てます。だから、悪いことはできません」

平八はちょっと辰の方を見て、

「親分は笑っておいでだが、これには証拠がございます」

「……証拠？」

「はい。わたしたちが心配しているところへ、別の講の連中がやって来て、わたしたちの笠を見るなり、やあ、弁契講はここだここだと口口に言い立てます。なにごとかと思っていると、講中の一人が手に持っていた菅笠を先達に見せ、この笠の持ち主はいるか、と訊くんです」

笠には弁契講の字と、甲州屋伊之助の名が書いてありました。

先達の弁契が、

「確かに伊之助という者は内の講中ですが、どうしたことか、一行から離れてしまい、いくら待っても来ないので、心配しているところです」

と、言うと、その講の者たちは顔を見合わせました。弁契が、その笠はどうしたのかと訊くと、笠を持っている男が、

「ここに来る途中、谷底に転がっていたのを見付けたのですよ。もしかして、人でも落ちたのではないかと谷底に下りてみると、人はどこにも見当たらず、この笠だけが落ちていたのです」

と、答えました。

すると、伊之助はどこへ消えてしまったのでしょう。誰も口にはしませんでしたが、皆、恐ろしいことを考えていました。

「伊之助は天狗にさらわれた。笠はそのとき落ちたので、伊之助は今ごろ遠いところで八つ裂きにされている、と」

辰は真顔になりました。

「その、伊之助という男は、天狗にさらわれるような悪いことでもしたのですか」

「そう、小島屋のおとしと、伊之助の仲が怪しい、と言う者がいました」

「……おとしには亭主がいる。不義密通ですか」

「お景ちゃんの前でこんな話をするのはなんですが、まあ、そういうことです」

「わたしなら平気よ」

と、景はけろりとした顔で言いました。

「おさん茂兵衛、お半長右衛門、いろんなものを本で読んでいるから」

「……全く、お景ちゃんは新しい」

平八は笑って、

「伊之助というのはそのとき、三十前後。芝居の門脇杜若に似た男前で、きびきびとよく働く。主人の八兵衛が特別に目を掛けて、お山にも供に連れて行ったほどです。そうした男ですから、女の一人や二人いてもおかしくはない。しかも、おとしさんの店は半襟屋、伊之助の店は同じ町内の呉服屋ですから、会うことも多いわけです」

「でも……主ある人の女とは、穏やかではない」

「だから、天狗様がお怒りになったのです」

「……それは大変だ。大勢の講中だから、そうした不心得者は、伊之助だけとは限らないでしょう」

「それで、清滝で垢離を取り、罪障を懺悔(さんげ)しなければなりません」

たった今、伊之助が行方不明になったばかり。人は誰でも多かれ少なかれ罪障を持っているもので、災いがわが身に振り掛かってはたまりませんから、われ先にと滝に入り、懺悔懺悔六根清浄(ろっこんしょうじょう)の大合唱になりました。

中には罪を懺悔する者もいます。ですが、大抵は他人の悪口を言ったとか、ものを拾って届けなかった、というような他愛ないものです。

ただ、平八はふしぎな懺悔を聞いたのが忘れることができません。

「懺悔懺悔、わたしの本当の名は四兵衛(よへえ)と申します――」

妙なことを言う人がいると思って、平八がそっとその声のする方を見ると、それは甲州屋八兵衛でした。

馬入川の渡しを渡ると、ほどなく厚木の宿です。

宿の中ほどにかめやという飯屋があり、とろろ汁を自慢にしているそうです。

「溝口ではつるやの分鯨餅、厚木ではかめやのとろろ汁ですか」

と、辰は感心したように言いました。平八はにっこりして、

「そう、鶴に亀。縁起がいい取り合わせですからお山のときはいつでもその二軒に寄ることにしていますよ」

食事はとろろ汁にせたやき芋。せたやき芋というのは擦り下ろしたやまの芋を、四つ切りにした海苔の上に平たく乗せ、これを一度油で揚げてから、金串に刺してたれで焼き上げたもので、ちょっと見ると鰻の蒲焼のような擬製料理です。とろろ汁とはまた違った風味で、二つの取り合わせがよく合っています。

食後、わたしがなにげなく茶碗に茶を注ごうとすると、

「新吾さん、そりゃよくない」

と、平八に止められました。

「とろろ汁を食べたあとの茶碗で茶を飲むと、病気になるからいけない」

「……そうですか」

「そうだよ。新吾さんは若いから知らないだろうが。ねえ、お柳さん、そうだろう」

平八は並んでいる柳とうめの方を向きました。

「よく、そう言いますね」

と、二人は相槌（あいづち）を入れました。わたしはそんなものかと思い、注意してくれた平八に礼を言うと、辰は煙管（きせる）を取り出す手元を見たまま、

「それで、伊之助さんとやらは、無事、江戸に戻っていたのですね」

と、言いました。平八は一瞬、なんのことか、という顔をしましたが、すぐ、

「ああ、さっきのお富士さんの話の続きですね」

と、うなずき、

「ええ、わたしたちは旅の間中、伊之助さんのことを心配していたのですが、江戸に帰ると、伊之助さんはけろりとした顔で、品川まで迎えに来た町内の人たちに混っていました」

「そりゃ、よかった」

「伊之助さんの話を聞くと、これが大層ふしぎでしてね。宿を出て歩いているうち、なんだかあたりが霞んできて、頭がぼうっとなってしまった、と言います」

「……富士の頂上近くになると、山に酔う人がいる、と聞いたことがありますがね」

「そう。わたしもなん人かそういう人を見ています。でも、まだ山の中じゃありません。そして、もっと奇妙なのは――」

平八は湯呑みの茶で唇（くちびる）を湿してから、

「伊之助さんはそのうち気が遠くなり、なにも判らなくなってしまいました。どのくらい刻（とき）

が経ったのかも判りません。気が付くと東海道品川の駒掛けの松あたりで、自分は江戸の方に向かってただ一人で歩いていた、と言うんです」

「ほう……」

「それで、われに返っても、もう、お山の方へ行く気はしなくなり、店に帰って仕事をしていたのだそうです」

「つまり、天狗にさらわれたのだが、伊之助さんは八つ裂きにはされず、品川に連れて行かれた、というのですか」

「他には考えられません。わたしは今でもそう思っています」

「八つ裂きにされなかったということは、小島屋のおとしさんとの仲も、ただの噂にすぎなかった」

「そのとおりです。どうも世の中には、だろうをそうだにしてしまう人が多い。困ったものです」

「もし、あらぬ噂が拡まって、ご亭主の耳にでも入ったら、おとしさんはそれこそ災いですな」

「ええ。無事でなによりでした」

「おとしさんも元気になって江戸に帰ったのですね」

「そう。店に飛脚が届きまして、店の者が日野まで迎えに行き、回復したころ駕籠で戻ったそうです。江戸で医者に診てもらい、病名がはっきりしました。おとしさんは麻疹でした」

「……麻疹、ね」

「自分でも忘れていたそうですが、おとしさんはこれまで麻疹に罹ったことがなかったそうです」

「そりゃ、珍しい」

「そういうことが、稀にはあるんだそうですな。こりゃあ、子供の病いですから、当人は恥かしがっていました」

「しかし、病気が判れば、それに応じた手当てができる。なによりでした」

辰はにこっとして、煙管をくゆらせました。

平八はその横顔をつくづく見ながら、

「しかし、親分。さっきまでこの話は半分までしか喋りませんでしたよ。それなのに、伊之助さんがどうして無事に江戸へ戻って来たということが判ったんですか」

「そりゃあ、判ります。ついでに、伊之助さんをさらった、天狗の正体も、ね」

「……天狗の正体。そんなもの、あるんですか」

「ありますね。罪もない人をさらってしまうような、そそっかしい天狗様なんて、聞いたことがありませんから」

辰に言われてみると、なるほどとは思いますが、それではなにがどうしたと言うのでしょう。わたしの頭の中がこんぐらかりそうです。

平八も同じとみえて、

「天狗ではない、とすると、親分。伊之助さんを品川にまで戻したのは、一体、なんなんでしょう」

「手短かに言えば、金です」

「……金？」

「こう言ってしまえば、身も蓋もなくなりますが、伊之助さんは金を渡されて、江戸へ帰るように頼まれたのです」

「……それは、誰ですか」

「伊之助さんを言い聞かせる人は一人しかいない。伊之助さんの主人、甲州屋八兵衛さんです」

「……八兵衛さんが――」

平八が絶句していると、辰はぽんと音を立てて煙草盆に煙管の火を落とし、

「そりゃ、八兵衛さんの本名が四兵衛だった、と聞いたからです」

と、言いました。

夕時の間は賑やかだった一行は、もう喋る者もいません。じっと辰と平八の話に耳を傾け

はじめました。

辰は空になった煙管を一吹きして残りの煙を追い出し、改めて煙草を詰めはじめました。

口調は相変わらず穏やかで、

「平八さんなら、八兵衛さんがなぜ四兵衛という名を嫌ったか判るでしょう」

平八はどきりとしたように言葉を詰まらせました。

「そ、それは……四の字を嫌ったからでしょう」

「そのとおり。四は死の音に同じですから、嫌う人が多い。土地によっては、四つ違いは夫婦にならない、とか、四つ違いは死に別れになるとも言います。八兵衛さんもそうで、本名の四兵衛を使わなくなった。八なら末拡がりで縁起がいい。つまり、世間に嘘の名でとおしていたわけで、これはお釈迦(しゃか)様が戒(いまし)めた五戒のうち、妄語戒の一つに当たる。それで、懺悔をして身を浄めようとしたわけですよ」

「その八兵衛さんが、なぜ、伊之助を江戸へ帰したのですか」

「八兵衛さんの嫌いな数を避けるために、ですよ」

「……四、ですか」

「いや、まだ縁起のよくない数があります。男の大厄が四十二」

「……」

「平八さんははじめに話したじゃありませんか。お山に発った弁契講は、男が二十三人、女が二十人。総勢四十三人だった」

「あ――」

わたしにもやっと辰の言いたいことが判りはじめました。四十三人の講中のうち、日野でおとしさんが発熱して旅ができなくなってしまった。四十三から一人いなくなれば四十二。簡単な計算です。

四の字を嫌う八兵衛なら「死に」と同じ音の四十二という数は、いつも気になっているはず。

「講中が四十二人になってしまったことに、八兵衛さんはひどく頭を痛めました」

と、辰は続けます。

「その上、悪いことに、朝になると雨になっている。先達の弁契さんが、大丈夫だと言ったにもかかわらず、雨は強くなるばかり。こりゃあ、四十二人という人数で験(げん)が悪い。八兵衛さんならそう思うでしょう」

平八は黙り込んでしまいました。辰は平八をちょっと見て、

「そこで、講中のうち、もう一人欠ければ四十二は避けられると思い、自分の店の番頭、伊之助さんに江戸へ帰るよう言い渡したのですよ。こりゃあずいぶん理不尽な話ですから、金をつけてうんと言わしたのに違いありません。もし、伊之助さんが不承知なら、隙を狙って谷底へ突き落としたかも……いや、まさかそれはねえでしょうが」

「それが、天狗様の正体ですか」

と、わたしが訊きました。

「そう。勿論、これは二人の間の密約ですから、講と自分の名を書いてある笠が邪魔になる。講からはぐれた者は、宿でも不審に思われるだろうし、万一、道中で顔見識りに会ったら困る。というので、笠は谷底に捨ててしまい、天狗にさらわれたような姿で江戸に帰って来たのです」

「八兵衛さんは、そのために懺悔をしたのですね」

「そう。自分は本名の四兵衛を嫌うほどの者、それに免じて伊之助のことも宥して下さい、という意味をこめて懺悔をしていたのです」

わたしはあることに気付いて、そっと平八の顔を見ました。気のせいではなく、平八は少し青ざめています。

平八は八兵衛に劣らず御幣担ぎで、験をひどく気にします。

荏田では景に馬の放屁を笑うものではないと言い、三軒茶屋では香香の数を気にし、建久の見舞いに来て、蕎麦と猪肉を食うと中風になると言い、冬至には南瓜を食べなければいけないと教え、溝口では茶柱が立つのを喜び、茶屋女の麻の葉の柄を誉め、松吉の千社札に顔をしかめ、梅乾の種は食うなと戒め、つるやとかめやに立寄るのを習いとし、とろろ汁の茶碗で茶を飲んではいけないと言うように、限りがありません。

わたしが辰と同じように、大山参りの人数を算えてみると、辰と女房の柳、娘の景、子分の松吉に算治の五人。建久の息子、久作と女房のうめとわたし。武蔵屋平八と弟子の吉次ですから、合わせるとちょうど十人になります。

ところが、溝口で松吉が不注意から足を捻挫してしまい、歩けなくなってしまった。同行十人が九人になったのです。九は苦と同じ音で、四と同様にこの数を嫌う人が多い。たとえば、年の暮の二十九日には餅を搗かない。苦持ちといってだいたいの人が避けています。

旅先のことで、一人が欠けてももう一人を補充するというわけにはいかない。結局、もう一人を外すしかない。それで、平八は弟子の吉次を病気に仕立てて、講から外したとしてもおかしくはない。平八は計らずも八兵衛と同じことをしてしまった。

しかし、辰はのんびりと煙草の煙で輪を作っていました。

これから、伊勢原から子易へ出て日のあるうち大山の御師の宿坊に着きました。

この日は宿坊で一泊するのですが、普通の宿のようにはいきません。大広間にかび臭いような蒲団が敷き詰められ、大勢が河岸に上げられた鮪（まぐろ）のようになって寝なければならない。

それでも旅の疲れでぐっすり寝込みましたが、ふともの音で目が覚めた。宿坊沿いを流れる滝の音で、いつもとは違う場所で寝ていたことが判りました。あたりはまだ暗く、皆寝静まっている。起きるにはまだ早い。もう一眠りしようと寝返ると、近くに寝ていた人がもぞもぞと起き上がりました。行灯のわずかな明りで、その姿が武蔵屋平八だと判りました。普通でしたら、手水場にでも行くのだろうと気にも止めなかったでしょうが、昼のことが頭にあり、気になってなりません。

わたしもそっと起きて、あとをついて行くと、平八はそのまま外に出ました。上弦の月の明りの下、平八は良弁滝の方に向かっています。

山に登るときは、この滝で垢離を取ってから支度をするのですが、滝のあたりにはまだ人の姿はありません。

わたしが石灯籠の陰に身を寄せて見ていると、平八は滝のそばに建っている小屋に入りました。しばらくすると裸になって現れ、滝の下に立つと両手を合わせました。

「懺悔懺悔――」

滝の音に混って、わたしの耳に平八の声がはっきりと聞こえてきました。

「懺悔懺悔、わたしの本当の名は平四郎と申します……」

にっころ河岸（がし）

おれ、お大名と会ったことがあるんだ。

青大将——じゃあない。お大名。確かにね、おれみたいな小僧とお大名とじゃあ、月にすっぽん。青大将の方がふさわしいが、本当のことなんだ。

そのお大名というのが、沼垣藩一万五千石、松本長門守義雄という殿様で、十年前に家は長男に譲られて隠居。向う柳原の下屋敷に移られてからは号を青峰とされたお方なんだ。

去年、三の酉が済んだころ、御徒組の組屋敷、掛矢清四郎という人の住まいから出火。暮六つ（午後六時ごろ）下女が行灯に油を差すとき、不注意にも油をこぼしたのが火になったそうなんだが、幸いにも大火にならず消し止められた。その少し前まで雨だったこと、風がなかったことが大事に至らなかった。それでも掛矢家は全焼、両隣は半焼してしまった。その火が近くの青峰様の下屋敷に飛んで、お庭にあったお茶屋が一軒灰になったんだ。お茶屋の屋根は瓦葺きじゃなかったから、ちょっとした火の粉でも焼けてしまうんだ。

このお茶屋からお庭の全景が見渡せる。お茶屋は数寄屋造りで、中は茶室と勝手と水屋だけという小さな庵なんだが、棟や柱には皮付きの材木や船板が使われていて、大層雅趣のある建物だったという。

来客のときには、屋敷の蔵から掛け軸や置物が運ばれて、床の間や付書院に飾られる。茶碗や茶杓や香合なども名のある名物が使われるそうなんだが、火事のときには来客がなかったから、そうしたものは無事だったんだ。

その年が明けてからお茶屋が建て直され、おれの親方が畳を請け負うことになった。親方は神田鈴町の畳屋で現七。というより、総身に蓬丘山の彫物が入れてあるところから、蓬丘山の現七と言った方が通りがいい。

現七親方は親の代から、沼垣藩の下屋敷のお抱えで、翌年お茶屋が建つと、すぐ呼び出されて畳を入れるように言われた。そのとき、おれのことが殿様の耳に入ったんだ。

親方は下屋敷から帰って来ると、すぐおれを呼んで、

「向う柳原の殿さんもずいぶん茶人だ。なにかのとき、お前のことを話すと、なにが気に入ったのかしらねえが、ぜひ、お前の口からあの話が聞きたいという。勇次、明日はお前を屋敷へ連れて行くから、覚悟しておけ」

と、言い渡したね。

「あの話というと、あたしが子供のころの、あれですか」

「そうだ。あれしかねえじゃあねえか」

「それは……困った」

「お前が困ることはねえ。殿さんが聞きたがっているんだ」

「でも、あの話をして、これまで人に感心されたことは一度だってねえんです。第一、親父に話をしたら、この野郎、大した嘘吐きだてんで引っ叩かれました」

「そりゃ、もっともだ」

「お袋にも相手にされませんでした。殿様だってきっとそうだと思います。この小僧、口から出任せに言いたい放題を言うと、縛られてしまいます」

「なに、大丈夫だ。殿さんは話の判る方だから、そんな乱暴はしねえ。もしも、怒りそうになったら、おれが仲に入ってやる。なに大名と言っても四角張った上屋敷と違い、下屋敷はなにかにつけて気が楽だから、あまり案じることはねえ」

と、言っても、仕事着のままというわけにもいかない。朝、一番に床屋へ行って髪を整え、帰ると親方のお上さんが、小ざっぱりとした着物に羽織まで用意してくれている。おれはまだ小さいから、羽織はだぶだぶしてしまうが贅沢は言えない。

神田鈴町から、親方と一緒に北へ。紺屋町の先が柳原の土手で、土手下には古着屋や古道具屋の床店が軒を連ねている。あちこちの店は客でざわめいているが、夕刻店が閉まると人通りがなくなり、夜の辻君が出没する。

その客や辻君を目当てに、芋や蒟蒻の煮転がしを売る担い売りなども集まり、そのころこの河岸を誰言うとなく「にっころ河岸」と呼ぶようになった。

神田川に架かる新シ橋を渡ると、向う柳原で、町屋を過ぎて三味線堀のあたりまでは、大名屋敷が集まっている静かなところだ。

松本様の屋敷は長い海鼠壁の塀が囲み、門から中に入ると、お広敷の玄関までがかなりの道中だ。

用人の案内で、中庭に面した座敷に通される。お小姓というのかな。芝居にでも出て来そうな若侍が茶を運んで来てくれた。

しばらくすると、殿様がおいでになる。年齢は五十歳前後、血色のいいふっくらとした穏やかな顔立ちで、白無垢の紗綾形綸子に黒羽織で、紋は丸に三つ山。

殿様は興味深そうにおれを見ていたが、

「勇次というそうだの。年は何歳になるか」

と、おっしゃった。おれがもじもじしていると、そばで親方が、

「遠慮なくお答えしなさい」

と、言ってくれた。

「十六歳になります」

「さようか。悧発そうな顔をしておる」

棟梁はにこっとして、

「たいへんにもの覚えのいい小僧でございます。形りは小さいが、もうなにをやらせても一人前になりました」

「先が楽しみじゃな。その方、以前に不思議な体験をしたそうじゃ。現七から聞いたのだが、もう一度、お前の口から聞かせてもらえぬか」

「はい。今思うと自分でも信じられぬほど妙な出来事で、お聞きになってあまりにも烏滸の沙汰であると、お腹立ちにならぬようお願いします」

「だが、それは事実であろう」

「はい。作り事ではございません」

「それなれば苦しゅうない。ありのままを話してみよ」

「あたくしは信州下諏訪の生まれでございます」

「うむ。諏訪因幡守殿のお国じゃな。高島城という、有名な浮城がある」

「はい、あたしの生まれはその湖よりずっと山の中で、忘れもしません、十三歳の春のことでございました。父親と山に入り、谷川で釣をした帰り、父親とはぐれてしまい、どうしたことかよく知っているはずの道に迷って闇雲に道のない山を歩いていますと、一人の老人に出会いました」

「ほう……」

「眼光の鋭い、骨張った顔に白く長い顎鬚を生やしている。白い衣のような服をまとっていますが汚れてはいない。山歩きをしているにしてはふしぎなほど清潔でございました。その老人が言うには、お前はとても疲れているようだから、いいところへ案内する。そこで休んでからわしが里まで送り届けてやる。あたしは言われるままあとについていくと、老人は羽根でも生えているような身軽さでございました。そして一町もいかぬうち、あたりが明るくなると思うと広広とした平地が現れ、そこに宮殿のような建物が現れたのでございます」

「そういうような建物があると、聞いたことがなかったのじゃな」

「はい。山にはエンコザルとかモモンバァが出るとは聞いておりましたが、そのように美しい宮殿があるとは知りませんでした」

「その、エンコザルというのはなんじゃ」

「猿の妖怪かと思われます。両手が左右に抜けていて、一方が縮むと他方が伸びると伝えられております」

「モモンバァというのも妖怪か」

「はい。モモンガァの年を取ったのだそうでございます」

「なるほど」

「宮殿の庭は広くて、さまざまな花や果樹が植えられておりました。兎(うさぎ)や馬なども放し飼いにされていますが、あたしたちが近付いても逃げようともいたしません。すると、宮殿から若い娘が出て参りました。はっとするような美しさで、紅色の服を着、天女を見るようでございました。あたしはその娘の案内で宮殿に入りました。その広さといい華やかさといい」

とてもこの屋敷などとは較べものにならない。そう言いかけて言葉を飲み込んだよ。我に返ってよかった。もし、そんなことを言ったらただで済みそうもない。

「大広間のようなところには、中央に一際美しく着飾ったお姫さま、左右に三人ずつの女官が並んでいて、明日は面白い狂言がある。今日はもう遅いからここで食事をして泊り、明日、狂言を見てから帰るように、こう言われました。今日、帰らなければ家の者が心配するだろうと思いましたが、道案内の老人はどこにも見当たりません」

「結局、宮殿に泊ったのだな」

「はい。これまた立派な寝所で、横になるとすぐお姫さまがそばにいらっしゃり……」

「春山欲雨となったか」

「いえ、散散よく食ったのはその前で」

「そうではない。その姫と懇ろに相成ったかと訊いておる」

「いえ、ごろ寝じゃあございません。結構な絹の蒲団で」

「判らんかの。共寝をしたのであろう」

「……恐れながら、お祭をいたしました」

「町方ではお祭と言うのか」

「悦血とも申します」

「なるほど。それで、どうした」

「はい。ちょうど、虹色の雲の中を歩いているような気持で、翌日は狂言を拝見し、あたしを宮殿に案内してくれた老人とそこを出ました。お姫さまは別れるとき、綺麗な玉を下さいました」

「それを持っておるか」

「はい」

「見たいな」

その玉は寝る間も肌につけている。赤い袋に入れた玉を差し出すと、殿様は掌の中で打ち返し眺め、

「これは翡翠じゃ。曲玉と言って、古代の人が身に着けていた飾りものじゃな。この袋は古渡り更紗。こうしたものは普通の者は持っていない。貴人である。話の様子から思うに、源平の戦いで破れた平家の落人たちが信州の山奥に籠った、その子孫が作った屋敷であろう」

と、おっしゃった。

え？　どうだい。偉いものじゃあねえか。さすが殿様だなあ。おれの話をきちんと聞いて下さり、そこは平家の落人であろうとおっしゃった。頭ごなしに嘘八百だとは言わねえ。いや、話はまだあるんだ。

「あたしが里まで老人に連れられて来て、家の近くで別れると、外でお袋が魚を捌いていま

したが、あたしの顔を見ると、どうしたい、長い小便だったじゃねえか、と言いました」

「長い小便？」

「はい。あたしが小便をしに行ったと思っているんでございます。おかしなことを言うと思っていると、今日釣って来た岩魚（いわな）は形りが大きい、などとも言います」

「そちが釣に行った翌日も、父は釣に出掛けたのか」

「いえ、それがおかしいんで。父親はあたしがいなくなったので、小便をしにでも行ったのだろうと思い、あたしもよく知っている道ですから、そのまま家に戻った。それからしばらくして、あたしが帰って来たと言うんでございます。お袋が捌いていた魚はその日に釣った魚なのでした」

「……それではそちが泊ったという日はどうなっておる」

「それが……ないんでございます。父親は家で酒を飲んでいまして、あたしがその一部始終を話すと、この野郎、夜にもならねえのに妙な夢を見るんじゃねえ。目を覚ませと言って、いきなり拳骨（げんこつ）が飛んで来ました」

「……姫から貰（もら）ったという玉を見せなかったのか」

「はい。見せても同じだろうと思い、捨てられでもしたら一大事で、これまで、誰にも見せたことはございません」

「左様か。いや、世の中には不思議な話があるものじゃ。その後、宮殿へは訪れなかったか」

「はい。もう一度、お姫さまと会いたいと思い、山に行きましたが、とうとうその場所を探し当てることはできませんでした」

殿様はこの話を大変気に入ったようで、文机を引き寄せると、宮殿の造り、庭の様子、お姫さまや女官の服装などを再度ただして書き留め、最後には曲玉の形や寸法まで写し取ったんだ。

そのあと、御苦労であったというので、別室でご膳を振る舞われる。親方には酒が出されたんだが、相手をしてくれた和藤様という用人も酒には目がなかった。

「どうも、ひでえ酒を飲まされたなあ」

屋敷の門を出ると、すぐ、親方はそう言うんだ。門番はまだ見えている。おれがしっと言うと、親方は口をつぐんだものの、十歩もしないうち先を続けた。

「ご馳んなって悪く言いたかねえが、いつだってお屋敷の酒は妙に赤くって臭え。にっころ河岸の屋台だって、もっとましな酒を出す。殿様、よくあれで我慢している。もっともいい酒があるのを知らなくって、酒はあんなものかと思っているのかな」

そう言って、親方はよろりとした。その気に入らない酒を、千鳥足になるまでよく飲んだものだ、と思いながら、親方の身体を支え、腕を取ってやる。

「おう、勇次。口直しだ。ちょっと、酒を買って来い」

「親方、だいぶ飲みましたよ。まだ飲むんですか」

「なんだ。手前、嬶あみてえな口の利き方をするな」

「……お酒を買って来て、ここで飲むんですか」

「ばか。花見じゃねえや。道傍で飲めるか。酒を持って竿勝んとこへ行って、一緒に飲むんだ」

親方は腕が良くって仕事も早い。いつも穏やかな人なんだが、人には誰でも欠点がある。親方の場合は酒で、酒を飲みはじめるとこれが後引き上戸。一度、もっと飲むと言い出したら最後、誰がなんと言おうと飲まずにはいられなくなる。

屋敷町を過ぎて、佐久間町に出、表通りで酒屋を見付けて酒を買う。

「お前、竿勝の家に行ったことがあるだろう」

「へえ、一度だけ、親方のお供で」

「そこだ。そこへ連れて行け」

「……親方、道が判らなくなってしまったんですか」

「なんの、目がちらちらするんだ。どうにも悪い酒だった」

と、あくまで酒のせいにする。

屋敷を出たときはまだ外が明るかったのに、すでにあたりは暗い。竿勝というのは釣竿の職人で、親方の幼な友達なんだが、また、厄介なところに住んでいるものだ。

「お前、竿勝の家を覚えているだろうな」
「それが……あたしも多少、酔っていますんで」
「お前、生意気に酒を飲んだか」
「勧めたのは親方だったでしょう」
「そうだったか。や、ここの道だ」

北側に武家屋敷の白壁が続き、反対側は町屋が並んでいるという、ひっそりとした道だから細かい仕事をする職人にはお誂え向きの住まいだ。

「おう、ここだ」

簡単な枝折戸を押して中に入るとすぐ前が格子戸の玄関だ。親方は戸に手を掛けたが、開けようとはしなかった。右手の方を見ているんだ。そこは狭い庭で、庭に面した障子に人のような影が見えている。座敷の行灯が障子に影を作っているようだが、その形が首のない達磨のような姿だった。奇妙と言えばまだ寒い季節だというのに、障子が少し開いているのもおかしい。

「はん。勝の奴、まだ仕事をしているんだな」

と、親方がつぶやきながら、座敷の縁先に足を向けた。

なるほど、細かな仕事をしていれば、首が俯けになり、首のない影が出来てもおかしくはない。親方が縁先の障子の隙間に顔を近づけたとたんだった。どうしたことか、親方はその場にへたり込んでしまった。

転ぶ姿じゃあない。一瞬のうちに両脚がなくなってしまったような恰好なんだ。慌てて抱き起こそうとすると、親方はおれを見て、

「……」

無言で口に人差指を当てた。喋るな、というんだ。

一体、なにを見たんだろう。おれは障子に目を近付けた。そして、全身から力が抜けてしまったね。あまりの恐ろしさで。

行灯に向かって人が座っている。それは、障子に映っていた影のとおりなんだが、その人物の膝の上には、丸髷に結った女の白い首が乗っているんだ。そして、座っている者は櫛を持ち、その首の髪を梳っている。

早くこの場を逃げ出さなければならない、と思うと、今度は全身が震えはじめた。

「女が自分の首を膝の上に置いて櫛を入れていただと?」

親方は大きな声を出した。

「お前は腕がいいが、それが玉に瑕だ。この世にありもしねえものを見る。その癖だけはよくねえぞ」

「でも、親方も一緒に見ていました」

「……おれが？」

「ええ、佐久間町の竿勝さんの家で、ですよ」

「待てよ……頭が痛え。勇次、水を一杯持って来てくれ」

親方は水を飲むと、目を白黒させた。

「ありゃ、夢じゃなかったのか」

「親方、しっかりして下さい。夢なんかじゃありません。竿勝さんの縁先から家の中を見たでしょう」

「うん……段段思い出してくる。青峰様の屋敷へ行き、酒を馳走になった。どうも、嫌な酒だ。頭がずきずきする」

「そのあとです。障子の隙間から座敷を覗いた。そうしたら――あれを、見た」

「そうだ。口直しだというので酒を買い、竿勝さんと一緒に飲むんだと言って――」

「思い出しましたか」

「うん、思い出したが、そのあと、どうした」

「どうもしません。そうっと、あの家を出て、這いずるようにして帰って来ました。とにかく、相手は魔性の者ですから」

「嬶あはなんと言っていた」

「またかい、早く寝てしまいな、と」

「それだけか」

「それだけです」

寝起きの親方はそのまま外に出て、顔を洗って帰って来た。

「お前はあれを魔性の者だと言ったが、本当にそう思うか」

「……竿勝さんが魔性だとは思えませんねえ」

「そこだ。昨夕、おれはどうやら家を間違えたのじゃねえかと思うんだ」

「そう言えば、あのあたりは似たような家が並んでいました」

「あの家に魔性の者がいたのでねえとすると、人殺しがあったんじゃねえか」

「もう一度行って、確かめますか」

「いや、おれたちだけじゃ、おっつかねえ。宝引(ほうびき)の親分を連れて行こう」

神田千両町(せんりょうちょう)に住む御用聞きで宝引の辰(たつ)。捕者の達人と言われている男だ。

三軒長屋の真ん中で、腰高障子に丸に二つ引の紋。その障子を開けて、手習草紙を持った娘が勢いよく飛び出して来た。辰親分の一人娘でお景(けい)という子だ。

親方が辰親分に用事だと言うと、お景は奥に向かって、

「お父(と)っつあん、お客さんだよう」

と、声を掛けてそのまま外に飛び出して行く。

「なんだ。そんな大声を出さねえでも聞こえる」

と、辰親分は二階から降りて来た。

「どうも、いくつになっても跳ねっ返りで、お恥かしい」

辰親分のお上さんが茶を入れてくれる。

親方が昨夕見た一件を話すと、辰親分は興味深そうな顔をして聞いていたが、

「ふしぎなことがあるもんだ。いや、ついこの間、席亭へ行って伯馬（はくば）の講釈を聞いたんだが、唐の国には自分の首を抜いて前に置き、髪を梳るという幽霊がいるんだという」

「……幽霊ですか」

親方はぞっとしたように言った。

「そう。こっちの幽霊は足がなくって、柳の下に現れるというのが定法なんだが、あっちでは首を抜く。なんでも、そうした幽霊の出るところは元、刑場だったところが多く、首を斬られた者が幽霊になって現れるのだそうだ」

「……佐久間町が刑場だったとは聞いたことがありません」

「相手が幽霊じゃ、縄も打ちにくいが、とにかく、行って見ましょう」

辰親分は羽織を着て外へ。

親方が案内した竿勝の家には、勝さんが二人の弟子と仕事をしていた。

「なんだと思ったら現さん、気味の悪い話を持ち込んで来たなあ。知っての通り、おれの嬶あは二年前、病気で亡くなって、内にゃあ女っ気はねえんだよ」

と、勝さんが言った。親方は難しい顔をして、

「その上さんが出て来たんじゃねえのかい。上さんの命日に女郎買いをした、とか言って」

「嫌だなあ。おれはそんなことはしねえよ。その女がいたというのは、確かにこの部屋だったのかい」

親方はあたりを見廻した。部屋の壁や棚には作りかけの竿やまだ手の入っていない竹が所狭しと並べられている。

「そう言えば、どうも違うようだなあ」

「ほら、見ねえ。現さん、酔っ払って違う家に入り込んだんだ」

「……それは、どこだろう」

「どこだろうって、おれに訊いても判らねえ。だが、似たような家ならある。おれも、一度、間違えた。二軒手前の家だ」

「そこにはどんな人がいるんだ」

「去年の暮れに引越して来た若夫婦だ。二人並ぶとお雛様みてえに上品な人だ。ご亭主は柳原に店を出している三河屋という紙屋の奉公人で、名前は確か、孝太郎。お上さんの方は、なんと言ったかなあ」

「おりつさんですよ」

と、弟子の一人が答えた。

「そう、おりつさん。なんだお前、岡惚れしてるのか」

「いいえ、そんなんじゃございませんが、ご婦人の名はあまり忘れません」

「というわけだ、現さん。お上さんはあまり外に出ねえようだから、今ごろは家にいなさると思う」

なんだか悪い予感がしたね。

勝さんに教えられた家の前に来ると、ちょっと見たところでは勝さんの家とそっくりな上、枝折戸が半開きになっている。

親方が声を掛けたが返答はない。そのまま庭に廻ると、障子は昨夕のままで、隙間ができている。声を掛けたが矢張り答えはない。親方がそっと障子を開ける。

「あっ――」

部屋の中央に文机があって、その上に丸髷の首が載っかっているんだ。その前には首のない胴体も転がっていた。

「おっ、こりゃ、おやのさんじゃあないか」

と、親方が言った。

「現七さんはこの者をご存知か」

と、辰親分。

「うん、あっしが出入りのお屋敷で、奥女中をしていたおやのさんという方だ」

「竿勝さんの若い衆は、この家のお上さんはおりつさんだと言っていたがな」

おれは勝さんの家に引返し、三人を呼ぶと三人ともおりつさんに違いないと言う。

竿勝さんの弟子の一人が、近くの番小屋へ駈け付ける。番人の一人が柳原の三河屋へ、もう一人が奉行所へと慌ただしくなる。

「昨夕、首の髪に櫛を入れていたというのはこの者だったかね」

と、辰親分が親方に訊いた。

「さあ……勇次、どうだった」

親方はおれの顔を見た。

「行灯の影でしたから、はっきりとは判りません」

「男だったかもしれねえのだな」

「へえ」

改めて文机に置かれた首を見ると、髪は綺麗に結われていて一本の乱れもない。顔にも血の汚れがないのは、拭き取られたものらしい。

「昨夕、この部屋を覗いたとき、他に人がいやあしなかったか」

「さあ……他に人のいるような気配はありませんでした」

「現七さんが出入りしているお屋敷というのは？」

「向う柳原にある松本長門守様の下屋敷なんだがね」

「そこではおやのさんという名だったのだ」

「うん。お屋敷で下された名なのだろう」

そのうち、三河屋の番頭が店の若い者と一緒に息せき切って駈け付けて来た。

おりつの信じられない姿を見て、番頭は真っ青になり、しばらくは口も利けない有様だ。

それでも、若い者にこのことを伝えるようにと、店に帰すと一仕事済ませた顔になった。

「おりつさんのご亭主は店で働いているのか」

と、辰親分が番頭に訊いた。

「いえ、孝太郎さんは昨日、主人と旅に出て、店にはいないんでございます」

「ほう、旅に出ているのか」

「はい。商用で川越（かわごえ）に出掛け、明後日（あさって）には戻ることになっています」

「そうか。それで、殺されたおりつさんだが、武家屋敷に女中奉公をしていたそうだな」

「はい」

「見たところ、おりつさんはまだ若え」

「はい、二十二になります」

「ご奉公を勤め上げたのか」

「いえ……昨年、永のお暇（いとま）になりました」

「ほう。なにかあったのか」

「……私の口からはちと」

「いいか。見ても判る通り、普通の死に方じゃあねえ。いずれ誰かが喋らされる。お前が口を閉じていてもなにもならねえ」

「では申し上げますが、おりつさんの連れ合いも、同じお屋敷にいた若侍でございました」

屋敷では足軽、身分の軽い侍で、柚木孝太郎という名だった。おやのはおりつの屋敷での名で、役名は小姓。おりつは踊りと常磐津が上手なところを見込まれて女中奉公するようになった。おりおりの座興の席で芸を披露するが、出番の日に老女について身の廻りの世話をするといった、ごくのんびりした勤めだった。そのおやのが、足軽の孝太郎と深い仲になってしまったんだ。

それが、露われたのは御徒組の掛矢様の長屋から火事が出た日で、たまたま二人は屋敷のお茶屋の中で密会していたという。

突然の火事騒ぎで、おやのさんはお茶屋から逃げ出すところを、屋敷の目付衆に見付かってしまった。孝太郎さんの方は誰にも見咎められなかったんだが、後日、おやのさんの部屋から孝太郎さんが書いた色文が捜し出され、それが証拠になった。

不義密通はお家の法度。そのとき死罪を申し渡されても、否とは言えない。けれども、青峰様は情のある方だったから、両人を永のお暇というだけで宥されたんだ。

おやのさんはおりつさんに戻って実家の三河屋へ帰る。三河屋の主人庄右衛門さんは佐久間町に家を借り、おりつさんと孝太郎さんをそこに住まわせ、以来、孝太郎さんは店の手伝いをするようになったんだという。

想う人と所帯が持てたので、孝太郎さんは一所懸命に店で働く。庄右衛門さんも、ゆくゆくは店を継ぐ婿さんだから、商いのことを熱心に教える。

「それでございますから、主人が孝太郎さんを連れて川越に行ったのも、紙漉きの職人に会わせ、実際の仕事を見学させるためだったのです」

と、番頭は言い、おりつさんを殺そうと思うような者の心当たりは全くない、と付け加えた。

辰親分はじっと番頭の話を聞いていたが、親方の方を見て、

「現七さん、長門守様の屋敷には、しょっちゅう出入りしているのかね」

と、訊いた。

「そりゃもう、親父の代からで、あっしも餓鬼のころから仕事をさせてもらっています」

「それで、おりつさんを見識っていなさるのだ」

「そう。一昨日も焼けたお茶屋が新規に建ったので、畳を入れる下見に行ってきたばかりなんだ」

「そうですか。いや、いい人がいてくれた。こう見たところ、部屋の中が掻き廻されている

様子はねえから、物盗り強盗の類いじゃねえと思う。その上、首は一刀のもとに斬り落とされている」

「武芸の心得のある者だな」

「そうなると、根はおりつさんが奉公していた屋敷にあるに違いねえ。と言って、屋敷内のことに、町方の者があれこれ訊き出すことはできねえ」

「判ったよ、親分。あっしだったら心易く話してくれそうな侍がいる、と言うんだ」

「いませんかねえ」

「いる、いる。用人の和藤先之助(せんのすけ)という方とよく話をするんだが、ただし、これには酒を飲ませねえといけない」


「なに、あのおやのが殺害されたと申すのか」

和藤様はそう言って、深い溜め息を吐いた。

「おやのは踊りも上手で声もよかった。聡明で愛敬もあり、誰からも好かれていたお女中であった。おやのが間違いを犯したとき、殿の慈悲もあったが、奥方の口添えもあって、永のお暇で事が済んだのだ」

「それで、おやのさんの相手の柚木孝太郎様とは、どんな方でございましたか」

と、親方が訊いた。

「柚木は足軽とは言いながら、なかなかの人物であった。元、国表の農民であったが、体力もあれば文筆も達者というので徒士として採用された。殿が隠居になるとき、一緒に下屋敷に移って来たのだ」

「なるほど、つまり、信用ある方だったんでございますね」

「まあ、二人共、若気の迷いとは申せ、一度に二人の若者を屋敷から失うのは、実に残念なことであった」

「つまり、おやのさんも柚木様も立派な方で、人から怨みを受けるようなことはない、とおっしゃいますか」

「まずないな。あのおやのが殺されるとは夢にも思わなかった」

「それに、殺され方があまりにも無惨でございました。ぜひ、おやのさんを殺した者を見付け、仇を討ってやりたいものでございます」

「うむ。わしもそれが望みだ。だが、おやのが女中奉公を勤めるようになったのが、十五、六のころ。それから六、七年が経っているものの、なにせ奥のことだから、わしには精しい事情はよく判らんの」

「おやのさんと仲の良かったお女中の話を聞けませんでしょうか」

「うん、ちょっと待っていなさい」

和藤様が手を叩くと、若侍が中に入って来た。

おやのさんの世話をしていたのが小倉（おぐら）という老女で、若侍はその人のところに行くように言われて座敷を出て行った。

和藤様は「ちょっと待て」と言ったんだが、屋敷は万事おっとりしているらしく、なかなか戻って来ない。和藤様も心得ていて、煙草（たばこ）をくゆらせながら、

「分鯨（ぶんげい）はそろそろ小結ですかな」

などと、相撲（すもう）の話などはじめる。

待ちくたびれたころ若侍が、お女中を連れて帰って来た。おやのさんと同じ小姓で、おさえさんという名だった。

髪は島田髷（しまだまげ）、紅梅色の綸子の紋付に、扇の裾（すそ）模様、黒と鼠（ねずみ）色の鯨帯（くじらおび）を竪（たて）やの字に締めている。この美しい人に残酷な話を聞かせるのは気の毒だと思ったんだが、和藤様は淡淡とした調子で一部始終を話しはじめた。おさえさんは身動きもせず聞いていた。それが心の中は激しく動揺しているのを必死で堪（こら）えている姿だということが判った。

「その下手人（げしゅにん）はまだ判らぬのだそうだ。それで、この現七が屋敷でのおやののことを訊きたいと言う。こういう場合であるから、何なりと答えなさい」

と、和藤様が言うと、おさえさんはそっとうなずいた。親方が口を開いて、

「では、おやのさんと柚木様は、いつごろから深い仲になっていたのかね」

おさえさんはしばらくじっとしていたが、思い掛けない返事をした。

「いえ、おやのさんと柚木様は深い仲にはなっておりませんでした」

「そりゃ……どういうことかな。お茶屋が火事になったとき、おやのさんはお茶屋にいたところを見られている」

「はい、でも、相手の方は誰にも見られていません」

「しかし……おやのさんの持ち物から柚木様から届いた手紙が見付かった、という」

「はい。確かに手紙は柚木様がお書きになったもの。でも、その以前から――」

「別におやのさんと通じている相手がいた、というのか」

「はい」

これには和藤様もびっくりして、

「その者は誰じゃ」

と、大きな声を出した。

「近習（きんじゅ）の吉野（よしの）三之助（さんのすけ）様でございました」

屋敷で近習というのは、殿様のそばに仕える役で、吉野家は代代沼垣藩の近習役を勤めてきた。

おさえさんの話によると、お茶屋が焼けた半年ほど前から、おやのさんと吉野様が懇ろになっていた。おさえさんはおやのさんと仲が良かったから、薄薄それに気付いていたのだが、お茶屋が焼けたとき、おさえさんはたまたま庭に出ていて、吉野様がそっとお茶屋から出て来るところを見てしまった、という。

「柚木様からあの手紙が届いたのは、それよりずっと後のことでございました」

と言うおさえさんの言葉に、和藤様は首を傾げて、

「それでは、なぜ柚木は濡れ衣をかぶったままでいたのだ。おやのもそうだ。なぜ自分の相手は違う、と言わなかったのじゃ。そのままでは、両名、死罪を言い渡されてしまうではないか」

「二人は、それでよかったのでございます」

「わしにはさっぱり判らんが」

「おやのさんは、吉野様が名乗って来るのを待っていたのです。でも、吉野様は黙ったままでございました。それももっともで、吉野家は代代お屋敷に仕えてきた家柄でございます。それなのに三之助様の代で密通を働いたとあっては家門の恥辱であるばかりではなく、身の破滅ともなりましょう」

「だと言って、おやのはそれでよかったのか」

「はい。吉野様は一人の女のことなどより、家名と我身が可愛いのが判ったから、それでいい、とおやのさんはわたしに申しました。その反面、付け文も同罪とはいいながら、死をも厭わない柚木様の方へ心を引かれるようになったのでございます」

「柚木はおやのと一緒なら、自分の身はどうあってもいい。その心に感じ入ったというのか」

「はい」

　とすると、事件の全体が見えてくる。

　密通した二人は死罪に相当するところだったが、殿様と奥方の計らいで、永のお暇となって屋敷を出ることになった。

　禄を放れ浪人の身となった柚木さんは、おやのさんの実家、三河屋に身を寄せ、ほどなく佐久間町に新所帯を持つ。

　それを知って、収まらないのが吉野様だった。元はといえば、おやのさんの密通の相手は自分ですと、名乗って出なかった吉野様の方が悪い。にもかかわらず、そんな理屈は棚の上へあげてしまうのが男の焼き餅だ。吉野様は寝ても覚めてもおやのさんのことが忘れられない。

　そして、問題の日、柚木様の留守をどう知ったのか、佐久間町の住まいに行って、おやのさんの首を落とした。

　おやのさんは吉野様が来たとき、覚悟は決まっていたと思う。他に刀傷がないのが証拠で、おやのさんは自ら刀の前に首を差し伸べたのだ。

　おれと親方が覗き見たのがその直後だった。何者かが膝の上におりつさんの首を乗せて髪を梳っていたというのも、首は切れても刀で未練まで断ち切ることはできない。愛しい女の乱れた髪を直してやっていた吉野様の姿だったんだ。

おれでもそのくらいのことは思い付く。和藤様もおさえさんの話を聞き終えると厳しい顔になって若侍を呼び、吉野様を連れて来るように言った。

吉野様は屋敷内の家に住んでいると言うが留守で、若侍が番屋に訊くと、吉野様は非番で昼すぎに屋敷を出て行った、と答えたという。


その日は矢張り明るいうちには帰れなかった。

吉野様が帰って来るまで待て、と和藤様が言い、それが口実のように、親方が持って来た酒で酒盛りとなった。

吉野様はとうとう帰らず、おれは親方の千鳥足に肩を貸さなければならなくなった。

そして、またも怪しの光景を見る羽目になったんだ。

外へ出るとすでに暗く、雨まで降っている。和藤様が、傘と提灯を貸してくれたが、おれとしては親方がまた酒を飲み直すと言い出さないのを祈るばかりだ。

屋敷町を過ぎたころ、季節外れの雷が鳴りはじめた。

「なんだ。花火でも上げたのか」

と、親方が立ち止まった。

「雷ですよ、雷。大降りになっちゃあ難儀ですから早く帰りましょう」

と、おれは急き立てた。

佐久間町を過ぎ、新シ橋へ。

「勇次、ちょっと待った」

「な、なんです」

「雪駄（せった）の鼻緒が緩んでしまった」

酒ではないのでほっとしたんだが、斬られた生首が目にちらちらする。その場所もすぐ近く。愚図愚図と鼻緒を箝（す）げ直していられない。

「親方、この下駄を履いて下さい」

「お前はどうする」

「裸足（はだし）で行きます」

下駄を脱いで親方に履き換えさせ、雪駄は手拭に包んで懐（ふところ）に入れる。

さて、歩こうと思って前を見ると、橋の真ん中にぼんやり影が見えた。人にしては妙にずんぐりと大きい。

そのとき、ぴかっと光る稲妻に照らし出されたのが、

「あっ——」

なんと、新シ橋の上に、兜（かぶと）と鎧（よろい）を着けた武者が仁王立ちになっていたんだ。

それは一瞬のことで、がらがらっという雷鳴が轟（とどろ）き、我に返ったときにはその影は掻き消すように見えなくなっていた。

「勇次、見たか」

「見ました。親方もですね」

「うん、酒のせいじゃねえな」

「確かに、鎧武者でした」

「……昨日に続いて、今日もか。人を馬鹿にしている」

怖怖、橋を渡ったんだが、もう鎧武者はどこにもいなかった。

橋の袂に担い売りの煮転がし屋が屋台を出していた。

親方がその前に足を留めたのを見て、煮売りが言った。

「今のはひどい雷でしたなあ。近くに落ちたでしょう」

「お前さん、ずっとここに屋台を出していたのかね」

「へえ。暗くなりはじめるころからで」

「たった今しがたなんだが、この橋を鎧武者が渡って来やしなかったかい」

「黒い虫屋で?」

「違う、鎧武者。兜と鎧をまとった侍だ。黒い虫屋なんてあるものか」

「ははあ……鎧武者ですか。大将、大分ご機嫌で」

「酔って言ってるんじゃねえや」

「へえ、ときどきそういう方がいらっしゃいます。この間はこの河岸にモモンガァが飛び出したとか――」

「余計なことは言うな。鎧武者がこの橋を渡ったか渡らなかったか」

「それでしたら、渡りません。あたくし、ここにいましたが、そんな日に立つような人は一人も通り掛かりませんでしたよ」

とすると、鎧武者は橋の真ん中に忽然と現れ、たちまち姿を消してしまったことになる。

「おい、煮売り屋」

「へえ――」

「酒を一杯くれ」

雨がひとしきり強くなった。

「髪梳き幽霊の次の日が、鎧幽霊ですか。こりゃ妙だ」

翌日、辰親分の家で、親方が昨夜の話をすると、辰親分はそう言って、おれと親方の顔を見較べた。

「勇次はふしぎな男で、小さいときからいろいろ妙な目に遭うんだ」

親方は連続の怪事がおれがいるために起こったというように言った。だが、辰親分は面白そうな顔をして、

「なに、いろいろあった方がいい。世の中にゃ、怖いもの知らずの者もいるが、そんなのは

どうも詰まらねえ」

「しかし、鎧を着た幽霊なんてものが、あるもんですかねえ」

「ああ、あるな。昔、ある坊さんが富士(ふじ)の裾野を旅したとき、物の具をつけた幽霊に出会った。それは、曾我十郎祐成(そがのじゅうろうすけなり)の幽霊だったという」

「なるほど」

「あるいは、各地に鎧掛松というのがあって、だいたい落武者がその松の木のところで力が尽き、鎧を松に掛けて切腹して死んでしまう。その幽霊は鎧をまとって現れるらしい」

「鎧を着た幽霊なんて、がちゃがちゃしてあんまり風情があるとは思えませんねえ」

辰親分は笑って、

「現七さんが見た幽霊は音がしていたかね」

「いえ、音はしませんが、ぞっとしましたよ。町中に鎧武者がいきなり出たんですからねえ」

「しかし、江戸城を築いた太田道灌(おおたどうかん)の時代には、足利(あしかが)家や上杉(うえすぎ)家をはじめ合戦がしょっちゅうだったから、町中にもそんな幽霊が出てもおかしくはねえ」

そのとき、

「ただ今っ」

表の戸が開いて、声と一緒に手習草紙が内に投げ込まれた。

「お景、待て。どこへ行く」

「徳坊んち」

言うとすぐ戸がぴしゃりと閉まった。

「困った奴だ」

辰親分は苦笑いしながら、放り出された手習草紙を手にしていたが、

「なになに〈困った時の神頼み〉か」

色黒黒と重ね書きしてある字を読み、ちょっと髷に手を当てた。

「諺というのはおかしなもので、大抵は正反対のことを言っている諺がある。〈困った時の神頼み〉と言うと思うと〈触らぬ神に祟りなし〉とも言う」

辰親分は意味ありげに笑って、

「そうかと思うと〈酒は百薬の長〉に対して〈酒は気違い水〉とも言う」

「確かにそうですな。〈過ぎたるは及ばざるが如し〉また〈過ぎざればその味わいが判らない〉」

「そう。日日の暮らしに火はなくてはならないが、過ぎると大火になって、取返しがつかなくなる」

なぜ、辰親分が妙な問答をはじめたのか判らないが、辰親分はそれでも飽きずに続けた。

「侍の太刀もそうで、刃を相手に向ければ敵を倒すこともできるが、刃を自分に向けて己を殺すこともできる。ことほど左様に、ものには相反するものを持っていて、鎧兜も同じなの

だ」

「……鎧兜が？」

「そう。鎧兜は無論、身を守るための具足だ。その反面、自分を殺す道具にもなる」

鎧兜が自分を殺す、なんて考えられるかい。おれだってどうしても思い付かなかった。ところが、辰親分の一言で納得したもんだ。

「鎧兜をまとって、入水してみねえ。どんな水練の達人でも、まず、浮くことはできめえ」

そばにいた親方が感心したようにううんと言った。

「おりつさんを斬ったとき、吉野様も死ぬつもりだったのだ。その場で切腹し、折り重なって果てる覚悟だったのだが、いざとなると、どうしても腹を切ることができなくなった。一度、屋敷に戻ったのだが、屍体が見付かれば、自分に疑いがかかるのは明らかだ。侍は体面を重んじる。腹を切れないといって、首を吊ったり入水したりするのはとんでもない恥辱だ。ただ一つだけ方法がある。代代家に伝わっている鎧兜をまとって入水すれば、屍体は浮くこともなく、永久に水中にあって人に見られることがねえ」

昨夕見た鎧武者は、吉野様だったんだ。それまで橋の上にいたのだが、強い稲光りがふん切りとなって、橋桁を飛び超える。水音は雷鳴に掻き消され、橋の上には誰もいなくなったんだ。

その日のうち、奉行所の役人の立会いで、辰親分が舟に乗って、新シ橋の下であちこち鉤縄を入れて水中を探っていたが、ほどなく赤糸縅の大鎧を着た侍を引き上げた。鎧武者が上がったという噂が拡がり、たちまち両側の河岸、橋の上が人で埋まってしまった。

一方、沼垣藩の下屋敷にある、吉野様の住まいで鎧櫃が空になっているのが見付かった。吉野様の供をしていた下僕の話だと、風呂敷に包んだ重いものを持たされ、檀那寺に墓参したあと、独りだけ帰されたという。吉野様は夜になってから人目に立たぬようなところで鎧を着、入水したのだった。

その日は雨が降り続いた後で水嵩が増していたが、辰親分の言う通り、鎧の重さで吉野様は橋の下から流されなかったのだ。

雪見船

粛粛三冬夜　鴛鴦不識寒

茶を飲み終えた清太郎は、ごく神妙な顔で茶碗と詩軸を見較べています。軸は篆書で四明狂客という署名が添えられている。軸を掛けた床の間には、底の平たい末広型の船徳利に侘助の花が一輪。

「この茶碗を見るのははじめてです」

と、清太郎がつぶやきました。

「肥後の小岱焼だそうです」

清太郎が手にしているのは、薄い栗色をした朝顔形の井戸の茶碗で、内側にも豪快に白い釉が垂れています。

「この釉に気色がありますね。いつごろの品ですか」

「小岱焼の初期に焼かれた茶碗で、二百年以上前のものだそうですが、あまり当てにはなりません。なにしろ、出が高雅堂でしたから」

値段も茶陶にしてはずいぶん安かった。もっとも、高雅堂は「これは十両で売りそこなってしまった。けちのついた茶碗だから、東水さんなら只といいたいところだが、百お出しなさい」と言ったものです。いつものことで、高雅堂はなにをよりどころに値をつけるのかさっぱり判りません。

しかし、内田屋の若旦那、清太郎はあまり値段には関心がありません。そっと茶碗を置くと、詩軸に目を戻して、

「粛粛たる三冬の夜、鴛鴦寒さを識らず、と読むんですね」

「ええ。寒中に春情を重ねたところが妙でしょう」

「四明狂客という署名があります」

「四明狂客は唐の賀知章の号ですが、自筆ではないでしょう。これも、高雅堂にあった軸です」

「つまり、今日のご趣向は高雅堂ですか」

趣向が高雅堂とはおかしい。けれども洒落としては上出来です。

「茶碗の白いなまこ釉を雪に見立てるのです。冬の寒さの軸に、船徳利で、つまり雪見船という趣向のつもりですがね」

「雪見船……いいですねえ。いや、結構なお茶に風流なご趣向、ほんとうに楽しませていた

だきました」

「それにしては若旦那、久しくお見えがなかったじゃありませんか。あなたのことですから、また、なにかに凝っていたのでしょう」

まだ若いのに、地味すぎてあまり人がもてはやさない茶の湯を習おうというほどですから、清太郎はかなり変わった好事家です。大方の遊びはとうに飽き飽きした、という日日のようです。

「いつでしたか、内田屋の若旦那は北の方の遊君に首ったけとか顎ったけとか聞きましたが」

「いや、お恥しい。吉原の女でしたら、もう昔です。よく考えたら内にはかけがえのない上さんがいました。もっともそう気付くのが少し遅かったんですが」

「じゃ、そののちはなんにいそしんでいらっしゃいます」

「これまでご縁がなかったのですが、思い立って嵯峨山流に入門しました」

「踊りですか。判りました。お師匠さんが美しい方なんでしょう」

「さすが、お見通しです」

「すると、今度は長続きしそうですね」

「ところが、先月一杯で辞めてしまいました」

「美人のお師匠さんなのに？」

「ええ。師匠は顔に似ず、大変芸に厳しい人だったんです。あたしはもの覚えが悪いときているでしょう。少しでも間違えると竹刀(しない)でもってびしびし叩かれるんです」

「……剣術だね、まるで」

「稽古所に通っていた間、身体(からだ)中、青痣(あおあざ)が絶えませんでした。あたしは牛や馬と違って皮膚(ひふ)が丈夫じゃあない。とても長くは続きませんでした」

「すると、お稽古事(けいこごと)はしていないんですか」

「いえ、なにかしたいと思っているとき、内の染場を見たらこれが案外面白そうで、手伝ってみると、これがたいへんに奥が深い。働いたあとは飯もうまいでしょう。それで、今はもっぱら家職に励んでおります」

清太郎は両手を開いて見せました。爪の先が黒くなっています。内田屋は無地染(むじぞめ)の紺屋(こうや)ですから、一目で清太郎が仕事をしていることが判りました。

「そりゃ、結構ですなあ。内田屋さんはこれからが一番忙しいときでしょう」

「ええ。それが玉に瑕(きず)ですねえ。師走(しわす)をひかえて、正月の晴れ着の注文できりきり舞いをしています。世の中の人は、どうして早手廻しに手が打てないんでしょうかねえ」

「そりゃ、若旦那。お金に不自由しなかったら、誰でもそうしたい。大方の人は暮が押し詰まって、尻に火がつくと慌てだすんです」

「そうなんでしょうねえ。でも、気ままに仕事ができりゃ、紺屋はこれでなかなか洒落たもんです」

「仕事が面白くなればしめたもの。大旦那もお喜びでしょう」

「親父ですか。あの人はいつも顰め面をして小言ばかり言っている。喜んでいるのかいないのかさっぱり判らない」

「そりゃ、腕のいい職人さんは誰でも同じです。商売相手は人じゃあない。愛想笑いをしてもいい仕事はできませんからね」

「ところが、親父は人を相手にしても仏頂面です。今もお客さんと喧嘩になりましてねえ。見ているのが嫌ですから、家を飛び出して来たんです」

だいたいの職人はあまり人付き合いが良くないものですが、内田屋六郎次はとりわけて堅い一点張りで町内でも有名です。その六郎次が喧嘩をしたといっても、別に珍らしいことではないのですが、

「その相手は、一体、誰なんです」

と、訊くと、清太郎はぱんぱんと膝を叩きました。

「神田伯馬です。講釈師の」

伯馬は職業柄、お喋りな男で、少しでも黙っていると、唇がむずむずするという。無口な六郎次とは反りが合わないのでしょう。

「伯馬も初席用の羽織を誂えていたんです。ところが、出来上がった染めを見て、これが気に入らない」

「内田屋さんの染めが、ですか？」

「いや、いい黒に仕上がったんですがね。伯馬は紋が違っている、と言う」

「……そりゃ、大変だ」

「伯馬の紋は丸に違い扇。ところが、染め上がった羽織の紋は丸に違い箒だった」

「……箒の紋なんてあるんですか」

「正しくは羽箒」

「それなら判ります。内にもありますよ。鳥の羽で作った箒で、茶道具の塵を払うのに使っています」

「羽箒は古くからある由緒正しい紋だそうですがね。由緒正しくとも、扇と箒ではまるで違う」

「ホウキとオウギ、音は似ていますね」

「ですから、親父が聞き違えたようなんですが、親父はああですから、素直に間違いましたとは言わない。そりゃ、伯馬さん、お前の言い方がはっきりしないから悪いんだ、と言い返した」

「そりゃ、まずいですね。伯馬は言葉で飯を食っている人だ」

「ですから、伯馬はかんかんになった。だいたい、内田屋で染めを誂えるのはこれがはじめてじゃない。伯馬の紋は扇だぐらいのことを覚えていねえようでよく商売ができるもんだ、と伯馬が言う。これがまた親父の気に障ったんです」

「それも、良くない。言葉に棘がある」

「伯馬が内で染めを誂えたのは十年も前なんです。親父は十年に一度注文したからと言って、得意のような顔をするな、と言った。十年に一度でも二十年に一度でもお得意さんはお得意さんだ。親父も悪いね。下手に出ることができない」

「そりゃ、今はじまったことじゃないでしょう」

「でもね、これが扇と団扇の間違いだったら、形がまるっきり違う。直しようがないから新しい生地で染め直さなければならない。ところが違い扇と違い羽箒では、同じ違いだから形としてはよく似ている。紋屋に頼めば直せないことはないんです。ですから、伯馬にははい新しい生地で染め直しますと言って、そっと紋屋に廻せば事を荒立てなくとも済んだんです。親父にはその融通が利かない。困ったもんです」

遊び上手な清太郎なら、そうした捌きはわけはないでしょう。人はただ正直なのがいいというものじゃない。

「親父もそうだが伯馬も実に頑固だねえ。講釈は落とし噺と違って、きちんとしているからだと思う。親父の方は仕事に几帳面であまり洒落が判らない」

「……医者の鈴木良斎先生から聞いたことがあります。人は白米だけ食べていると、頑固で怒りっぽくなるんだそうです」

清太郎はぽんと手を叩きました。

「それそれ。親父は白い飯が大好きで、ほかのものは見向きもしません」

「青物などは食べませんか」

「青臭いと言って嫌います。魚は贅沢、四つ足はもちろん駄目。梅干が一つあれば、ご飯を何杯でもお代わりします」

「それがいけません。なんでも万遍なく食べなければ」

「今更、急には直らないでしょうね。本当は師匠のところで、お茶など立ててもらえば気持が大らかになるんでしょうが――」

清太郎は四明狂客の軸を見ていましたが、急に思いついたように、

「師匠、あの二人を雪見船に乗せる、というのはどうでしょう」

「……雪見船に乗せると、どうなります？」

「少し、仕事から離してやるんです。いい景色を見せて、閑雅な気持にさせれば、仲直りができるんじゃないかと思います」

「なるほど、俗離れをすれば、頭の血が下がるでしょう」

「ちょうど、雪が降っていますから、寒いところに連れ出して頭を冷やすことができます」

「しかし……二人はうんと言いますか。おれたちはそんな暇人じゃない、と怒りゃしませんか」

「それなら大丈夫。この雪ですから張場に出られません。これから頭のところに二人の仲裁を頼みに行くんです。頭が言えば二人はうんと言うでしょう」

鈴木町の頭で火焔山現八。背に孫悟空が火焔山の牛魔王と戦っている彫物があるのでこの名がついている。ただし、この現八も風流とはあまり縁がありません。


「ねえ、宗匠。初雪や、てんですかね」

「ほほう……なにかできましたか」

「へい、大出来提灯で。初雪や――」

「ちょっとお待ちなさい。発句は結構ですが、十日ほど前にも雪が降りました。今日のこの雪は初雪じゃあない」

「……なるほど、忘れてました。初会じゃねえとすると、裏だ。裏雪やすでに雀の盆の窪、てえのはどうです」

「ふしぎな句ですね。だいたい、裏雪なんてえ言葉は聞いたことがない」

「でも、初会があって裏、裏の次は三回目でやす」

「そんな女郎買いみたいな雪がありますか」

大川をのんびりと下る屋根船の中。

清太郎が鳶の現八に頼み込み、現八がどう話をつけたのか、角突き合っていた内田屋六郎次と神田伯馬を呼んで雪見船に乗せてしまいました。世に言う呉越同舟で、まず現八が仲直りの手締めをして、否応なく二人に盃を廻してしまう。

気を利かした清太郎が、賑やかしに新内の初島夕波も呼びましたが、三味線に乗るような唄のできる者はいません。若い太夫に軽口を言う芸もない。夕波はご祝儀をひとくさり唄うと、手持ち無沙汰のように流しの三味線を弾きはじめました。

昼すぎに止んだ雪は一寸あまり積って、大川の両岸はいつもとは違う風情です。それを眺めながら伯馬は頼まれもしないのに、名所の古事来歴などを喋りはじめる。それに飽きたのか、現八は奇妙な句をひねり出したのです。出来はともかく、句でも作る気になったというのは、清太郎の企みが成功した証拠でしょう。けれども、現八は自分の句に不満なようで、

「伯馬先生もひとつひねってみちゃいかがです」

と、声をかけました。伯馬は首を横に振って、

「いや、子曰く、述べて作らず。古の作を詠ずる方がよろしい」

「難かしいことをおっしゃるが、句を作るのは面倒臭いということでしょう。こういう景色を見て、なにも感じねえんですかい」

「いや、大いに感じますな。忠臣義士の苦心が思いやられます」

「……忠臣蔵ですか」

「さよう。時は元禄十五年、極月中の十四日、大石内蔵助をはじめ、大石主税良金、片岡源

五右衛門高房――」

「ちょっと、待っておくんなさい。赤穂四十七士、全部読み上げるんですかい」

「いけませんか」

「いえ、感心しているんで」

「自慢ではないが、これでももの覚えはいい方である。夜討曾我の紋尽くしを言い立てましょうか。それが嫌なら、東海道五十三宿、中山道六十七宿、甲州街道四十五宿、この間亡くなった富山屋四郎兵衛さんの通夜に集まった人たち――」

「どうも大したもんで。それが三味線に乗るとよろしいんですがなあ」

「いや、通夜の人人なら木魚の音がふさわしいでしょう」

わたしのそばにいる内田屋六郎次は、別に面白くもないといった顔で、默默と盃を乾しています。外の景色を愛でる風でもありません。

「内田屋さん、寒くはありませんか」

わたしが声をかけると、

「いえ、少しも寒くはございません」

と、口をへの字にして、

「紺屋の張場は吹きっ晒しです。こんな雪にいちいち寒がっていてはやっちゃあいけません」

と、無愛想この上もない。

雪見のはじめは、向島百花園に立ち寄ったのですが、この雪の名園を見ても六郎次はむっつりしたままでした。伯馬が百花園に誘ったのは庭園にある石燈籠を見せたいからでした。

この燈籠というのは伯馬たち講釈師の仲間が寄進したというもので、そのときから好事家の間で名作と評判だったそうです。

池の汀、土橋のそばに這い松を背にして立っているのが二脚の琴柱燈籠で、脚にはそれぞれ登り龍が彫ってあるという凝った造りです。全体の形、大きく張った笠、日月を透かした円窓、大きく開いた脚と、それぞれの調和が美しい。

伯馬の話では、大和国の御影石で、まだ時代がついていないのがやや不満だったが、この雪でにわかに燈籠の趣きが増した、と上機嫌になっていました。

「そもそも燈籠のはじまりは入日子大神が河内国丹比郡というところに山の池を作ったところ、ここは往来の人の稀な淋しい場所で、夜盗が出没して人人が難儀をした」

と、伯馬は講釈をはじめました。

「このことを聞いた弟の神石造の神が、石は堅固にして仁をくだかず、火は陽にして暗を助くと言って石で燈籠を造らしめて闇夜の禍を退けたのがはじまりである」

聞いていた六郎次は、わたしに小声で、

「あたしゃ、回り燈籠の方が面白いね」

と、言いました。

船は両国橋の手前で柳橋を通って神田川に入りました。柳原河岸から上がって料理屋で落着こうというのです。
和泉橋を越して柳森稲荷のあたり、左手は籾蔵が並び、土手の上は雪のためか人通りもありません。稲荷は土手下で、上を見ると川端に立っている柳の下に人影が見えました。

着ているものから、男と女の二人らしい。なんとなく二人を見ていますと、いきなり女の方がうずくまってしまった。うずくまったのか倒れたのか。そのどっちともつかない妙な動きです。と思うと、男の方はするするとその場所から立ち去って行きます。

女がうずくまったのなら、身体に変調を来たしたに違いない。倒れたとしたら男は助け起こすのが自然です。にもかかわらず、男は後を振り向きもしません。

——不人情な奴だ。

男はすぐ見えなくなりましたが、倒れた女はびくともしません。そのとき、

「あれっ——」

夕波が小さく叫びました。夕波も同じ男女を見ていたのです。

「あの人、胸から血を流している」

夕波の方が目がいいようです。船が一と漕ぎ二た漕ぎ近付くと、わたしの目にもそれがはっきりと見えました。胸を押えた女の手が真っ赤になっているのです。

夕波の声で現八も稲荷の方を見ました。

「あっ、こりゃあいけねえ」

現八は屋根船の窓から顔を出して、大声で船頭を呼び、船を岸に着けるように言いました。往き交う荷船も多いのですが、変事に気付いた者はいないのか、気付いても関わり合いになるのを嫌ってか、なにごともないように通りすぎていきます。

岸に着くまでもなく、事態ははっきりしました。島田髷の若い娘の胸に短刀が突き立てられていたのです。もう、雪見どころではありません。


すぐに和泉橋の橋際にある自身番に行って異変を告げますと、番役人が御用聞きを連れて来ました。

神田千両町の宝引の辰と二人の子分です。

わたしだけが初対面でしたが、辰はわたしの名を識っていました。

「あなたが永倉東水さんか。たしか、遠州流の宗匠だね」

「よくご存知で」

「なに、内田屋さんの若旦那が通っていると聞いたことがある」

「その内田屋の清太郎さんが、今日の雪見のお膳立てをしてくれました」

「そうですか。相変わらず風流人だね」

行きがかり上、わたしと現八がその場に残ることになりました。

現八が先に立って土手を下り、辰を案内します。柳森稲荷の裏手、木が茂っているので土手の上からは見えない場所です。

雪の上に倒れている女は、落着いた目で見ると二十五、六。すっかり血の気が引いた瓜実顔で、しっかりと目を閉じている。鳶八丈の着物の裾が乱れ、雪の上に投げ出された細い脚が痛痛しく見えます。心の臓の上、深深と白鞘の短刀が突き立てられて、流れる血が雪の上に拡がっている。

辰は女のそばにかがんで、合掌をしてから、胸元を押えている手首に触れました。

「もう冷たくなりはじめている」

つぶやきながら、胸の傷口を改め、あたりに散乱している足跡をつぶさに見ているところへ、番役人が筵を持って来ました。辰は筵を女の身体に掛けて立ち上がり、

「頭、この女が刺されたところを一部始終見ていなすった、と言ったね」

と、現八に訊きました。

「一部始終といっても、ごくわずかな間だったなあ。男と女が立ち話をしている。こいつはお安くねえと思っていると、ふいに女が倒れてしまった。そのとき、まさか男が刃物を使ったとは思わねえ」

「そして、男はすぐに立ち去ったんだね」

「そう。倒れた女をそのままにして。おれはまた女が工合でも悪くなったので、誰かを呼び

に行ったのかなと見ていると、そばにいた夕波があれっ、と叫んだんだ」

「夕波にゃ、血か刃物が見えたのか」

「たしか、血を流している、と言った。ちょうど、船が近付いていて、おれの目にも女の胸の血が見えた」

辰はわたしの方を見て、同じことを訊きました。わたしが見たのも一つ場面で、現八の話に付け加えるものはありません。

「男が立ち去ったのは、この方向だね」

辰が雪の上の足跡を指で差しました。何本かの足跡が土手の上に続いています。現八とわたしはそうだ、と答えました。

「それで、逃げた男というのはどんな奴だった」

辰に訊かれて、現八は腕組みをしました。

「残念だが若い男だったぐらいしか言えねえんだ」

「人相は見えなかったかい」

「見てはいたが、ちょっとの間だったからなあ。今度会っても、まず判らねえだろう」

わたしも夕波も同じでした。着ているものも、黒だったか紺だったか。強いて言えば、どこにでもいそうなお店者(たなもの)です。特にこれといった特徴は思い出せません。

すると、辰は身体をかがめて雪の上から白い布を取り上げました。見ると手拭です。女が冠っていたのでしょう。手拭の七三のところに紅葉枝丸の紋が紅で染め出されていて、白鷗の文字が添えられています。

「白鷗――嵯峨山流の踊りの師匠だな」

この手拭が手掛かりとなり、その日のうちに女の身元が判りました。神田橋本町の酒屋桝金の娘で七。七は嵯峨山白鷗の踊りの弟子の一人でした。ところが、下手人を見出すのは簡単ではなかった。

それから三日ほどして、宝引の辰がわたしの家を訪ねて来ました。わたしが見ていた柳森稲荷でのことを、もう一度確かめておきたい、と言います。

わたしは一通り、見たことを繰り返しましたが、話しているうち辰の主意はほかのところにあることが判りました。

「あの日の雪見船は、内田屋の清太郎がお膳立てをした、と聞きましたがね」

と、辰はさりげなく話を本題に運んでいきました。

「ええ、清太郎さんの親父さんが、実直なのはいいんですが、人付き合いがどうもぎすぎすしてすぐ角突き合いになる。たまには船遊びでもさせたら気が穏やかになるんじゃないか、ということでした」

「なるほど、清太郎の方は親父とは違い、遊び上手だ。吉原にゃ馴染みの店がある。歌舞音曲、一通りこなして宗匠のところで茶の湯まで習っている」

「でも、割に飽きっぽい人です。吉原はもう昔だと言っていました。この節は家業が面白い、と」

「紺屋の仕事も遊びのうちだと思っているんだな。ところで、清太郎の踊りの師匠は嵯峨山白鷗だ」

「いつか、そう聞いたことがあります」

「それで、あの日、柳森稲荷で殺されたお七の踊りの師匠も嵯峨山白鷗だ」

「……はい」

「つまり、清太郎とお七は踊りの兄妹弟子だった。実際、白鷗に聞いてみると、二人は親しく口を利いていた仲だという。白鷗はそれ以上のことは言わなかった。自分の弟子だからその気はなくとも庇い立てするのにふしぎはねえが」

辰が庇い立てすると言ったとき、わたしははっとしました。辰はお七殺しの下手人に清太郎を疑っているに違いありません。

「清太郎さんとお七はもっと深い仲だったというんですか」

「まあ、ありそうなことは突っ込んで考える、というのがあっしのやり方でね」

「清太郎さんには立派なお上さんがいますよ。そんな火遊びをしますかねえ」

「まあ、普通はそうだが、そのお七というのはもの怖じしない、なかなか新しい女なんだ。

二年ほど前、嫁に行ったことがある。深川にある鶴屋という石屋だったが、半年足らずで出戻って来た。嫁ぎ先が石屋だからでもねえだろうが、相手の男が堅くて息が詰まりそうだったという。お七は一旦思い立つとじっとしてはいられねえ。そういう質の女なんだな」

「清太郎さんもそんなところがあります」

「そればかりでなく、お七は芸事が好きだ。囲碁将棋も強いという。これで清太郎と気が合わねえのはふしぎなほどだ」

「それで、清太郎さんとお七が仲が良いとすると、どうなります」

「お七が別の男と仲が良くなると、清太郎は我慢ができなくなるだろう」

「……お七に他の男ができたんですか」

「だから、のんびりとしていられねえのだ。お七の今度の男は、八城城山という絵師だ。城山はお七の容姿が気に入って、美人画の手本にしているうち、惚れてしまった、のだという。近いうち、城山はお七を嫁に迎え入れるらしい」

「……そりゃ、清太郎さんはお力落としでしょう」

「そうさ。もし、清太郎がそれを知って、どうしてもお七が諦め切れねえ。お七はどこにも嫁にはやれねえ、としたらどうする」

「八百屋お七――お七吉三のあべこべですね」

「そうさ。伯馬が得意で読んでいる八百屋お七は男恋しさ、会いたいと思うあまりに大罪を犯した。恋は思案の外といって、なにを仕出かすか判らねえ。清太郎もお七を他人に嫁がせたくないばっかりに、とんでもねえことをしてしまった、どうだ？」

「話はもっともですが、どうだと言われても困ります」

「それじゃ、白鷗と同じだな。白鷗は自分の弟子だからどうしても清太郎の不利になるような答えはしなかった。お前さんもそうだ。茶の湯の門弟だから清太郎の立場が悪くなるようなことは言えねえ。もし、見ず識らずの者だったら、返事は違っているだろう」

「別に無理に庇い立てしているわけじゃありませんが……そういえば、お七がはじめて嫁入した鶴屋という石屋も、まだお七に未練があるかもしれませんよ」

「鶴屋与助か。もちろん与助のことも忘れちゃあいねえ。与助は腕のいい石工で、二年ほど前親方のところから一本立ちになって、お七と深川で世帯を持った。親方の言うにゃ、与助は仕事熱心な上、金仏も顔負けするほど堅い男だ。与助がどう転んでも大それたことをするわけがねえ。おれが首を賭けてもいい、という」

「それも、身内の庇い立てですか」

　わたしが言うと辰は難かしい顔をしました。捕物の名人と評判の高い男ですが、この日は別人のようです。

　辰は腰から煙草入れを抜き取り、世間話のような調子になりました。

「今、八百屋お七のたとえ話が出たが、実は昨夜、菊菱に講釈を聞きに行った。神田伯馬が八百屋お七を弁じている、と聞いたからだ。講釈からなんか教えられることがありゃしねえかと思ってね」

「それで、なにかつかめましたか」

「いや、だめだった」

「伯馬の講釈は八百屋お七じゃなかったんですか」

「話にもならねえ。伯馬は高座へ上がって、一言も喋らなかったんだ」

講釈師は話すのが商売、それが席亭の客の前に出て無言で押し通したといいます。一体なにごとが起こったのでしょう。

辰の話によると、伯馬はとくに変わった様子はなく、高座に出て釈台の前に坐って一礼しました。にこやかな顔で客席を見渡すと、やおら張り扇を手にして、ぴしりと釈台を叩きます。いつもなら、ここで流暢(りゅうちょう)な講釈がはじまるのですが、どうしたことか伯馬は目をぎょろりとさせただけ。再び張り扇を持ち直して釈台を叩く。しかし、今度も言葉は発しませんでした。

釈台を叩くこと三度。三度目には伯馬の顔が苦しそうに歪(ゆが)みまして、こうなると客の方も普通ではないことに気付きます。

「どうした、口が利けねえのか」

客席のあちこちから声が飛びはじめます。

伯馬の顔から玉のような汗が滲み出しますが、口をへの字にしたままで声は少しも出ません。その間、わずかでしたが、伯馬の内心は七転八倒していたように見えた、と辰は言います。

そして、とうとう伯馬は高座に出て、一声も発しないまま、深深と頭を下げて、退いてしまいました。入れ代わり前座が出て来て、ざわついている客を静め、

「誠に申訳けございません。神田伯馬、思わぬ急病のため、高座を勤めることがかなわなくなりました。しばしご猶予を願い、伯馬平復いたしました後刻、お目通りつかまつります」

と、弁明しましたが、その夜、とうとう伯馬は高座に現われませんでした。

辰が不審に思って楽屋を覗くと、伯馬はもうそこにはいませんでした。前座に訊くと、高座を下りた伯馬は、恥しそうな態度で、こそこそと席亭を出て行ったと言いました。

「師匠は楽屋に戻って来ると、面目ねえ、伯馬は急病ですとお客さんに説明してくれ、と言って帰ってしまいました。ここでは普段と変わりなく喋れるんです。どうも、ふしぎな病いです」

と、前座が言いました。

「講釈師には、そういう病気が出るものなのか」

辰が訊くと、

「いいえ、あたしは聞いたこともございません。もちろん、師匠もはじめてです」

「伯馬の読み物は八百屋お七だったそうだな」

「へえ。十日の読みつぎで昨日が初日、今日で二日目でございました」

「前から決まっていたのか」

「さようでございます。師匠の得意な読み物ですから、高座に上がって度忘れする気遣いはないんでございますがねえ」

「八百屋お七は芝居でも草双紙でもしょっちゅう見かけるが、講釈ではどんな筋立てになっている？」

「へえ、講釈の方では、馬場文耕先生のものを受け継いでいます」

前座はいつも伯馬の講釈を聞いているので、八百屋お七には精しかった。

天和三年、本郷森川宿の八百屋市左衛門の末娘、お七が放火の罪で火刑に処せられた事件です。享年十七。これは、大変に衝撃的な出来事で、お七が処刑された三年のちには井原西鶴が浮世草子『好色五人女』でこれを題材にしています。以来、鶴屋南北も何度か芝居に作り、一中節、草双紙と、語り継がれ書き継がれているのですが、それぞれに少しずつ筋が違っています。

講釈では馬場文耕がこれを取り上げました。文耕は客の前で、政道の非をこき下ろし、これが幕府の怒りを買って処刑されたほどの剛の者で、八百屋お七は宝暦のころ本に著しています。

文耕の講釈では、本郷追分の八百屋太郎兵衛の娘、お七が十四歳のとき火事に遭って家が類焼、避難したのが小石川円乗寺で、そこにいた小姓の山田佐兵衛と恋仲になってしまう。そのうちお七の家が新築し二人は離れ離れになるが、お七はどうしても佐兵衛のことが忘れられない。娘心の浅はかさから、もう一度家が焼ければ寺に戻れると思い詰めてしまう。

文耕の講釈では、吉三郎というならず者がお七と佐兵衛の間に入って、恋文などの取り次ぎをしてはお七から金品を巻き上げていたが、ついにはお七に放火をそそのかしました。奉行所はお七の年を偽らせて減刑しようとしたのですが、吉三郎はお七が谷中感応寺に奉納したお七十六歳のときの額を証拠として持ち出し、お七の刑を逃れられないものにした、という。お七は被害者だったとしています。

「それにしても、思い出せなくなるような、面倒臭え話じゃねえ。伯馬はどうして喋れなくなってしまったんだろう」

と、辰は言いました。

「人はなにかにひどく驚くと、声が出なくなるときがありますね」

と、わたしが言うと、辰はうなずいて、

「そうだとすると、あまり気にすることもねえわけだ」

と、言い、それでも不得要領な顔をして帰っていきました。

辰がいなくなると入れ違いに、内田屋の清太郎が来ました。

「今ここに千両町の親分が来ていたでしょう」

清太郎はあたりをはばかるように、声を低くして訊きました。

「ええ。お七さんの一件でね。わたしはたまたまあの場を見ていました」

「矢っ張りね。それで、どんなことを訊かれました」

「あまり役に立つようなことは答えられませんでしたよ。なにしろ、あの場所から船は遠かったし、あっというわずかな間でしたからね」

「でも、お七を刺した相手は、わたしじゃあなかったでしょう」

わたしが答えられないでいると、清太郎は溜め息をつきました。

「内の親父と同じだ。親父も本当に仕方がない。自分の息子か他人か区別がつかないんです。もっとも、親父は近目(ちかめ)ですから遠くでは男か女かも判らなかったと言います」

「でも、わたしはあなたがそんなことをするはずはない、そう親分に言いました」

「それだけじゃ、なんの証拠にもならないでしょう」

「……その刻限に、あなたはどこにいらっしゃったんですか」

「雪で仕事にはならないし、親父はいないし、退屈ですからお酒を飲んで内の二階で昼寝をしていました」

「それならいいじゃありませんか。お家には誰かいたんでしょう」

「それが、生憎(あいにく)ね。職人は遊びに出てしまう。お袋と女房は芝居見物、女中はお供。内にはわたししかいなかったんです」

とすると、宝引の辰なら清太郎が家を出て柳森稲荷に行くこともできた、と考えているに違いありません。

「ところで、妙なことがある」

清太郎は困ったような顔をしました。

「内の二階でうつらうつらしているとき、妙な夢を見ました。師匠だけに話すんですけど、わたしは夢でお七と逢っていたんです」

「……どこで逢いました」

「それが、ふしぎなことに神社の境内(けいだい)でしたね。柳森稲荷だったかもしれない」

「……それで?」

「お七を責めていました。夢の中で、わたしには女房がいなかったんです。お七を嫁にしようと思っていた。それなのに、お七は他の男に心を移してわたしを見捨てようとしているんです。清さんのことは思い出したくないから、お前もわたしをさっぱりと忘れておくれ、などと言う」

「ずいぶんはっきりと言いますね」

「そうなんです。そういうお七のきりっとしたところが、わたしはまた好きだ」

「困りましたね」

「しばらく押し問答をしていたんですがお七の気持は変わらない。とどの詰まり、あくまで嫌だと言い張るなら、わたしにも覚悟がある。ほう、一体どういう覚悟ですか、とお七がなおも冷たく言うので、どうするものか、こうすると、かねて懐にしていた短刀を抜くや否や——」

「判りました……でも、それは夢だったんでしょう」

「ところがね、実際にお七が殺されたと聞かされると、どうも夢だという自信がなくなってきました。わたしはほんとうに柳森稲荷へ行って、お七と逢っていたんじゃないかという気がしてならないんです」

「嫌ですよ、若旦那。しっかりしてください」

「それでなければ生き霊かな。源氏物語にあるじゃないか。六条御息所が源氏を思うあまり、正室の葵上を怨霊となってとり殺してしまう。それと同じで、わたしが寝ている間に生き霊が抜け出て行って、柳森稲荷でお七と逢って殺してしまう。よくある話だ」

「よくはありませんよ。気持の悪いことは言わないでください」

「わたしがこんなことを言うのはね、さっき外で奇瑞に遭ったんだ」

「気随気儘ですか」

「そうじゃあない。ふしぎな前触れだ。これをご覧」

清太郎はそう言って、懐から細長い紙を取り出しました。見ると、なにやら得体の知れない字が並んでいます。

大増最上順了随応専修栄立
幡竜心法常光道源長泉法蔵

「なんです、この坊主の寝言みたいなのは」

「今朝、内の前を掃いていた女中が道に落ちているのを拾って持って来たんだ。これ一枚だけじゃあない。わたしがさっき歩いていると、子供がこれと同じものを持っていた。わたしが訊くと、空から舞い降りて来たのを拾った、と言った」

「……商店の引札でもありませんねえ。一体、誰がこんなものを撒き散らしたんでしょう」

「これは、人の仕業じゃあないと思う」

「人ではない？」

「だから、奇瑞だ。ありがたい、天からのお札に違いない」

「……天からお札が降って来るなんてことがあるんですか」

「珍らしいことだがありますよ。死んだおじいさんが子供のころ降ったという話をよく聞かされました。お札の降った家では、神棚にお神酒を捧げ、鏡餅を搗いて親戚や知人を集め、お正月のような騒ぎをしたそうです」

「あなたの家でもお祝いを？」

「わたしはそうしたいんですが、お金のかかることだから、親父がなんと言いますか。いずれにせよ、わたしはお宮さんへお礼に行こうと思っています。そうすればわたしの生き霊も鎮まることでしょう」

わたしはごく簡単に、近くのお宮さんに参詣するのだろうと思っていたのですが、清太郎はもっと大それたことを考えていたのでした。

それから二日ほどのち、思い立って、不動新道にある講釈場、菊菱に行ってみました。湯屋に貼ってある菊菱のビラが新しくなってそこに神田伯馬の名が連なっていました。高座で言葉が出なくなった伯馬は、平常に戻ったようですが、なんとなく気になったのです。

菊菱は階下が居酒屋で、二階が席亭。夕食を済ましてから講釈場に上がると、ざっと三十人ほどの客が入っていました。ほぼ六分の入りで、ちょうど前座が済み、二つ目の講釈師が寛永三馬術を読みはじめたところです。

伯馬は中入り前で、心配をよそに落着いた高座で澱みなく幡随院長兵衛伝を読みはじめました。

伯馬が弁じたのは、長兵衛は肥前唐津の生まれ、子供のころから身体が大きく腕力があった。その長兵衛がさまざまな働きをして江戸へ上って来るまで。客が咳一つすることのない出来でした。

中入りになると、誰かが後ろからそっと声を掛けました。振り返ると宝引の辰です。

「お楽しみのところ、済まねえがちょっと手を貸してもらいたいことがある」

辰は小声で、楽屋に行って伯馬を呼び出し、下の居酒屋で待っていてもらいたい、と言います。

「お七殺しの下手人の目星がつきましてね。そのことで、伯馬に確かめておきてえことがあるんです」

わたしは心得て楽屋を訪ね辰の名は伏せて伯馬を誘いました。講釈の出来がよかったので、伯馬はすっきりした顔で、わたしの下心に気付かず居酒屋について来ました。二人で一本の徳利が空かぬうち、辰が姿を見せました。

「今日は耳の保養をさせてもらったよ」

と、辰が言うと、伯馬はびっくりして、

「親分、来ていなすったか。少しも気付かなかった」

「客の中に借金取りがいたので、目立たなくしていたのさ」

冗談めかして言い、懐から紙を取り出しました。清太郎が家の前に落ちていたと言ってわたしに見せた紙と同じものです。辰はその紙を伯馬に見せ、すぐに、

「これは、伯馬さんが書きましたね」

と、畳み込みました。

「ど、どうしてわたしだと？」

辰はにこっとして、

「たった今、楽屋へ行ってネタ帳を見せてもらったのさ。ネタ帳の終りにあんたが書いた字があって、まだすっかり乾き切っていなかった」

その日、講釈師が読んだ演目を書き留めておくのがネタ帳で、あとから来る講釈師の演目が重複しないための帳面です。

「伯馬さんが読んだ幡随院長兵衛の演目を書いた字を見て、この紙の字と見較べたんです。すると、この紙にも幡、随、長、三つの同じ字があった。この三字を見較べると、同じ筆跡でしょう。つまり、この紙も伯馬さんが書いたものに違いねえ。どうです」

「……親分にあっちゃかなわねえ。きちんと裏付けを用意している。いかにも、それはわたしが書きました」

「それで、何枚ぐらい書いたのかね」

「ざっと、二、三十枚。あちこちにばら撒いた」

わたしはその意味が判りません。

「それは、なんのお呪い（まじな）ですか」

「高座で声が出るようにするお呪いさ」

と、辰は当然のように言います。伯馬は目を丸くして、

「と言うと、親分はこの字の意味が判りましたか」

「判ったから、伯馬さんに誉めてもらおうと思ってね」

「一体、どんな呪いなんですか」

と、わたしが訊くと、辰は、

「大増、最上、順了、みな寺の名前さ。それも、その寺には全て由緒ある地蔵さんが祀ってある」

と説明すると、伯馬はうなずきました。

「江戸にゃ信心者が多い。一つの神仏では飽き足らず、次から次へと巡拝する信者のために、いろいろな歩き方がある。五不動、六阿弥陀、七福神。もっと数が多いのでは江戸三十三か所観音参り、弁天百社参り、四国には八十八か所巡礼と、数え切れねえ。この紙に書いてある地蔵さんを祀った寺は、江戸南方四十八か所地蔵参りの寺だ」

「さよう、一番が祐天寺、二番が長泉院、三番が幡竜寺、四番が願行寺、五番が法蔵寺――」

と、伯馬が数え立てます。講釈師の伯馬は忠臣四十七士の名前から、夜討曾我の紋尽くし、東海道五十三宿など言い立てることができます。そのように、四十八か所の地蔵参りの巡路もすっかり頭の中に入っているのです。

「地蔵参りの四十八の寺は、ちょうどいろは四十八文字と同じ数だ。そう思い当たれば、この紙の字の意味がすぐに解けてしまう」

と、辰が続けます。

「つまり、はじめの大増寺は四十八か所地蔵の十九番目、いろはに当てると十九番目はつの字だ。同じように、最上寺は十一番だからいろはの十一番のるの字を意味する。そして、全部の寺の名をいろはに置きなおしたのがこれだ」

辰は懐からもう一枚の紙片を取り出しました。それにはこう書かれていました。

──つるやよすけはひところし
「鶴屋与助は人殺し──すると、伯馬さんはお七殺しの下手人を知っていたのですか」

と、わたしが訊くと、伯馬はそうだと答えました。

「雪見船の中にいて、柳森稲荷でお七を刺した男は、鶴屋与助だと、ちゃんと見えていたのだ」

「じゃ、どうしてそのときは黙っていたんですか」

「鶴屋与助は前からよく識っている男だった。与助が親方の家で石工の職人だったとき、仕事をしてもらった。実は、向島百花園の琴柱燈籠を作ったのが与助だ。わたしはその腕を惜しいと思い、与助の名をすぐには出せなかった」

というと、ここにもまた身内を庇おうとする者がいたことになります。

「もの言わねば腹ふくるる、と誰かが言いましたね。伯馬さんは講釈師、話が好きでこの稼業になった。人並み外れて話が好きだ。それなのに、自分が目のあたりにした事件が喋れねえ。ずいぶん辛かったでしょう」

　と、辰が言いました。

「親分の言う通りだ。うっかりすると与助の名が口から飛び出しそうになる。寝言に言って、家人に聞かれてもならねえ。夜もおちおち寝られなかった」

「それが嵩じて、高座で口が利けねえようになったのですね」

「うん。そのときの講釈の演目もよくなかった。八百屋お七。恋のために若い男女が身を滅ぼすという話が、どうしても与助とお七に重なってしまう。悪いことに女は同じ名のお七。講釈を読んでいくうち、つい話がその方に移ってしまうような気がしてな。高座で声が出なくなったのは、そのためかと思っている」

「それで、喋るかわりに、与助のことを字で書いたんですね。しかし、誰もが読める字では腹にためておく意味がなくなってしまうから、人の目をくらますような書き方をひねり出した」

「その通り。それを何枚も書いて、夜、あちこちにばら撒いておいたところ、一夜明けると気が楽になったのです」

　わたしは内田屋の清太郎のことを思い出しました。

「伯馬さんの書いたものを拾って、これは奇瑞だ、天からありがたいお札が降って来た、と騒いでいた人がいます」

「内田屋の若旦那でしょう」

辰はちゃんと知っていました。

「清太郎なら旅立った、と内田屋の親父が言っていた」

「……旅立った？　どこへです」

「そのお札を持って、伊勢(いせ)参りをするのだという」

「……伊勢大神宮」

わたしは言葉が出なくなりました。辰もわたしと同じような気持で、

「どうも、その若旦那のすることは突拍子もねえ」

そして、伯馬の書いた字をしみじみと見ながら、

「この紙を拾って、江戸を飛び出して行った者がもう一人いる」

「……誰です、それは？」

「鶴屋与助だ。今朝方、与助の家に行って見ると蛻(もぬけ)の殻だった。近所の者にはありがたい札を拾ったので、伊勢へお蔭参(かげまい)りをする、と言い残して行ったというが、本当はそうじゃあねえ。逃げ出したのだと睨(にら)んでいるんだがな」

「……お七殺しが現われると思って？」

「そうだ。それは別として、あとなん人かの剽軽者がお蔭参りを思い立ったとすると、どうなる?」

「……さあ」

「次次に付和雷同が起こって、われもわれもと伊勢へ向かう。しまいには、江戸中に人がいなくなってしまう」

「……まさか」

「いや、ないとは言えない」

と、伯馬が言いました。

「以前にも、何度かお蔭参りがあって、夥しい人が伊勢に向かった。火をつけたのはわずかな人だろうが、そのうち商家の丁稚までが店を飛び出して行った。だが、大神宮のお札を持って帰って来るとべつに咎められなかった。これを抜け参りという。道中では伊勢参りというと、無料で宿に泊め、食物を与えたものである」

「しかし、先生。今度、お蔭参りが流行ると、その火元ははっきりしていますぜ」

辰がじろりと伯馬を見ました。辰に睨まれて、伯馬は口をつぐんでしまいました。辰はにこっとして、

「でもね、先生。寒い時期でようござんしたよ。この雪の時期じゃあ、普通なら旅は思い立ちませんから」

と、言いました。

お蔭参りはほとんど春、ぽかぽか陽気になって人が浮かれ出す季節だといいます。辰の言った通り、伯馬の書いた紙を持って江戸を出て行ったのは清太郎一人だけ。その清太郎は伊勢神宮で元日の初参りを済ませ、お札を頂いて無事江戸に戻って来ました。

一方、鶴屋与助は江戸を逃げ出したものの、途中で路銀がなくなり、人に怪しまれて奉行所に報げられ、捕まってしまったということです。

本当のお蔭参りが起きたのは、それから五年ほどのちのことでした。

熊谷の馬

「ねえ、親分。さっき休んだ茶屋の団子、案外、うもうござんしたね」

「……そうだったな」

「論より団子というやつで」

「いろはかるたか？」

「へえ――」

「待てよ。いろはかるたなら、論より証拠じゃねえのか」

「その、論より証拠に、花より団子をないまぜにした、苦心の作で」

「……、まあ、そういうことにしておけ」

「まだあります。寝床に小判、どうです」

「猫に小判のもじりか」

「思うに、猫に小判の猫は、遊女のことじゃねえかと思うんですがね」

「うん、遊女を猫というが、いろはかるたの猫が遊女とは思えねえな」

「考えすぎですかね」

「それより、花より珊瑚。こう綺麗にいきたいな」

「あたしが考えると、鼻より逆毛。どうも綺麗じゃなくなる」

宝引の辰親分と二人連れ。

旅は中山道を北へ、桶川から行田を通って、熊谷の荒川大橋の袂で妻沼に住んでいる源三郎が出迎えていることになっています。

源三郎は妻沼の生まれで、子供のとき江戸に出て、神田新シ橋の氷楽屋という薬屋に奉公するようになりました。以来、真面目に勤め、手代になったのですが、つい魔が差したというか、悪所の味を覚えて、主家の金に手をつけてしまった。

あたしは音曲が好きで常磐津を習っていました。その同じ稽古所に源三郎も出入りしていて、気心はよく知っている。源三郎が芯からの悪党でないことは判っていましたから、源三郎がしくじったとき、親分の宝引の辰に頼み込んで、仲に入ってことを丸く治めてもらいました。

その結果、源三郎は氷楽屋を辞め、たまたま妻沼の家の跡取りが身体をこわしていたので、妻沼に帰って農業を手伝うようになったのです。

それがつい去年のことで、源三郎は辰親分の恩が忘れられないようで、今年、夏が過ぎるころ、ぜひ辰親分を連れて妻沼にお越しいただきたい。上州太田の金山でとれる松茸を、嫌というほどごちそうします、と言ってきました。

上州金山は有名な大光院のあるところです。大光院というよりは子育て呑竜様の名で信仰を集めています。その土地でとれる松茸は公儀ご用、将軍のお召料になるほどの高価なもの。

この松茸は荷に作られるとお墨付封印され葵のご紋が添えられる。松茸などと呼び捨てにはできません。「お松茸ご用」と木の札を立てて、太田金山からわっしょいわっしょいと江戸城に担ぎこまれます。

もちろん、その季節になりますと、金山はお止め山、誰も金山へは登れなくなります。ところが、禁制には必ず抜け裏のあるもので、そのお松茸ご用と同じものが、源三郎のところでは食べられる、といいます。

この松茸がとれるところは、公儀役人の目の届かないような場所で、そこは同じ金山の村の人も知らない。源三郎家に代代伝わる一子相伝のところだといいます。

辰親分ははじめ、禁制の松茸を食べに行くのはあまり気が進まなかったようですが、源三郎の熱心なすすめで腰をあげることになりました。

朝、江戸を発って熊谷、荒川大橋に着いたのはもう日もかなり傾いています。源三郎は橋の袂の茶屋で待っていました。

源三郎は江戸にいるときと違い、いい色に陽焼けしていて、すっかり畠仕事が身に着いているようです。

「ここまで来ればもう妻沼までは目と鼻の先きです。まあ、急ぐこともありませんから、ここで軽く一杯やりましょう」

と、源三郎は茶屋の女に酒を注文しました。

軒先きには「お休み処　すずめ屋」という旗が下がっています。その名のように店は雀のお宿のような葦簾(よしず)張りですが、中は案外広く、いくつかの座敷もあり、二階にも客がいるようすです。

「ところで、江戸の芝居じゃ、常磐津阿佐太夫(あさたゆう)が評判になっているね」

「ああ、まだ若いがしっかりした喉をしている」

「常磐津も久しく聞かないねえ」

「近くに三味線が弾けるような者はいないのかい」

「いないねえ。仕方がないから、田植え唄など覚えている」

「田植え唄とは風流だねえ」

「ついでにお経も覚えた」

「……坊主のお経かい」

「そう。このごろ、勧進(かんじん)坊主がよく廻って来るんだ。この熊谷村に熊谷寺(ゆうこくじ)という寺がある。古く由緒ある寺だそうだが、しばらく荒れ果てたままになっているのを、その坊主が再建しようと思っているんだ」

「おや、坊主といえば、向こうから馬に乗った坊主らしい者が来るぜ」

あたしが見ると、西の方向から馬子が馬を引いて近づいてきました。馬の背には編笠をかぶり黒の僧服を着た者が乗っています。

一行は荒川沿いの土手、熊谷堤の上を進み、荒川大橋を渡って、熊谷寺に向かうのでしょう。このあたり、堤の左右には桃、桜、柳が植えられ、春には色とりどりの花が咲き競い、大勢の見物客で賑わいます。

なにげなくその一行を目で追っていますと、橋の袂あたりに来たとき、どうしたことか馬上の者の上体がゆらりと傾ぎました。

あっ――という間もありません。馬上の者は身体を棒のように硬直させて、地面の上に転がり落ちました。馬もなにかに驚いたように、ひ、ひーんと一声叫ぶと、馬子の手綱を振り切って駈けだしました。

待てっ――と、馬子は荒川大橋を駈け渡っていく馬のあとを追って駈け出しました。

馬から落ちた者は、そのままぴくりともしません。

「もし、大丈夫ですか」

あたしが駈け寄って声をかけると返事もしません。そのはずで、男の左脇腹には、深深と矢が刺し込まれていました。

ずり落ちた編笠の下から、坊主頭が見えます。

「あ、朝契さんだ」

その顔を見て、源三郎が言いました。

「熊谷寺の勧進僧がこの人か？」

と、あたしが訊くと、源三郎はそうだと言う。矢は脇腹から心の臓を貫いたようで、朝契の顔が見る見る白くなっていく。

辰親分は朝契のそばに立つと、素早くあたりを見廻しました。そして、土手の上に駈け登り、しきりに川面を見渡します。

川には何隻もの荷船や天馬船が往き交っています。

「だめだ。どの船から矢が放たれたか、判らねえ」

朝契の乗った馬は、荒川の土手を、川上からやって来ました。馬に乗った朝契は、東に向いていたのですから、その左脇腹に矢が刺さったのなら、矢は川の中から放たれたはずです。ところが、その川には船が多く、しかも船はひと所に止まっていることがない。絶えず動いていますから、どの船から矢が放たれたか、よほど目の早い者でも判りません。

辰親分は土手の上から戻って来ると、

「松、お前、熊谷寺まで走ってくれ」

「へえ、合点です」

あたしが着物の裾を端折って駈け出そうとすると、

「なんで熊谷寺へ行くのか判っているのか」

「……いいや」

「相変わらずだ。いいか、朝契が乗った馬はいつもの習慣で、熊谷寺へ戻っているに違いねえ」

「そうでした」

「多分、馬子は馬を捕えているはずだから、朝契が誰かに怨まれていやしねえか、訊きだして来るんだ」

「おっと、合点」

あたしが大橋を渡り、熊谷寺に着くと、馬子は井戸端で馬に水を飲ませているところでした。

「朝契が乗っていたのはこの馬だったな」

あたしが訊くと、逃げた馬を捕えたので安心したのか、馬子はのんびりした顔でへい、と言いました。

「これから戻って様子を見に行こうとしていたところでやす。朝契さん、怪我はしませんでしたか」

「怪我どころじゃあねえ、朝契なら死んでしまったよ」

「えっ……まさか」

「お前、見なかったか。朝契は矢に射られて落馬したのだ」

「そりゃとんでもねえことで。ちっとも気が付きませんでした」

「ところで、朝契はどこへ行った帰りだった」

「へえ、この先の明戸(あけと)というところに、檀家(だんか)がございます。その家の大旦那の七回忌の法要に呼ばれた帰りで」

「その檀家というのは大きい家か」

「へえ、このあたりじゃ、お大尽と呼んでいます」

「朝契は熊谷寺の再建勧進をしていたというが」

「さようで。その檀家、木屋庄右衛門(きやしょうえもん)といいますが、大層信心深い方で、勧進にあたってかなりのお布施(ふせ)をされたようです」

「だが……見たところ、あまり手が入っていねえようだが」

　庭は草がぼうぼう。建物のところどころには戸もなくなっていました。

「近いうち、吉日を選んで大工が入ることになっています」

「朝契はここに住んでいたのか」

「へえ、熊谷寺のご住職で」

「いつごろからだ」

「一月(ひとつき)ほど前になりましょうか」

「熊谷寺というと、熊谷次郎直実にゆかりのある寺か」

「さあ……そういうことは、よく存じませんが」

「そうか……それで、お前の名は？」

「九平と申します」

「この寺に住んでいるのか」

「いいえ。近くの農家におります。ときどき葬式などありますと、呼ばれて手伝いなどします」

「じゃ、この寺はいつも無人か」

「へえ、朝契さんが住むようになるまでは無人で」

「少し、寺の中を調べたい」

あたしは戸のなくなっている廊下から家の中に入りました。

天井には蜘蛛の巣。本堂は暗く、内陣に本尊が安置してあるのかないのかも判りません。畳はすっかり腰がなくなっていますが、奥の庫裏の一部屋に入ると、そこは古いなりに小ざっぱりしていて、人の温もりが感じられます。何枚かの座布団が隅に積み重ねられていて、小机や煙草盆が置かれているからでしょう。燭台に立てられた蠟燭の芯がまだ消されて間もないようです。

「この部屋はときどき使われているようだが」

と、言いますと九平は首を傾げて、

「さあ、あまり心当たりがありませんがねえ」

と、いぶかしそうに言いました。

寺は荒れてはいるものの、かなり時代が古く、由緒正しい寺のようです。

あとで辰親分が調べたところによると、確かに鎌倉時代の武将、熊谷直実が建立した寺でした。

芝居での熊谷直実は、息子を犠牲にして平敦盛を救い、そのことで無常を感じて出家したことになっているが、実際は所領争いに敗れ、戦乱の世を歎いて出家、法然の弟子となって故郷の館跡に建立したのが熊谷寺だという。


熊谷寺からすずめ屋に戻ると、茶屋の前に大勢の人が集まっていました。代官所から駈け付けた役人と、行田にいる親分、大橋の重兵衛です。

重兵衛は辰親分から、事件の事情を聞きながら、しきりに朝契の屍体を見廻しています。

朝契の屍体は筵の上に寝かされていて、役人の手で検屍が行なわれているところでした。

まず、屍体の脇腹に刺さった矢の状態が調べられたのち、矢が抜かれて、衣服が脱がされます。ほかに外傷がないかを調べるのでしょう。

それを、書記役が帖面に書き取っていきます。

その様子を離れたところから見守っている何人かがいます。朝契が殺されたとき、すずめ屋の二階座敷で酒を飲んでいた連中で、いずれも赤い顔をしている。

「鍛冶屋(かじや)の千造(せんぞう)とその一巻(いちまき)ですよ」

と、源三郎があたしにそっと言いました。

「堅い商売だ」

「なに、仕事は堅くても、千造が家で働いているのを見たことがありません。あすこにいるのは、皆、千造の仲間で、近くに住む地廻りの遊び人です」

「刀を差しているのが一人いる」

「あれは浪人者で、確か名前は小林茂十郎(こばやしもじゅうろう)。連中の用心棒のようなことをしています」

茂十郎はよれよれの黒羽二重(くろはぶたえ)の着流しで、月代(さかやき)を伸ばし、腰には両刀、手に長い袋を持っています。

大橋の重兵衛はこの袋が気になったようです。

「お侍さん、あなたがお持ちになっているのは弓じゃございませんか」

小林茂十郎は重兵衛をじろりと見て、

「ああ、これは弓だ。侍が弓を持っていて悪いか」

「いえ、悪くはございません。ただ、今しがた熊谷寺の朝契が弓で射られたばかりでございます」

「その朝契を殺したのがこの弓だというのか」

「そうは申しませんが、あなたは朝契が殺されたとき、この茶屋の二階にいらっしゃったでしょう」

「うん、酒を飲んでいた」

「そのそばに弓がある。あまりに符丁が合いますんで」

「……お前は素人じゃあねえ。事件が起きると働らく捕り方だ」

「さようで」

「それならものの道理が判るはずだ。朝契の乗った馬は西から東にやって来てこの茶屋のそばを通りかかった」

「へえ――」

「そのとき飛んで来た矢が朝契に刺さったのだが、朝契のどこに当たった?」

「左脇腹で」

「それ見ねえ。朝契の馬は東に向かっていたのだから、ここの二階から矢を放てば、朝契の右腹に当たるはずだ。矢はこの茶屋から反対の方向、川の方から飛んで来たことになろうがな」

確かに、朝契が殺されたとき、辰親分はすぐ土手にあがって川面を見ていました。辰親分も、とっさに矢は川から飛んで来たと判断したのでしょう。

「それでも、おれがここの二階から矢を射った、とでも言うのか」

「う……」

重兵衛はものが言えなくなってしまいました。

「お前はいつもそんな頭で、十手を振り廻しているのか」

小林茂十郎は不敵な顔で、

「おれはいつも鍛冶屋の千造の二階にいる。用があったらいつでも来い」

役人の検屍がひと通り済んで、裸にされた屍体に衣服がかけられます。

妻沼の源三郎が辰親分のそばに来て頭を下げました。

「親分、松茸狩りがとんだことになって申訳けありません」

「なに、気にすることはねえんだ」

と、あたしが言いました。

「親分は松茸狩りより、こうした事件の下手人を狩り出す方が好きなんだから」

辰親分は笑って、

「まあ、おれがここであんまり深く首を突っ込むのも考えものだ。そろそろ松茸の匂いのする方へ行くとするか」

この言葉が耳に入ったようで、重兵衛は急いでそばに来ました。

「親分、待っておくんなさい。こりゃあどうもおれの手にあまりそうだ」

「おれがいちゃ足手まといになりませんかね」

「とんでもねえ。今もあの浪人に一本やられたばかりだ。口惜しくてならねえ。ぜひ、親分の力が借りたいんだ」

「じゃ、とりあえず、なにをしたらいいだろう」

「朝契が行っていたという、熊谷寺の檀家、木屋庄右衛門のところに行って、一緒に話を聞いてください。遅くなるようでしたら、汚いところだが、あっしの家にお泊りんなってくださいよ」


熊谷寺の檀家だという木屋庄右衛門は、でっぷりと肥(ふと)った落着きのある商人でした。炭焼きで焼いた炭を集めて、主に江戸へ送り出すのが代代の仕事です。


庄右衛門は朝契が殺されたことを大橋の重兵衛から聞くと、至極残念そうで、

「いや、あのご住職は熊谷寺再建を半ばにして、さぞ残念だったでしょう」

と、しばらく呆然としていました。

「朝契はこの熊谷の生まれじゃないそうですね」

辰親分が訊くと、庄右衛門は知らないと答えました。

「だいたい、自分のことは全く喋(しゃべ)らないお方でした」

出家というくらいですから、僧侶は家を持たないものですが、朝契の場合、自分がどこで

修行をしたのかも話しませんでした。

「ご主人はずいぶん朝契を親切にしていらっしゃったようですね」

「おや、親分の耳に、もうそれが入りましたか」

「ご主人は信心深い方だそうで」

「いや、わたしの信心などたいしたものではありません。実は、それにはわけがありました」

「ほう……どんなわけですか差し支えなければ聞かせてください」

庄右衛門は座敷の鴨居のあたりを見ていましたが、

「内の奉公人に清八（せいはち）という若い奉公人がいましたが、二月（ふたつき）ほど前に、突然いなくなってしまったのです」

「……店の金でも持ち出して？」

「そう。なに、わたしにしてみれば大した額じゃございませんでした。金はどうあれ、丈夫で帰って来てほしいと思っていました。その清八と入れ替わるようにして、朝契さんが無人だった熊谷寺へ姿を見せるようになったのです」

「……なるほど」

「はじめて朝契さんが勧進のため内に来たとき、どことなく清八と似たところがある。これは仏様が清八の身代わりとして、ここにお呼びになったのではないかと思い、粗末な扱いができなかったのでございます」

「……清八に女の噂など聞きませんでしたか」

「いや、わたしは知りませんが」

庄右衛門はそう言って、奥に向かって女中を呼び、

「総吉に用がある、ここに来るように」

と、言いつけました。

総吉というのは清八の朋輩で、二人は仲が良く、精しいことなら総吉がよく知っているはずだと言います。

座敷に姿を見せた総吉は、すばしっこそうな若い衆で、清八には女のかけらもありませんと答えました。

「酒の方は？」

「酒があれば飲みますが、なくとも困らないほうで」

「じゃ、博打はどうだ」

博打と聞くと、総吉の顔がこわばりました。

「博打は好きだったんだな」

「……へい」

「どんな博打だ」

「賽ころの、丁半で」

「胴元は誰だ」

「鍛冶屋の千造で」

「賭場(とば)は?」

「熊谷寺」

そう言えば荒れ寺の熊谷寺の奥に、小ざっぱりした部屋があるのを思い出しました。ついさきほど見たばかりです。

辰親分と重兵衛は顔を見合わせ、ずいと立ち上がりました。

あたしたちは熊谷寺へ。

手分けをしてあちこち寺の中を探すと、本堂の板の間の床に新しい傷跡が見つかりました。注意して床を上げると、ひどい腐臭です。床下の土を少し掘り起こすと、人の着物が現われました。

「いなくなったという、木屋の清八に違いねえ」

辰親分の言ったとおりでした。

木屋に報(し)らせると、すぐ番頭と総吉が駈け付け、掘り出された屍体を見て、木屋の奉公人、清八に間違いないと言いました。

屍体を改めて見ると、槍のようなもので胸を一突きされている。

「槍の遣い手なら、小林茂十郎の仕業だろう。一人ならずも二人まで手にかけたひどい奴だ」

「……二人も？」

と、重兵衛はふしぎそうな顔をしました。

「そう、あとの一人は熊谷寺の朝契だ」

「……しかし」

重兵衛が考え込むのも無理はありません。清八殺しはさて置いて、朝契が殺されたとき、小林茂十郎はすずめ屋の二階にいて、朝契が刺された矢の位置から、すずめ屋の二階からの矢でないことを聞かされたばかり。重兵衛が茂十郎に一本取られたのはついさきほどのことです。

にもかかわらず辰親分は、

「相手は侍で槍を持っているから、少少手強いかしれねえが、なに、鍛冶屋の二階でごろごろしているような男だから、高がしれている」

「しかし、その茂十郎がどうして朝契を殺したんでしょう」

「博打の邪魔になったのだね。鍛冶屋の千造の博打仲間が、荒れ寺をいいことにして、熊谷寺に集まっては博打を打っていた。ところが、このごろ朝契という坊主がやって来て、熊谷寺再建の勧進をはじめた。熊谷寺に大勢の人が出入りするようになっちゃ、博打に差し支える」

「でも、ただそれだけで？」

「うん、もう一つ重要な理由がある。それは熊谷寺にゃ、木屋の清八の屍体が隠されていたからだ」

「……清八はなぜ殺されたんでしょう。清八は賭場に出入りをしていたようですが」

「それだな。清八は博打のいざこざがもつれた結果、あんな目に遭ったのだと思う」

「その方はこっちで調べ上げれば判ることです。でも、朝契はほんとうに茂十郎の手にかかったんでしょうかね」

辰親分はにこっとして、

「大橋の親分はあの小林茂十郎の言ったことを本気にしていなさる」

「……しかし、茂十郎の言葉は筋が通っていると思うが」

「そう。だが、一つだけ気付かないことがあったんです。あっしもつい今までそれを思い出さなかった」

「それは？」

「熊谷次郎直実の故事による仕来たりともいうものでした」

「……………」

「一名、東行逆さ馬。熊谷寺の朝契は殺されたとき、馬を逆さまに乗っていたんです」

「馬を逆さまに？」

重兵衛は目を白黒させました。辰親分は話を続けます。

「その昔、この熊谷の出身だった熊谷次郎は、鎌倉時代の勇猛な武将として活躍していたが、あるとき、戦乱の世の無常を感じて頭を丸めて坊主になった」

「へえ、講釈や芝居でよくやりますから知っています」

「その熊谷公が出家後、西から関東に下るとき、阿弥陀(あみだ)さまがおわします極楽浄土のある西へ尻を向けるのはもったいないと言って、馬を逆さに乗って来たという、それを東行逆さ馬という」

「すると、朝契はその故事をよりどころにして？」

「そう。馬の上で倒れたのなら、逆さに馬を乗っていたことが知れようが、朝契が落馬してしまったのだから、まず、逆さに乗っていたとは誰も思わねえ」

「とすると、矢張り朝契を倒した矢を射ったのは、すずめ屋の二階からだ。畜生、人をこけにしゃあがって」

あとで聞くと馬子の九平は東行逆さ馬を知っていましたが、朝契が殺されたと知らされ、びっくりしてそのことは頭から離れてしまったのでした。

すぐ、代官所の捕方役人が浪人、小林茂十郎のいる鍛冶屋の千造の家を取り囲みました。大橋の重兵衛は二階にあがって、寝そべっている茂十郎に、

「用があるのでやって来ました。今日の用とはご用だ」

と、十手を突きつけますと、茂十郎はものうそうに起きあがり、

「ご用、ご用はご容赦を」

などと洒落(しゃれ)をとばしながら槍を手に取りましたが、構えるひまもなく縛られてしまいました。

消えた百両

――これはただごとじゃねえ。

ふくろう稲荷の境内。

九月九日、重陽の節句には、境内に菊合わせが催されて多くの人が集まりますが、その日のほかはいたって静かな神社です。この日は正月の七種の前日で、七種粥に入れる菜を売る露天商がひっそりと商いをしています。

わたしは長屋の上さんに頼まれて、菜を買いに来たのですが、まず、社殿の前に立って手を合わせる。

そのとき、左隣りにいた若い娘の横顔をなにげなく見て、はっと思ったのです。

娘も社殿に向かって手を合わせていましたが、その唇の動きでわたしには娘がなにを言っているのかが判ったからです。

二年ほど前になります。わたしは宝引の辰親分と、玉子の黄兵衛という賊を追っているとき、ものにつまずいて転倒し、したたかに頭を打って気を失ってしまいました。そのときはすぐ正気に戻ったのですが、気が付くと右の耳が全く聞こえなくなっていた。

それでなくともわたしはあわて者で半端の松などというありがたくない名を世間から頂戴しています。その上、耳が不自由になったのでは、半端どころの騒ぎじゃなくなります。

さっそく、神田鍛冶町に住んでいる医者、塗師小路正塔先生に診てもらうと、耳そのものには異常はない。耳の聞こえないのは一時のもので、追い追いによくなるであろう、とおっしゃる。

ですが、追い追いでは矢張り困る。すぐによくなる薬はありませんかと言うと、そういう薬はない。ただし、耳が聞こえなくとも、人の言葉は口元を見れば判るものである。

人が言葉を発するとき、その一語一語によって唇の形がそれぞれに異なる。たとえば、い、ろ、は、に、ほ、へ、と。皆、唇の動きが違うじゃろう。であるから、その唇を見て、声を理解することができるのじゃ。これを、読唇術という。

昔の忍者が遠方の人物の言葉を聞き取ることができたのは、実は声が聞こえたわけではない。この読唇術によったのである。

なるほどというので、わたしは先生から読唇術を習ったことがあるのです。それがここで役に立とうとは思いませんでした。

わたしはさりげなく神社の前を去って、遠くから娘の口元を注意しました。

娘は手を合わせて、願いごとをしている。声には出ないのですが、唇がかすかに動いてい

る。それを判読すると、

――神様、どうぞお助け下さい。わたしは神田三島町の呉服屋、大坂屋市兵衛の店に奉公しているよしという者ですが、わたしの兄、新八が博打仲間にそそのかされて、悪事をなそうとしています。どうぞ、その兄の心を正しくおみちびきください――

娘は熱心に手を合わせていましたが、しばらくすると社殿のそばを離れて歩き出しました。

娘が神社の境内から出たところで、わたしは後ろから声をかけました。

「もし、およしさん。ちょっと話があるんだがね」

娘は足を止め、ふしぎそうな顔でわたしを見ました。

「どなたでございましょう。わたしの名をお呼びになったのは」

「実はおれ、ふくろう稲荷の神様なんだがね」

「ご冗談ばっかり」

「冗談なものか。それが証拠に見ず識らずのお前さんの名を知っている。三島町の大坂屋に奉公しているおよしさん。どうだ」

「……それにしても、ちっとも神様らしくない身形りね。言葉だってべらんめえだし」

「それはそうだ。もし、冠や束帯姿で出てみねえ。人に目立つどころか怪しまれる」

「……」

「お前さん、今、たいへんに困っているようだの。それで、助けに来てやった」

「本当に助けてくれるのですか」

「ああ、助けるとも。お前の兄さんはよくない博打仲間と付き合っているようだね」

「はい」

「そういう連中を扱う上手な人がいる。宝引の辰という男だ」

「千両町の親分さんですね」

「知っているなら話は早い」

「でも、その方に兄のことが知れると、御用になってしまいます」

「なに、心配するな。辰親分は話の判る人だ。おれがよく頼み込んでやる」

わたしが言うと、よしはその気になったようです。そのままよしを連れて隣町の千両町へ。

辰親分の家の前に行くと、外で娘の景が棒切れを振り廻していました。

「お景ちゃん、また剣術ごっこかね」

わたしが声をかけると、景はぷっと頬をふくらませました。

「遊んでいるんじゃないのよ。鼠を退治しているの」

「鼠が、どうかしましたか」

「内のお供えをかじってしまったの」

「そりゃあ悪い鼠だ」

「下駄屋の徳坊ん家もやられたんだって」

「鼠が下駄もかじったかね」

「違うよ。かじったのはお供えよ」

「矢張りね。そう言やあ、今年はどういうわけか鼠が多い。鼠の多い年は火事や地震が多いというが――」

格子戸を開けると、辰親分は長火鉢の前で煙管をくわえていました。辰親分がのんびり構えているところを見ると、妙な事件はなさそうです。

「親分、天下泰平で」

「なんだ。松じゃねえか。まだ正月の七種前だ。和やかないい正月だ。お前、天下泰平が気に入らねえのか」

「そういうわけじゃねえんです。実は、困っている子を拾って来ました」

わたしがうながすと、よしはおずおずと内に入って来ました。

「この子は大坂屋に奉公しているおよしと言って、兄思いのたいへん感心な娘なんです」

「大坂屋さんというと、三島町の呉服屋さんか」

「はい」

「大坂屋さんの本店は茅場町にある」

本店の主人は大坂屋清兵衛といい、好物は田楽に強飯という、有名な堅物です。その店を勤め上げて店を分けてもらった市兵衛も、主人に倣ってたいへんな締まり屋で、世間では大坂屋ケチ兵衛で通っている人物です。

その三島町の大坂屋に奉公しているというよしがぽつりぽつりと話しはじめました。よしには新八という大工の兄がいますが、いつのころからか博打に熱中して仕事をおろそかにするようになりました。そして昨年の暮から借金が重なると、それを待っていたように、よくない連中が仲間に引っ張り込んだのです。

その連中というのが、金の星兵衛を頭とする一巻でした。辰親分も星兵衛のことはよく知っていました。

「悪い男に見込まれたものだな。星兵衛というのは大した悪党じゃあねえが、押し借り強請を常習にしている世間の鼻つまみ者だ。兄さんの新八さんとやらに、深入りしねえうち足を洗うように言うといい」

と、辰親分が言うと、よしは悲しそうな顔をしました。

「それが、もう手遅れなんでございます」

「どう手遅れだ」

「実は昨夕、兄がわたしのところに来まして、金の星兵衛がわたしの奉公先き、大坂屋に目を付けて、七種の夜、押し入ることになった、と言いました。大坂屋では毎年七種の夜には店中の者に酒を振る舞う習慣で、全員が酔って寝ていて手向かいができなくなっているときを狙うのだ、と」

「それは、たいへんだ」

「大坂屋が七種に酒を出すことは、わたしが前に話したことがあって、兄はそれを覚えていたのです」

「ふむ――」

「だから、兄はその夜、わたしに怪我のないよう、店の奥でじっと静かに隠れていろ、と言いました」

「それを、大坂屋の主人に話したのか」

「いいえ……」

「そうだろうな。兄を悪者にはしたくねえ。よし、おれが話を聞いたからには悪いようにはしねえから安心していい」

辰親分はそう言うと、わたしの方を向いて、

「松や、お前、今日は何の役だ」

と、訊きました。

「わたしですか。わたしは稲荷の神様でやす」

「田舎の上さんだと？」

「田舎の上さんじゃありません。ふくろう稲荷の神様です」

「そうか。お稲荷さんの神様がついていなさるのなら、大船に乗ったつもりになっていいだ

ろう」

そして、よしに言いました。

「というわけだから、安心して店に帰りな。だがな、今日のことは誰にも喋っちゃならねえぞ。明日、おれたちは大坂屋を見張っていて、星兵衛が現われたら、その場で引っくくる。店には指一本触れさせねえから心配しねえでいい」


翌日の七種、わたしは夕刻になるのを待って、腕っこきの算治と大坂屋に出向きました。

店先きに、大きな鏡餅が白木の三方の上に乗せられ、立派に飾りつけられています。ちょうど、二人連れの女の客が店を出て行ったところ。何人かの小僧が反物や煙草盆を片付けはじめています。

わたしと算治はなるべく目立たないように店の隅の方に行きました。

「いらっしゃいませ」

すぐ、若い手代がそばに寄って来ます。

「なに、おれは客じゃあねえんだ。お上からこういうものを預っている者だ」

懐から十手の先きをちらりと見せますと、手代の顔がこわばりました。

「ちょいと旦那さんに話があって来た。通じてくれねえか」

「へえ――しばらくお待ちを」

手代は奥に入り、すぐ戻って来ました。

「どうぞ、ご案内します」

奥の座敷で、主人の市兵衛は屋形縮緬（やかたちりめん）の反物を拡げているところでした。

「お忙しいところ、少しだけお邪魔します。わたしは千両町、宝引の辰のところの者でございますが、旦那さんの耳に入れておきたいことがあって参りました」

「はい、なんでしょう」

市兵衛が見ていた反物は極上品ですが、自分が着ているのは松坂木綿（まつざかもめん）のごく質素な着物です。

「昨今、江戸に金の星兵衛という者が出没しています。ずいぶんふざけた名ですから堅気の者じゃあない。手下を引き連れて、金のありそうな大きな家に押し入るという、無法者です」

「その無法者がどうかしましたか。まさか、この店に——」

「そのまさかなのですよ。星兵衛がこの大坂屋さんに狙いをつけているという、確かな流言が耳に入りました」

「そ、それは間違いないのですか」

「へえ、このお店（たな）では今晩の七種の夜、店中の者にご馳走してお酒を振る舞われるそうですね」

「それは先代からの仕来たりですよ。先代は倹約なお方でして、そのために世間からはけちんぼうとかしわんぼうなどと言われてきました。先代はその噂を嫌って、七種の夜だけは思い切って店の者に大盤振舞いをするようになったのです」

「星兵衛はそれを知っていて、その夜、お店の皆さんがお酒に酔ってぐっすり寝込んでいるときを狙っているのです」

「な、なんということを――」

「しかし、ご安心なさい。それまで判っているものを、わたしたちが放っておく手はない。八丁堀では奉行所が捕物出役の手はずを進めていますよ。今晩、この店の廻りを捕り方たちが十重二十重に取り囲むはず。星兵衛たちはもう飛んで火に入る夏の虫同然なのです」

「それにしても――」

「星兵衛がいくら無法者でも、なにもしていないところを捕り押えることはできない。ですから、一味がこの店に押し入って盗みを働き、出て来たところを一網打尽にするのです」

「……うまくいきますか」

「捕物出役の皆さんはこういうことには慣れていますから、万が一にもしくじるようなことはない。ただ、一番心配なのは店の人たちで、賊が入ったとき騒ぎ立てたりすると危い。相手は刃物を振り廻して騒ぐ者の口を閉ざそうとするでしょう」

「桑原桑原。すると、わたしたちは静かにして賊に金を渡せばいいわけですか」

「そのとおりです」

「金はどれほど渡せばいいでしょう」

「賊を大人しく帰すには金が多いほどいい。まず、小判で百両」

「ひ、百両ですか」

「その金はすぐ捕り方が取り戻すのですから、百両でも二百両でもいいじゃありませんか」

そこへ小僧が茶を運んで来ました。小僧はわたしたちの前に茶碗を置くとすぐ戻ろうとしましたが、市兵衛が呼び止めました。

「平吉、ちょっと聞きたいことがある」

平吉は空の盆を抱えて坐りなおしました。

「お前はよく大道で読み売りを聞いているそうだな」

「いえ、わたしは瓦版など買いませんから、いつも読み売りにどやされます。読み売りは大嫌いです」

「いや、読み売りを聞いているのを叱るんじゃない。このごろ、読み売りは金の星兵衛のことを喋っているだろう」

「それでしたら、星兵衛に持ち切りで、飽きるほどです」

「じゃ、星兵衛はどんな賊だと言っている」

「へえ。星兵衛は立派な男で、頭は大百日髷で綿が沢山入ったどてら、大根みたいに太い煙管をくわえて威張っているそうです」

「……それは、芝居の石川五右衛門じゃないか」

平吉は芝居が好きな小僧のようです。

「その星兵衛が去年押し入ったのが、浅草六軒町の菓子屋高砂屋、日本橋難波町の乾物商島屋、通油町の煙管問屋近江屋、神田乗物町の糸屋石田屋、柳橋の船宿亀屋、そしてここの大坂屋」

「わたしのところは狙われているだけだ。まだ押し入られちゃあいない」

「すると、今晩、星兵衛の顔が見られるのですね」

「なんだ。お前は星兵衛が現われるのを心待ちにしているのか」

「別にそういうわけでもないんですが、噂の高い人ですから気になります」

「もういい。まだ誰にも喋るんではありませんよ。あとでわたしが店の者に説明します」

市兵衛は店の者を集めて、事情を話しました。そのあとで七種の料理が運ばれましたがさすがに酒を飲もうとする者は一人もいません。

店の大戸を閉めると、店の者は奥に引っ込んでしまいました。わたしは番頭を呼び寄せました。

「番頭さん、お前さんまで店先きにいなくなっては困る」

「……さようでございますか」

「第一、星兵衛に金を渡さないと、一味は奥に踏み込みますぜ」

「……へえ」

「お前さんが帳場格子の中にいて、星兵衛に金を渡し、そっと帰す役をしなけりゃいけねえ」

「ですが、わたし一人だけでは恐ろしゅうてなりません」

「そりゃあもっともだ」

わたしは小僧の平吉を呼びました。

「お前なら星兵衛がここに来ても平気でいられるな」

「へえ。大丈夫です」

「偉いな。じゃあお前は番頭さんのそばにいてやれ。おれたちは障子（しょうじ）の陰にいるが、なにかがあったら、すぐ飛び出して来る」

そのうち、夜も更けてあたりがしんと静かになります。四つ（午後十時）本石町（ほんごくちょう）の鐘が鳴り終えてしばらくすると、そっと表の戸を叩く音がします。

番頭が立って、戸のくぐりを開ける様子。続いて、

「静かにしろ」

押し殺したような、ドスのきいた声で、

「命が惜しければ、金を用意しろ」

何人かが店の中に入って来た足音がしました。

「お金は差し上げます。どうぞ、刀をお収め下さい」

番頭の声で、賊が抜刀していることが判ります。

「うむ。百両だな」

「それで、ご勘弁を」

「よし。新八」

星兵衛にうながされて、手下の新八が金を受け取った様子です。

「邪魔をしたな」

外に出て行く足音が聞こえました。そのとき、

「ご用だ。神妙にしろ」

じっと待っていた捕り方が、一斉に動き出しました。

呼び声、ちゃりんという刀の音。乱れる足音。

表の戸が蹴倒されたようで、何人かが店に戻って来た様子。わたしと算治は障子の陰から店に飛び出しました。

番頭と平吉は抱き合って頭を抱えています。

黒装束の男が三人。店に上がりこんで裏手から逃げ出そうとしている。わたしと算治はその前に十手を構えて立ち塞がりました。

「ちえっ、手が廻っていやがる」

そのとき、わたしと算治の間をかいくぐるようにして、奥から出て来た女が賊の一人にむしゃぶりつきました。

「新八、神妙にしなさい」

新八の妹、よしでした。

「危い、そこを放せ」

新八ならまさかよしに乱暴はしまいと思い、わたしは残る賊に立ち向かい、十手で相手の刀を叩き落とし、縄をかけてしまいました。

ここで、一件落着――ではなかったのです。賊が強奪した百両の包み金が、どこを探しても見付からないのです。百両はどさくさにまぎれ、煙のように消えてしまいました。


「小判に羽根が生えやあしめえし」

算治はしきりに首をひねって、辰親分に言いました。

「賊は星兵衛を首に、手下が三人。全部で四人でしたね」

「そうだ。星兵衛は表に出たところで、捕方が捕え縄をかけてしまった。星兵衛の身体を探ったが百両は持っちゃあいなかった」

と、辰親分が言いました。

「星兵衛が捕まるのを見て、手下の三人は店に戻り、裏から逃れようとしたが、三人ともお前たちに捕り押えられた。裏から逃れた者は一人もいねえ」

「へえ。三人のうち新八は妹に抱き止められて、大分手古摺り(てこず)ましたが、とうとう逃げられませんでした」

「はじめ、百両の金は番頭さんが賊に渡したのだな」

番頭は帳場格子の中で顔をこわばらせています。腰も抜けてしまっているようです。

「はい。相手は刀をぎらぎらさせています。ぐずぐずして暴れられては大変ですから、すぐ用意してあった百両の包みを差し出しました」

「星兵衛がそれを受け取ったのか」

「……賊は皆、覆面で顔を隠していたのでよく判りませんが、金を渡そうとすると、首領らしい男が、新八の名を呼びました。その新八が金を鷲(わし)づかみにしました」

「そのまま一味は外へ出て行ったのだな」

「はい、すると外でご用だという声がしました」

「そのとき、星兵衛が縄にかかったのだ」

「すると、三人の賊が店に逃げ込んで、裏手から逃げようとしました。それを見て松吉(まつきち)さんと算治さんが奥から飛び出して来て捕り押えてしまったのです。そのとき、およしが皆の中に割って入り、新八を抱きすくめました」

よしは帳場格子の横に小さくなって坐っています。

「そのとき、金包みを持っていたのは新八だったな」

辰はよしの方を見ました。よしは無言で小さくなっています。

「新八もすぐ捕まったが、そのときすでに金を持っちゃあいなかった。金はそこで消えてしまった」

辰はゆっくりと話しました。その謎を解くのを楽しんでいるかのようです。

「金がなけりゃあ盗みもなくなる。星兵衛の一味は大坂屋にただ押し入っただけ。なにも盗らねえのだから罪も軽くなる」

辰はよしの前にしゃがみました。

「兄思いのお前としては願ってもねえことだ。だが、そう世間を甘く見ちゃあいけねえぜ」

よしは下を向いてしまいました。

「昔、ある長者がいて、餅を的に矢を射たと思いねえ。すると、その餅は白鳥となって飛び去り、三が峰(みつがみね)の山上に止ると、そこに稲が生じた。ふしぎに思った長者がそこに神社を立てた。これが稲荷社のはじまりだ、という。たわわに実る稲は黄金色。黄金の小判と考えると、おれはついお供えの餅を考えてしまう」

辰親分は立ち上がると、なにを思ったのか店の前に飾ってある鏡餅に近付いて、掌(てのひら)で餅の表面をぽんぽんと叩きました。

「思った通りだ。まるで音が違う。このごろどういうわけか鼠が多くなって、お供えが軒並みかじられている。だが、この餅だけは無傷だ。鼠の歯が立たねえらしい」

「親分さん、よくそれに気がつきなさいました」

と、番頭が言いました。

「お祭しのとおり、そのお供えは餅ではございません。瀬戸物で作りましたお供えでございます。と、申しますのは、この店の先代の主人（あるじ）が、たいへんに倹約の方でございまして、毎年、カビがついたり鼠がかじったりするようなお供えを作るのは無駄だとおっしゃり、どこで手に入れましたか瀬戸物のお供えを毎年飾るようになったのでございます」

「そりゃあいい思い付きですねえ。こう見たところは立派なお供え。だが、瀬戸物だから中はがらんどうでしょう」

辰が餅に手をかけて持ち上げると、三方の上に小判の包みが乗っていました。

辰親分の言うとおりでした。

新八の手から百両を奪い返したよしは、とっさに小判の包みを瀬戸物の鏡餅の下に隠したのです。

その鏡餅は十一日の鏡開きには、大坂屋の蔵の中に運ばれ、翌年の正月まで、カビも生えず鼠にかじられることもなく、一年を過すのでした。

編者解説

末國善己

時代小説と探偵小説を融合した捕物帳の歴史は、岡本綺堂が「文藝倶樂部（くらぶ）」の一九一七年一月号に発表した『半七捕物帳』の第一話「お文の魂」から始まる。それから捕物帳は、謎解きを重視した作品と、人情で読ませる作品に大別されながら発展し、誕生から百年以上が経過した現在も、人気のジャンルであり続けている。

一九七五年に第一回幻影城新人賞の小説部門に応募した「DL2号機事件」が佳作入選し、一九七七年に刊行した『乱れからくり』で第三十一回日本推理作家協会賞を受賞するなど本格ミステリ作家として活躍していた泡坂妻夫が初めて手掛けた捕物帳『宝引の辰捕者帳』は、間違いなく謎解きを重視した捕物帳の系譜に属している。泡坂は、東京の神田（かんだ）で生まれ、家業を継いで和服に家紋を手書きで入れる紋章上絵師をしていた。江戸っ子で、伝統文化の紋章上絵を続けながら作家活動をしていた泡坂が、江戸の文化、風物の中でトリックを成立させる捕物帳に向かったのは必然だったのかもしれない。

泡坂はシリーズのタイトルに、一般的な「捕物帳」ではなく、「捕者帳」を使った。綺堂は、『半七捕物帳』の第二話「石燈籠」で、「捕物帳」について「与力や同心が岡っ引らの報告を聞いて、更にこれを町奉行所に報告すると、御用部屋に当座帳のようなものがあって、書役が取りあえずこれに書き留めて置くんです。その帳面を捕物帳といっていました」と説明した。これに対し、江戸学の大家・三田村鳶魚は『捕物の話』(一九三四年)の中で、奉行所に「今日の巡査が持つてゐる手帳」のような「捕物帳」は存在せず、あったのは誰が「奉行所から捕者の為に」出動したかを記録する「捕者帳」だったとして、綺堂の説明を真っ向から否定している。

確かに、徳川幕府から明治政府に引き継がれた文書をまとめた『徳川幕府引継書』(旧幕府引継書)には、「捕物帳」は存在せず、「捕者帳」のみ確認できる。ただ歴史は専門ではないので本稿では事実の指摘だけにとどめ、どちらが正しいのかには踏み込まない。

読者には馴染みの薄いこの「捕者帳」を、泡坂があえてシリーズ名にしたのは、幕臣の子であり、狂言作者として江戸の文化、風俗にも詳しかった綺堂が手掛けたため、江戸を鮮やかに再現し、謎解きのクオリティも高い、捕物帳の〝聖典〟として崇められてきた『半七捕物帳』を乗り越えたいとの考えがあったからではないだろうか。

といっても、泡坂は綺堂の業績を否定しているわけではない。

宝引の辰の名は、シリーズ第一話「目吉の死人形」に出てくるが、二つ名である「宝引」

の解説がなされるのは第二話「柾木心中」である。辰親分には女房のお柳、娘のお景がいるほかに、子分の松吉と算治も抱えているが、同心の能坂要からの手当てだけでは不十分なので、「宝引」の製作と販売を行っている。「宝引」は、景品を結び付けた糸を束ねて持ち、客は好きな糸を引いて、その先に付いた品物を受け取る福引きの一種だが、高価な景品は当たりが出ないよう工夫がされていた。辰親分は、建具屋の久兵衛（通称・建久）の下で修業した経験を活かして他人には真似できない「宝引」の道具を作っていて、縁日などで商売する香具師は、皆、辰のところへ商品を仕入れに来るというのだ。

この設定は、「石燈籠」に、同心からもらう「給料」が少ない「岡っ引は何か別に商売をやっていました」と書いた綺堂の考証そのままである。第二話で「宝引」を説明したのも、第二話で「捕物帳」とは何かを書いた綺堂を意識したと思われる。それだけでなく、毎回のように変わる語り手が辰親分の活躍を「です、ます」調で話すのは、『銭形平次捕物控』を「です、ます」調で書いた野村胡堂へのオマージュにもなっているなど、『宝引の辰捕者帳』は、泡坂による捕物帳論としての側面を持っているのである。

本書『夜光亭の一夜　宝引の辰捕者帳ミステリ傑作選』は、捕物帳の歴史に偉大なる足跡を残すシリーズの中から傑作を十三編セレクトした。収録作の中には、奇術師でもあった泡坂らしい作品もあれば、『亜愛一郎』シリーズのセルフパロディともいえるトリックもあり、さらに泡坂が生んだ有名探偵のご先祖さまが登場するなど、遊び心に満ちた作品もあるので、泡坂ファンには新たな発見も多いはずだ。初めて泡坂作品に触れる方は、本書を機に現代ミステリも読むと、『宝引の辰捕者帳』シリーズがより楽しめる。

ここから、収録作を順に紹介していきたい。

泡坂は、家紋に関するエッセイ集『卍の魔力、巴の呪力』（二〇〇八年）の中で、家紋が登場する捕物帳として久生十蘭『顎十郎 捕物帳』の「ねずみ」、都筑道夫『なめくじ長屋捕物さわぎ』の「花見の仇討」を挙げ、「ねずみ」に出てくる「二蓋亀」は見たことがなく「柳生家の二蓋笠あたりから思いついた創作」、「花見の仇討」に出てくる「百足」は「一度だけ百足の丸を手掛けたことがあ」るくらいの珍しい家紋と解説している。ただ、この二作は家紋が謎解きにからんでいなかったので、「鬼女の鱗」は家紋に精通していた泡坂が、満を持して家紋をトリックに利用したといえるだろう。

また泡坂はエッセイ「ブラウン神父と私」（井上ひさし編『「ブラウン神父」ブック』〈一九八六年〉所収）で、チェスタトンが生み出した名探偵ブラウン神父ものから受けた影響の大きさを語っている。本作もブラウン神父ものへの愛を感じさせる作品なので、ぜひ『ブラウン神父の童心』と読み比べてみて欲しい。

世話物狂言を思わせる「辰巳菩薩」は、人情と謎解きが見事に融合している。

呉服織物問屋の大坂屋で奉公している藤三は、安政の大地震で火の手が上がった吉原から、遊女の紅山を救い出した。それから紅山と縁ができた藤三だったが、木綿相場に失敗し店の金五十両近くに手を付けてしまう。死を覚悟した藤三が今生の別れに紅山に会いに行くと、年季明けの近い紅山が年季を結び直して五十両を用立ててくれた。心を入れ替えて働き呉服太物問屋の株を買うまで成功した藤三は、深川で芸者になり名を小兵衛と改めた紅山を恩返しに身請けしようとするが、なぜか小兵衛は拒否し続けるのである。

後半に殺人事件も起きるが、メインは小兵衛が藤三の身請けを拒んだ意外な理由を描くホワイダニット。これに藤三のプラトニックな愛がからむ終盤は、せつない恋愛小説としても秀逸である。

さりげなくも周到な伏線が効果的に使われている「江戸桜小紋」は、職人小説の側面を持っているところも含め、泡坂らしい作品といえる。

深川の外れにある桜並木には、一本だけ花を付けない「咲かず桜」があり、その木は「首吊り桜」の異名で呼ばれる自殺の名所になっていた。ある日、紺屋の職人・善吉が、商売物の小紋を首に巻いて「首吊り桜」で自死した。その直後に「首吊り桜」が枯れるのだが、植木屋は誰かが水銀を使って故意に枯らしたと証言する。事件の調査を始めた辰親分は、弁財天が欠けた深川の六福神の像が破壊されたとの話を聞く。

この作品も奇妙な動機に焦点をあてたホワイダニットで、無関係に思える「首吊り桜」の枯死と六福神の破壊を繋げて真相にたどり着く辰親分の推理も鮮やかである。

「自来也小町」では、怪盗・自来也を主人公にした宮前座の狂言が当たりを取っているなか、現場に「自来也」の署名を残して絵を盗む連続盗難事件が描かれる。

矢型連斎(やがたれんさい)なる無名の画家が描いた蛙の絵が幸運を呼ぶとして、高値で取り引きされていた。自来也が狙うのは、この連斎の蛙の絵ばかり。大店の娘お秀(ひで)は、現代的にいえば自来也のコスプレで町を歩いていたことから自来也小町と呼ばれていた。どうしても本物の自来也に会いたいお秀は、父に連斎の絵をねだった。辰親分は、先代の妻ふさの通夜が行われている大坂屋で絵の警備をすることになる。

モーリス・ルブランが創出した怪盗にして名探偵のアルセーヌ・リュパンは、予告状を出してから高価な美術品を盗むことが多いが、短編「獄中のアルセーヌ・リュパン」(一九〇五年)は予告状そのものが謎解きの重要な手掛かりになっていた。本作も犯人が残した「自来也」の文字と、事件がふさの通夜で起きた事実が犯人を絞り込む手掛かりになるので、特異なシチュエーションを存分に活かした作品といえる。

評論家の白石潔(しらいしきよし)は『探偵小説の郷愁について』(一九四九年)で、庶民が捕物帳に「喝采(かっさい)」を送った理由を「一、『捕物帳』が日本人の古来からの生活を左右する懐しい『季の文学』であったこと」「一、『捕物帳』が小市民生活者の郷愁性を持っていたこと(つまり人情的だった)」と説明している。その上で白石は、横溝正史『朝顔金太(あさがおきんた)捕物帳』、野村胡堂『銭形平次捕物控』などを引用しながら、「『捕物帖』はそのバックに『季』を持って始めて成立する。永い伝統と平和と自然を愛する精神こそ『季』の精神とするならば『捕物帖』こそ『季の文学』であるといえる」（引用の「捕物帳」と「捕物帖」の混在は原文ママ）としている。

冬に季節外れの花火が上がる「雪の大菊」は、江戸の風物、謎解きの妙、心に響く人情が一体となっており、江戸風物と人情を重んじ、謎解きを等閑視した白石の捕物帳論への挑戦状だったと考えて間違いあるまい。

手妻（手品）の女太夫・夜光亭浮城が重要な役割を果たす「夜光亭の一夜」は、アマチュアの奇術師でもあった泡坂の持ち味が遺憾なく発揮された作品である。浮城が得意とする「葛籠抜け」は、泡坂のエッセイ集『大江戸奇術考』（二〇〇一年）でも詳しく紹介されているので、併せて読むと物語がより深く楽しめるのではないだろうか。

神田鍛冶町の寄席〈割菊〉は、浮城の美貌と妙技で連日の大入りとなっていた。〈割菊〉は増築した二階部分を寄席にしていたが、客の多さに建物が耐え切れなくなり、床が抜ける珍事が起きた。その渦中に、席亭の多久兵衛が殺され、帳簞笥が荒らされ金が盗まれる事件が発生する。何気ない一文が謎解きのヒントになり、それを泡坂にしか書けない逆転の発想で解決まで導いていく展開には、短編でしか出せない鋭さがある。

怪談めいた事件が起きる「雛の宵宮」は、捕物帳の伝統を受け継いだ作品といえる。

大和屋に飾られた雛人形の女雛と左大臣が、倒された状態で見つかった。翌朝も女雛と左大臣が倒され、その日のうちに大和屋のお上さんが階段から転落して足を挫き、女中のお定は駕籠を避けようとして足をケガした。お上さんは大和屋でいえば女雛にあたり、左大臣の上の二文字が「さだ」であることから、倒された雛は二人のケガを暗示したと囁かれ始める。続いて、女雛と五人囃子の笛方が倒されてしまう。

江戸時代には、鎌と輪の絵の下に「ぬ」の文字を書いて〝かまわぬ〟と読ませたり、板に「わ」の文字を書いた看板を、〝わいた〟と読ませて銭湯を表現したりと、文字と絵に隠された意図を当てさせる判じ物が流行した。「雛の宵宮」もこの判じ物をトリックに使っているが、辰親分の推理で真相が判明する終盤になると、倒された雛の解釈をめぐって壮絶な頭脳戦が行われていたことが分かるのも面白い。

「墓磨きの怪」も、何者かが古い墓を磨き、戒名が消えかかっていれば書き直しているという奇妙な出来事が連続し、過去に何度も墓を磨いて江戸を騒がせた妖怪変化が復活したとの噂が広まる事件が描かれる。そして二束三文の価値しかないと承知して骨董を買って楽しんでいた高砂屋の隠居の墓も、百ヶ日法要の前に何者かに磨かれていた。横溝正史『人形佐七捕物帳』にアガサ・クリスティの名作のトリックを換骨奪胎した作品があるように、クリスティの代表作のトリックを、幕末の江戸でも成立するようアレンジした本作は、クリスティと横溝という二人の偉大な先達へのオマージュに思えた。

辰親分が話を聞いただけで真相を見抜く「天狗飛び」は、安楽椅子探偵ものである。

辰親分の師匠だった建久が中風で倒れ、半身が利かなくなった。建久の弟子だった武蔵屋平八と辰親分は大山詣りに行く予定になっていたので、建久の病気平癒も祈ることになる。

十人で江戸を旅立った一行だったが、ケガや病気で人数が減っていく。それを見た平八は、今回と同じように何人かが脱落した富士（ふじ）登山の経験を語り始める。平八によると、甲州屋（こうしゅうや）の番頭・伊之助（いのすけ）が、天狗に攫（さら）われたという。伊之助は罪業があるせいで天狗に殺されたとも思われたが、一行が江戸に帰ってみると元気に働いていた。伊之助は、気が遠くなり気が付いたら品川の駒掛松辺りを江戸の方向に一人で歩いていたと証言する。

　この作品も、少し変わった人間の心理を明らかにするホワイダニットもので、その奇妙さに説得力があるところが泡坂の面目躍如（めんもくやくじょ）といえる。

「にっころ河岸（がし）」も、怪談めいた事件が描かれる。「悦血」に、変態（hentai）の頭文字を語源とする性的なものの隠語「えっち」とルビを振ったのは、漢字に外来語のルビを振った都筑道夫『なめくじ長屋捕物さわぎ』を意識したものだろう。

　畳屋の現七（げんしち）が、弟子の勇次（ゆうじ）を連れて、出入りしている沼垣（ぬまがき）藩の殿様・松本長門守義雄（まつもとながとのかみよしお）を訪ねる。隠居して十年、藩の下屋敷に暮らす殿様は、勇次が子供の頃に不思議な屋敷に迷い込み、天女のように美しい娘に曲玉（まがたま）をもらった話を聞きたいというのだ。殿様に安酒を振る舞われた二人は、口直しの酒を買って竿勝（さおかつ）の家で飲むことにした。竿勝の家をのぞいた二人は、女が自分の首を膝（ひざ）の上に置いて櫛（くし）を入れている姿を目撃する。さらに二人は、橋を渡っていた途中で忽然（こつぜん）と消えた鎧（よろい）武者の幽霊まで目にしてしまう。

　この作品は、鎧を着た武士でしか成立しないハウダニットとホワイダニットが導入され、無駄をそぎ落としたシンプルさがどんでん返しをより衝撃的にしていた。

　家紋をめぐる講釈師の神田伯馬（はくば）と紺屋の内田屋（うちだや）六郎次（ろくろうじ）の喧嘩（けんか）が発端になる「雪見船」は、仲直りのため仕立てられた雪見船から目撃された殺人の捜査が、暗号ものになっていく意外性に驚かされた。泡坂は、エッセイ「暗号三昧」（長田順行（ながたじゅんこう）・監修、中井英夫、日影丈吉との共著『秘文字』〔一九七九年〕所収）に、暗号小説「掘出された童話」（『亜愛一郎の狼狽（ろうばい）』〔一九七八年〕所収）を書いた時の苦労話をまとめている。泡坂は「暗号の種類は換字式」で「出来上った暗号は、記号の羅列や、無意味な文字の配列でなく、はっきりと意味のとおる、独立した文章にする」との「野心」を持って、暗号を作ったという。本作に出てくる暗号も、この理想にかなり近いものになっている。

　辰親分が、更生させた男の招きで熊谷（くまがや）を訪れる「熊谷の馬」は、馬に乗って橋を渡ろうとしていた僧侶が、矢で左腹を射られて殺されるも、弓を持っていた容疑者の位置からは右腹しか狙えないと判明する不可能犯罪が描かれる。この謎は特殊な知識がないと解けないのでややアンフェアではあるが、熊谷でしか成立しないトリックを解明する過程で、熊谷という土地の成り立ちや熊谷出身の有名武将の故事などが学べるので、知的興奮を満たしてくれる。

「消えた百両」は、いわゆる〝盗まれた手紙〟ものの一編である。松吉が、悪事に手を染めた新八という大工が、妹の奉公する呉服屋に押し入るとの話を聞き込んでくる。辰親分たちは店で待ちかまえ見事に一味を捕えたのだが、見せ金として用意した百両がどこを探しても見つからなかったのだ。この作品は、意表をついた金の隠し場所もさることながら、事件とは関係なさそうに見える何気ない一言を伏線にした妙が見事だった。

さて、泡坂のもう一つの捕物帳『夢裡庵先生捕物帳』も入手が難しい状態が続いていたが、二〇一七年末に上下二冊で徳間文庫から刊行された。本書と併せて読むことで、泡坂が時代ミステリの名手でもあったことを実感して欲しい。

初出一覧

「鬼女の鱗」　「小説新潮臨時増刊」一九八六年夏号
「辰巳菩薩」　「小説宝石」一九八六年九月号
「江戸桜小紋」　「週刊小説」一九八七年十一月十三日号
「自来也小町」　「オール讀物」一九九一年六月号
「雪の大菊」　「オール讀物」一九九二年一月号
「夜光亭の一夜」　「オール讀物」一九九四年二月号
「雛の宵宮」　「別冊文藝春秋　二〇七号」一九九四年四月号
「墓磨きの怪」　「オール讀物」一九九七年四月号
「天狗飛び」　「オール讀物」一九九八年五月号
「にっころ河岸」　「オール讀物」一九九九年二月号
「雪見船」　「オール讀物」二〇〇二年十一月号
「熊谷の馬」　「小説宝石」二〇〇三年八月号
「消えた百両」　「問題小説」二〇〇六年一月号

出典一覧

「鬼女の鱗」「辰巳菩薩」「江戸桜小紋」
（『鬼女の鱗』文春文庫　一九九二年）
「自来也小町」「雪の大菊」「夜光亭の一夜」
（『自来也小町』文春文庫　一九九七年）
「雛の宵宮」
（『凧をみる武士』文春文庫　一九九九年）
「墓磨きの怪」「天狗飛び」「にっころ河岸」
（『朱房の鷹』文春文庫　二〇〇二年）
「雪見船」「熊谷の馬」
（『鳥居の赤兵衛』文春文庫　二〇〇七年）
「消えた百両」
（『織姫かえる』文藝春秋　二〇〇八年）

検印
廃止

著者紹介　1933年東京神田に生まれる。創作奇術の業績で69年に石田天海賞受賞。75年「DL2号機事件」で幻影城新人賞佳作入選。78年『乱れからくり』で第31回日本推理作家協会賞、88年『折鶴』で泉鏡花賞、90年『蔭桔梗』で直木賞を受賞。2009年没。

夜光亭の一夜
宝引の辰捕者帳ミステリ傑作選

2018年8月10日　初版

著　者　泡坂妻夫（あわさかつまお）
編　者　末國善己（すえくによしみ）

発行所　（株）東京創元社
代表者　長谷川晋一

162-0814／東京都新宿区新小川町1-5
電　話　03・3268・8231-営業部
03・3268・8204-編集部
ＵＲＬ　http://www.tsogen.co.jp
暁印刷・本間製本

乱丁・落丁本は、ご面倒ですが小社までご送付ください。送料小社負担にてお取替えいたします。

©久保田寿美　1992, 1997, 1999, 2002, 2007, 2008　Printed in Japan

ISBN978-4-488-40221-1　C0193

ミステリ界の魔術師が贈る傑作シリーズ

泡坂妻夫

創元推理文庫

◆

亜愛一郎の狼狽
亜愛一郎の転倒
亜愛一郎の逃亡

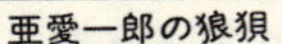

泡坂妻夫

雲や虫など奇妙な写真を専門に撮影する
青年カメラマン亜愛一郎は、
長身で端麗な顔立ちにもかかわらず、
運動神経はまるでなく、
グズでドジなブラウン神父型のキャラクターである。
ところがいったん事件に遭遇すると、
独特の論理を展開して並外れた推理力を発揮する。
鮮烈なデビュー作「DL2号機事件」をはじめ、
珠玉の短編を収録したシリーズ3部作。

泡坂ミステリのエッセンスが詰まった名作品集

No Smoke Without Malice◆Tsumao Awasaka

煙の殺意

泡坂妻夫

創元推理文庫

困っているときには、ことさら身なりに気を配り、紳士の心でいなければならない、という近衛真澄の教えを守り、服装を整えて多武の山公園へ赴いた島津亮彦。折よく近衛に会い、二人で鍋を囲んだが……知る人ぞ知る逸品「紳士の園」や、加奈江と毬子の往復書簡で語られる南の島のシンデレラストーリー「閏の花嫁」、大火災の実況中継にかじりつく警部と心惹かれる屍体に高揚する鑑識官コンビの殺人現場リポート「煙の殺意」など、騙しの美学に彩られた八編を収録。

収録作品＝赤の追想，椛山訪雪図，紳士の園，閏の花嫁，煙の殺意，狐の面，歯と胴，開橋式次第

時代小説の大家が生み出した、孤高の剣士の名推理

Head of the Bride◆Renzaburo Shibata

花嫁首

眠狂四郎ミステリ傑作選

柴田錬三郎／末國善己 編

創元推理文庫

ころび伴天連(バテレン)の父と武士の娘である母を持ち、
虚無をまとう孤高の剣士・眠狂四郎。
彼は時に老中・水野忠邦の側頭役の依頼で、
時に旅先で謎を解決する名探偵でもある。
寝室で花嫁の首が刎(は)ねられ、
代りに罪人の首が継ぎ合せられていた表題作ほか、
時代小説の大家が生み出した異色の探偵の活躍を描く、
珠玉の21編を収録。

収録作品＝雛(ひな)の首，禁苑(きんえん)の怪，悪魔祭，千両箱異聞，
切腹心中，皇后悪夢像，湯殿の謎，疑惑の棺(ひつぎ)，妖異碓氷峠(うすいとうげ)，
家康騒動，毒と虚無僧(こむそう)，謎の春雪，からくり門，芳香異変，
髑髏(どくろ)屋敷，狂い部屋，恋慕幽霊，美女放心，消えた兇器(きょうき)，
花嫁首，悪女仇討(あだうち)

ミステリと時代小説の名手が描く、凄腕の旅人の名推理

RIVER OF NO RETURN◆Saho Sasazawa

流れ舟は帰らず

木枯し紋次郎 ミステリ傑作選

笹沢左保／末國善己 編

創元推理文庫

三度笠を被り長い楊枝をくわえた姿で、
無宿渡世の旅を続ける木枯し紋次郎が出あう事件の数々。
兄弟分の身代わりとして島送りになった紋次郎が
ある噂を聞きつけ、
島抜けして事の真相を追う「赦免花は散った」。
瀕死の老商人の依頼で家出した息子を捜す
「流れ舟は帰らず」。
ミステリと時代小説、両ジャンルにおける名手が描く、
凄腕の旅人にして名探偵が活躍する傑作10編を収録する。

収録作品＝赦免花（しやめんばな）は散った，流れ舟は帰らず，
女人講（によにんこう）の闇を裂く，大江戸の夜を走れ，笛が流れた雁坂峠（かりさかとうげ），
霧雨に二度哭（な）いた，鬼が一匹関わった，旅立ちは三日後に，
桜が隠す嘘二つ，明日も無宿（むしゆく）の次男坊

東京創元社のミステリ専門誌

ミステリーズ!

《隔月刊／偶数月12日刊行》
A5判並製(書籍扱い)

国内ミステリの精鋭、人気作品、
厳選した海外翻訳ミステリ…etc.
随時、話題作・注目作を掲載。
書評、評論、エッセイ、コミックなども充実!

定期購読のお申込みを随時受け付けております。詳しくは小社までお問い合わせくださるか、東京創元社ホームページのミステリーズ!のコーナー(http://www.tsogen.co.jp/mysteries/)をご覧ください。